커튼콜은 사양할게요

김유담
장편소설

커튼콜은
사양할게요

창비

1막 1장

등장하자마자 퇴장하고 싶은 무대에 선 기분이다. 매일 아침 사무실 문을 열고 출근한 동시에 퇴근 충동을 느끼는 것은 모든 직장인의 마음이겠지. 나는 크게 심호흡을 하며 자리에 앉아 컴퓨터 전원을 켰다. 팀장과 성대리는 아직 출근 전이었다. 부팅이 되기를 기다리면서 다른 팀원들의 책상 주변을 어슬렁거리며 살폈다. 팀장의 책상 위에는 전날 밤늦게까지 야근을 하면서 봤던 교정지들이 어지럽게 펼쳐져 있다. 업무를 보다가 잠시 자리를 비운 사람처럼 책상을 그대로 둔 채 퇴근해버렸다. 책상 귀퉁이에는 빈 테이크아웃 커피컵 두개가 겹쳐져 올라와 있었다. 컵 둘레에는 주홍색 립스틱 자국이, 바닥에는 까만 커피 자국이 말라붙은 종이컵을 엄지와 검지만을 이용해 치운 후 내 자리 맞은편 성대리의 책상 쪽으로 갔다. 책상 위에는 갑티슈와 연필꽂이, 원반 모양의 탁상거울 위에는 아무것도 놓여 있지 않았다. 깔끔을 떨기로 유명한 성대리다웠다. 조용히 몸을 숙여 성대리 컴퓨터의 전원 버튼을 눌렀다.

연희씨, 출근했지? 사무실 가면서 커피 사갈게. 팀장님은 따아일 테고, 연희씨는?

네, 선배. 저도 팀장님이랑 같은 걸로요.

감사하다는 인사를 덧붙여 보낼까 말까 하는 사이 팀장이 사무실로 들어왔다.
"성대리 아직 안 왔어?"
팀장이 빈자리를 노려보며 물었다. 나는 기어들어가는 목소리로 말했다.
"네, 커피 사오신대요."
성대리가 출근길에 커피를 사오겠다는 건 지각을 하겠다는 뜻이었다. 분명히 양손에 커피와 빵 봉투를 들고 허겁지겁 뛰어 들어와 오늘따라 카페가 너무 붐벼서 커피가 늦게 나왔다며 핑계를 댈 것이다. 팀장은 회사 앞 카페에서 파는 커피와 베이글을 좋아했다. 성대리는 이 집의 시그니처 메뉴는 밀크티인데 팀장이 뭘 모른다고 뒷담화를 하면서도 종종 커피를 사다 날랐다. 성대리는 식당이나 카페에 가면 그 집에서 가장 잘하는 메뉴를 먹어야 한다는 주의였는데, 정작 음식이 나오면 깨작거리다가 남기기 일쑤였다. 나는 뭐 딱히 좋고 싫고가 없었다. 시켜주는 대로 먹고, 시키는 대로 일했다. 선배들이 출근하기 전에 사무실에 나와 자리를 지키는 게 신입의 자세라는 팀장의 말에 토를 달지 못한 채 출근 시간을 삼십분 앞당겼고, 성대리가 "나 신입 때는 아침에 내 컴퓨터 켜면서 선배 컴퓨터도 같이 켜놓곤 했는데, 출근하면 바로 로그인할 수 있도록……" 하며 독백인지 방백인지 모를 대사를 허공에 대고 내뱉은 후로는 성대리가 오기 전에 컴퓨터를 켜놓았다. 성대리 컴퓨터는 유난히 부팅이 느렸다. 업무와 상관없는 프로그램들을 이것저것 깔아놓은 게 분명했다.

이 팀에서 내가 맡은 배역은 '신입사원1'이다. 그러나 회사에서 신입사원1에게 원하는 역할이 무엇인지는 입사 후 여덟달이 넘어가는 지금까지도 잘 모르겠다. 팀장은 가끔 나를 쳐다보며 "신입다운 맛이 없다"라고 말하며 혀를 찼다. 신입답게 활기차고 패기 있는 모습을 보이라고 하다가도 또 어느 날에는 신입이면 신입답게 나대지 말라고 했다. 길지 않은 시간을 이곳에서 보내는 동안 내가 파악한 단 한가지는 회사생활에서 고정된 역할이란 없어서,

매번 맞닥뜨리는 돌발상황에 대처해야 한다는 사실이다. 특히 천팀장처럼 성격이 불같은 사람과 일하다보니 더더욱 하루하루를 예측하기가 힘들었다.

팀장은 사내 메신저 프로필을 하루에도 몇번씩 바꾸는 괴이한 취미가 있었고, 나는 틈날 때마다 그녀의 프로필에 어떤 사진과 글귀가 있는지 살폈다. 순발력이 떨어져 돌발상황 앞에서 당황하는 일이 잦은 나로서는 수시로 팀장의 상태를 확인하며 예측할 수 없는 앞날을 조금이나마 가늠해보는 게 중요했다.

떠나요, 동해 바다로♡

팀장의 메신저 프로필이 화장실에 다녀온 사이 바뀌어 있었다. 워크숍을 앞두고 팀장은 한껏 들뜬 기색이었다. 우리 팀에서 워크숍 자리를 기대하는 이는 팀장뿐이었다. 금요일 오전 근무까지 끝내고 오후에 출발해 토요일에 돌아오는 일정의 워크숍이라니, 분명히 그다음 날 컨디션도 엉망진창일 테고 그렇게 되면 주말을 통째로 날리는 데다 금요일 오후에 하지 못한 일을 벌충하기 위해 다음 주에는 야근을 해야 할 가능성이 높았다.

속초로 팀 워크숍을 가자는 팀장의 제안에 성대리와

나는 동시에 뜨악한 표정을 지었다. 키즈콘텐츠1팀은 우리 셋뿐이 아니던가. 굳이 1박 2일을 함께하면서 단합대회를 하지 않아도 이미 지나칠 정도로 똘똘 뭉쳐 있는 관계였다. 팀장은 우리에게 '리프레시'가 필요하다고 했다. 설악산 구경도 하고 동해 바다도 보며 새로운 프로젝트를 구상해보자는 게 팀장의 계획이었다. 몇년 전 큰마음 먹고 구입해놓은 콘도 회원권에 먼지가 쌓여간다는 궁색한 변명 끝에 덧붙인 말은 권실장도 부르겠다는 것이었다. 성대리는 '그러면 그렇지' 하는 표정으로 묘한 미소를 지었고, 나는 순간 등줄기에서 식은땀이 흘렀다. 권에게 '다시는 보지 말자. 너 같은 쓰레기랑은 이제 진짜 끝이야'라고 메시지를 보낸 지 보름이 지난 때였다. 그런 권과 워크숍이라니…… 억지로 표정 관리를 하느라 얼굴 근육이 욱신거릴 지경이었다.

"어떻게 권실장이 안 갈 수가 있어요. 권실장도 우리 가족이나 마찬가지인데 말이야. 권실장이 그렇게 말하면 오히려 내가 서운하죠. 난 정말 이번에 우리 책 잘된 거 다 권실장 덕분이라고 생각해요. 권실장 사진 좋다고 우리 본부장도 침이 마르도록 칭찬하던걸. 워크숍 가서 상반기 시리즈 정리하고, 새로운 프로젝트 이야기도 할까 해. 권실장 이제 우리랑 일 안 할 거야? 난 권실장이랑 오래갈 생각인데……"

며칠 전 몸을 배배 꼬면서 통화 중인 팀장의 말을 엿들으면서 나는 권이 그 제의를 거절하기를 바랐다. 아무리 나를 하찮게 여기는 인간이라도 그 정도는 해주는 게 도리라고 생각했다. 하지만 다음 프로젝트 이야기가 나온 이상 권이 미끼를 물지 않고서는 못 배길 것이라는 걸 알았다. 팀장이 낸 책은 타율이 높은 편이었다. 운이 좋으면 이번 시리즈처럼 크게 히트할 수도 있다. 우리 팀에서 낸 『마녀 나나의 문화유산 답사』 시리즈는 유명 서점의 아동 도서 판매 부분에서 상위권 순위를 차지했고, 어린이 추천도서로 지정되어 각 학교와 도서관에도 보급될 예정이었다. 티브이에서 인기리에 방영 중인 만화의 주인공 마녀 나나가 우리나라 곳곳의 문화유적지를 돌아본다는 콘셉트로, 유적지 실사 위에 캐릭터 그림을 합성하는 형식으로 제작된 책에 권실장은 포토그래퍼로 참여했다. 그 책을 편집하는 내내 팀장은 마녀가 되어 나를 들들 볶았고, 내 머리카락은 나나가 타고 다니는 빗자루처럼 푸석푸석해졌다. 성대리는 대체 뭘 했는지 모르겠다. 나나의 반려견 퐁퐁이처럼 그냥 옆에 존재하는 것이 그녀의 역할이라면 역할일지도.

팀장의 외양은 거북이를 닮았다. 인상과 몸집이 동글동

글한 편에 등판이 넓었다. 그녀는 늘 각종 노트북과 업무 자료, 참고서적 등이 가득 들어 있는 백팩을 지고 우직하게 회사와 집만 오갔다. 하루 중 대부분의 시간을 사무실에 앉아 모니터와 교정지만 번갈아 보다가 거북목이 된 팀장은 회사 내에서 워커홀릭으로 유명했다. 일 외에 팀장의 유일한 낙은 먹는 즐거움이었다. 먹고 마시고 일하라. 그것이 팀장의 삶을 지배하는 모토였다. 자신은 물만 마셔도 살이 찌는 체질이라 체중 조절이 힘들다고 엄살을 부렸지만 내가 보기에 먹는 양에 비해서는 날씬한 편이었다. 일과 결혼한다는 표현이 그저 관용구에 그치지 않는다는 것을 나는 팀장을 통해 알게 되었다. 그녀는 진심으로 일을 사랑하고, 일을 하면서 오르가슴을 느끼는 사람처럼 보였다. 일이 제대로 풀리지 않을 때는 연애 전선에 문제가 생긴 연인에게나 부릴 법한 히스테리까지 부렸다. 다혈질의 성격 때문에 사내에 적이 많음에도, 그녀가 이 자리까지 오를 수 있었던 것은 일을 향한 사랑과 헌신 덕분이었다. 문제는 팀장이 자신만큼 일을 사랑하지 않는 부하 직원을 결코 곱게 보지 않는다는 사실이었다.

삼개월의 인턴 기간이 끝나고 키즈콘텐츠1팀에 배속되는 그 순간부터 나의 불행은 예견된 것이었다. 팀장은 일 처리가 더딘 것을 못 견디고, 폭언끼지 일삼기로 악명이 높았다. 1지망으로 써낸 유럽문학콘텐츠팀과 2지망이었던 장르문학콘텐츠팀이 아니라도 좋으니 제발 키즈콘텐츠1팀만은 피하게 해달라고 인사팀을 찾아가 읍소라도 하고 싶은 심정이었지만, 나는 속만 끓일 뿐 아무 말도 하지 못했다. 열명의 인턴사원 중에서 정규직으로 전환된 사람은 네명이었다. 입사 동기 중에는 합격시켜주셔서 감사하다고 회장님께 감사 편지를 쓰는 이도 있었다. 천팀장 밑에서 일년 이상 버텨낸 신입이 없다는 소문이 자자했지만 짐을 싸서 떠나는 여섯명의 동기들 앞에서 싫은 티를 낼 수조차 없었다.

반년 전, 키즈콘텐츠미디어본부라는 팻말이 붙은 사무실 안으로 처음 들어서며 나는 리허설 없이 무대에 등장한 초짜배우처럼 주변을 두리번거렸다. 다섯 팀이 한곳에 모인 널따란 사무실의 풍경이 그저 생경하기만 했다. 입구와 창 쪽을 제외한 벽면은 기역자로 배치된 높은 책장으로 빙 둘러져 있었는데, 형형색색의 책등을 자랑하는 각종 어린이책들이 그 안을 빽빽하게 채웠다. 유리창 창틀 아래로는 1미터 높이의 교구 선반이 줄지어 놓여 있었다. 놀이방을 연상케 할 정도로 다양한 장난감들이 가득한 교구장이었다. 화려한 색감의 책과 장난감으로 둘러싸인 사무실에서 칙칙하고 어두운 얼굴로 모니터를 들여다보고 있는 회사원들은 네버랜드에 침공한 후크 선장만큼이나 동심과 동떨어져 보였다. 몇해 전 드림출판사는 회사명을 '드림미디어그룹'으로 바꾸며 제2의 창업을 선언했고, 대대적인 조직개편을 실시하면서 각 팀의 이름을 뉴미디어시대에 맞게 새로이 명명했다고 한다. 아동출판편집부가 키즈콘텐츠미디어본부가 된 것도 그때부터였다. 그러고 보니 아이들을 상대로 장사를 해보려는 상품 앞에는 '유아동'이라는 단어 대신 곧잘 '키즈'라는 단어가 붙었다. 키즈카페, 키즈펜션, 키즈밀, 키즈가구…… 의류 브랜드에서도 아디다스키즈, 나이키키즈, 폴로키즈 등 키즈브랜드의 성장세가 가파르다고 한다. 나는 어린이책을 만들면서 여러번 놀랐다. 얇고 글밥이 적은데도 책값이 너무 비싸다는 데 처음 놀랐고, 그런 비싼 책을 선뜻 구입하는 부모들이 많다는 것에도 놀랐다. 부모들은 자신의 키즈를 위해 기꺼이 지갑을 열 준비가 되어 있었고, 그들의 마음을 사로잡는 것이 우리 본부의 목표였다. 출판시장이 날로 어려워지는 가운데에도 다행히 키즈콘텐츠미디어본부의 매출은 탄탄했고, 우리 팀은 본부 내에서도 실적이 제일 좋았다. 그건 천미진 팀장이 굳건하게 키즈콘텐츠1팀을 지켜준 덕이었는데, 까다롭고 기준 높은 팀장을 밑에서 받치느라 나는 허리가 휠 지경이었다.

두달 전, 성대리가 우리 팀으로 오면서 나는 두배로 더 힘들어졌다. 전임자인 장대리가 정말 좋은 사람이었다는 걸 그제야 알았다. 장대리는 어떻게 팀장 밑에서 삼년이나 버틴 걸까. 삼년 동안 네권의 히트작을 내고, 더 높은 연봉과 팀장 승진을 보장받으며 다른 회사로 옮기게 된 장대리를 많은 사람들이 부러워했지만, 정작 그 후임으로 오겠다는 사내 지원자는 아무도 없었다. 인사팀에서는 대기발령 상태인 성대리를 추천했다. 회사를 나가든지, 키즈콘텐츠1팀으로 가든지 선택하라는 통보를 받은 성대리 또한 다른 선택지가 없었을 것이다.

성대리는 우리 팀에 온 첫날부터 눈 밑이 검게 변했다. 팀장의 독설은 워터프루프 마스카라도 후드득 떨어지게 만들 정도로 강력했다.

"뭐? 이런 거 못해? 자기는 뷰티, 다이어트 성인실용서 전문이라고? 성대리 지금 장난쳐? 그런 소리나 할 거면 여기는 왜 왔니? 참나, 어이가 없어서. 리빙팀에서 사고 쳐서 쫓겨난 걸 받아줬으면 고맙습니다 하고 절을 해도 모자랄 판에 이런 거 못한다는 소리가 나와? 아직 사태 파악이 안 돼?"

팀장은 다섯개의 팀으로 나뉜, 서른명의 직원들이 함께 쓰는 사무실 안이라는 것을 개의치 않고 고래고래 소리를 질렀다. 파티션 너머에 있는 사람들은 팀장의 고성이 들려오자 모두 숨을 죽이며 자신의 존재감을 지우려 애썼다. 그건 성대리가 당하는 소리를 모두가 귀 기울여 듣고 있다는 뜻이기도 했다. 다음 날, 그다음 날도 팀장은 성대리가 써낸 기획안을 한 손으로 구겨서 자신의 책상 밑에 있는 쓰레기통에 던져 넣었다.

성대리는 나를 앉혀놓고 회사가 자신의 전문 분야를 무시하고, 전혀 엉뚱한 부서에 발령을 내서 일부러 수모를 준다며 분개했다. 자신은 아동출판 분야에서는 신입이나 다름없는데 팀장이 무리한 요구를 한다면서 울상을 짓기도 했다. 대놓고 말하지는 못했지만, 사실 성대리는 신입이나 다름없는 게 아니라 신입보다도 못했다. 성대리의 기획안은 내가 보기에도 한심할 정도였다. 내용을 떠나 기본적인 형식도 지키지 못한 그녀의 기획안을 앞에 두고 팀장이 화를 내는 이유를 나는 십분 이해할 수 있었다. 하지만 성대리의 기획안을 구겨서 책상 밑에 아무렇게나 던져버리는 팀장의 행동은 이해가 가지 않았다. 이면지는 따로 마련된 공간에 버려달라는 공지사항을 따르는 게 그리 어려운 일은 아닐 텐데. 아침마다 사무실 청소를 하러 들어오는 담당직원의 잔소리가 듣기 싫어서 내가 미리 본인의 쓰레기통을 비우고 책상 아래를 살핀다는 사실을 팀장은 알기나 할까. "그러니까, 연희씨 내 말은…… 내 말 듣고 있는 거야?" 성대리가 내 팔을 잡고 살짝 흔들었다. 이면지 분리배출에 대해 생각하면서 성대리의 푸념을 듣고 있자니 몸과 영혼이 분리되는 기분이었다.

리빙웰빙콘텐츠팀에서 퇴출된 건 업무 능력이 떨어져서가 아니라 사내 정치를 못해서라는 성대리의 말은 내가 그녀에게 들은 말 중 가장 터무니없는 말이었다. 오년 경력의 편집자이면서 맞춤법을 틀리기 일쑤인 그녀의 국어 능력은 말할 것도 없고, 기본도 갖추지 못한 기획안을 보면 종이가 아깝다는 생각마저 들었다. 오히려 그녀가 재능이 있는 것은 정치 쪽이었다. 성대리는 일주일 만에 팀장을 파악했고, 보름 만에 구워삶아버렸다.

"팀장님, 근데요…… 이런 질문해도 되는지 모르겠는데, 권실장님이랑 팀장님은 어떤 사이예요?"

"권실장? 권실장이 왜?"

권실장 이야기가 나오자 갑자기 팀장의 눈빛이 달라졌다. 나 역시 그쪽으로 고개가 저절로 돌아갔다.

"흠, 내가 잘못 본 건가? 두분이 뭔가 심상치 않아 보여서요. 뭐랄까, 굉장히 친한 친구랄까, 애인이랄까. 아무튼 단순한 업무 관계는 아닌 거 같아서요."

"그래? 권실장이랑 내가 좀 친하긴 하지. 자주 술도 마시고…… 성대리 근데 우리가 진짜 애인 같아? 정말? 왜? 뭘 보고 그렇게 느꼈는데? 아니면, 혹시 권실장이 뭐라고 해?"

팀장이 침을 꼴깍 삼키며 성대리를 채근했다. 성대리는 잠깐 뜸을 들이다 눈을 가늘게 뜨며 말했다.

"제가 딴건 몰라도 연애 쪽으로는 촉이 정말 좋거든요. 제가 보기에는요…… 음…… 그러니까…… 권실장님이 팀장님한테 좀 마음 있는 것 같아요."

평소 드세고 딱딱하기 그지없던 팀장이 그 말 한마디에 녹다운이 돼버렸다. 팀장은 잠깐 성대리의 눈치를 보다가 말랑말랑하게 풀어진 목소리로 실은 권실장과 사적인 통화도 자주 하는 사이라고 고백했다. 성대리는 그럴 줄 알았다며 손뼉을 쳤다. 권의 말은 달랐다. 그는 팀장이 밤마다 전화를 해대는 통에 미치겠다고 했다. 불쑥불쑥 스튜디오로 찾아와 술을 마시자고 하는 걸 피하는 것도 한두 번이지 정말 이렇게까지 해서 먹고살아야 하냐며 투덜대곤 한다는 말을 나는 차마 그 자리에서 꺼낼 수 없었다.

"실은 권실장이 나한테 이런 카톡도 보냈는데, 아, 정말 어떻게 해야 하지? 나는 일로 만나는 사람이랑 연애는 좀 별론데."

얼굴까지 발개진 채로 팀장이 우리에게 보여준 핸드폰 화면에는 '네, 팀장님도 안녕히 주무세요. 꿈에서 만나요ㅋㅋ'라는 메시지와 장난스러운 이모티콘이 떠 있었다. 새벽 두시에 내 옆에서 자다가 깬 권이 입으로는 상스러운 말을 중얼거리면서 날린 메시지였다. 권은 그런 식으로 여자들을 헷갈리게 하는 데 선수였다.

그날 이후 성대리의 주 업무는 팀장의 연애 상담이 되었다. 팀장이 권에게 받은 메시지를 함께 들여다보며 어떻게 답을 하는 게 좋을지 시답잖은 논의를 주고받는 게 주된 일이었다. 연애 같지도 않은 연애를 진두지휘하는 멘토 노릇을 하느라 소홀해진 그녀의 업무는 내가 고스란히 떠안을 수밖에 없었다. 성대리는 팀장의 비위를 맞추면서 교묘하게 일을 내게 넘기기 일쑤였다. 그 생각을 하니 울컥, 속에서 뜨거운 것이 올라왔다.

팀장을 녹다운시키고 며칠 지나지 않아 회사 화장실에서 성대리는 내게도 강펀치를 날렸다. 화장을 고치면서 아무렇지도 않게 늘어놓는 성대리의 말에 나는 정말 한대 맞은 것처럼 다리를 휘청거렸다.

"미쳤어? 권실장이 팀장이랑 사귀게. 아무리 그 자식이 여자에 환장한 놈이라고 해도 말이야. 개도 눈이라는 게 있을 텐데 우리 팀장은 좀…… 어쨌거나 권실장한테 팀장이 빠져 있는 한, 우리는 좀 편해지는 거잖아. 팀장 정신이 좀 분산되어야 내가 숨이라도 쉬고 살지. 아, 사람이 이래서 연애를 해야 하는 건데 말이야."

"아니, 팀장님처럼 머리 좋고 똑똑하신 분이 권실장이 자기한테 마음 없는 걸 왜 모른대요?"

"연희씨 그렇게 순진해서 어떻게 세상 살아갈래? 공부 머리, 일 머리, 연애 머리 전부 다른 거 몰라? 우리 팀장, 연애 쪽으로는 완전 젬병이야. 뭘 모르니까 권실장 같은 놈팡이한테 꽂히는 거라고. 그리고…… 이건 팀장한테는 비밀인데, 권실장 오래 사귄 애인 있대. 십년도 더 됐다던데? 스튜디오에서 같이 일하는 박실장이 말해준 거니까 확실할 거야. 뉴욕에 있어서 자주 보진 못하지만, 오래된 연인이라고 하더라고. 뉴욕에서 학교 졸업하고, 거기서 직장생활 한다고 들었는데, 아 어디더라, 그래도 이름이 좀 있는 회사였는데…… 아무튼 이해가 안 가, 걔 혹시 머리에 총이라도 맞은 거 아냐? 권실장 같은 남자를 왜…… 자기도 조심해. 권실장 그 자식 바람둥이로 유명하니까. 지난 촬영 때도 어찌나 나한테 찝쩍대던지 몰라."

성대리는 권 같은 종자를 만나는 건 인생에 하등 도움이 되지 않는다고 잘라 말했다. 서른일곱살이나 먹고도 오피스텔 월세를 전전하는 것이나, 집에 돈이 많은 것도 아니면서 그 수입에 외제차를 몰고 다니는 것부터 글러 먹었다는 것이다. 성대리는 남자를 만날 때만큼은 산수가 확실했다. 두달 전까지 만났던 강남에 수백억대 빌딩을 가지고 있는 졸부집 아들을 성대리는 '포르쉐'라고 불렀다. 남자의 차가 포르쉐였기 때문이다. 포르쉐와 헤어진 후 요즘 성대리가 만나는 남자는 유명 회계법인의 회계사였다. 그의 호칭은 'S대'였다. S대의 잘난 척이 너무 심해서 포르쉐가 다시 그리워진다는 말을 종종하기도 했다. 빌딩도 없고, S대 출신도 아닌 주제에 겉만 번지르르한 권과 같은 인간은 성대리에게 기피대상 1호에 불과했다. 천하에 그런 몹쓸 자식이 없다며 나조차 몰랐던 권의 단점과 권에 대한 소문을 줄줄이 풀어놓는 성대리의 말을 듣고 있자니 그런 권을 좋아하는 팀장도, 권과 몰래 만나고 있는 나도 같은 도매금으로 묶여 나락으로 떨어지는 느낌이었다. 권에게 애인이 있다는 것을 알고 난 뒤에도 나는 권을 세번이나 더 만났다. 나도 이런 내가 정말 싫다.

픽업(Pick up)

회사 주차장 입구에 세워둔 팀장의 K5 승용차가 오늘 따라 유난히 빛났다. 전날 밤 세차를 하고, 내부 청소는 물론 좌석 아래 깔린 시트까지 꺼내 탈탈 털어놓은 내 덕분이었다. 퇴근 시간 여섯시에 맞춰 슬슬 자리에서 일어나려는 내게 팀장은 차키를 주며 정비소에 가서 차량 점검을 하고, 오는 길에 세차장에도 들르라고 했다.

"네? 지금요? 여섯시면 문 닫을 시간 아니에요?"

"여기 근처에 저녁 아홉시까지 하는 데 있어. 가르쳐줄 테니 다녀와. 내가 내일 아침 일찍 본부장 회의 들어갈 준비를 해야 해서 갈 시간이 없네. 차 맡겨놓고 기다리면서 이걸로 맛있는 거 사 먹고. 나는 저녁 먹을 시간도 없으니 오는 길에 샌드위치 하나만 사다줘."

팀장이 내게 카드를 건넸다. 성대리가 잽싸게 가방을 챙겨 일어나면서 말했다.

"어머, 연희씨 이거 완전 찬스다! 팀장님 카드로 비싸고 맛있는 거 사 먹어. 연희씨 자취한댔지? 집에 가서 혼자 대충 저녁 챙겨 먹는 거 좀 별로잖아."

그게 바로 내가 바라는 저녁 식사라고, 성대리에게 쏘아붙이고 싶은 마음을 간신히 억누르느라 헛웃음이 나왔다. 정시에 퇴근하고 집에 돌아가 혼자 넷플릭스를 보며 컵라면에 맥주 한 캔을 곁들여 먹고 싶은 마음만 그저 간절했던 나로서는 날벼락을 맞은 기분이었다.

"선배도 같이 가실래요? 팀장님, 주신 카드로 우리 같이 먹어도 되죠?"

성대리가 손사래를 치며 황급한 말투로 말했다.

"아니, 미안. 나는 다른 약속이 있어서. 그럼 내일 뵙겠습니다."

성대리가 팀장의 대답도 듣지 않은 채 도망치듯 사무실을 빠져나간 후 나는 맥이 빠져서 잠깐 자리에 앉아 있었다. 팀장은 그 잠깐도 참아주지 못하고 또 잔소리를 했다.

"빨리빨리 움직여. 세차까지 하려면 시간 빠듯하겠다. 참, 정비소랑 붙어 있는 그 세차장은 따로 말 안 하면 트렁크 청소는 안 해주더라. 트렁크 청소도 해달라고 꼭 부탁해. 권실장 카메라랑 장비 트렁크에 실어야 하니까."

"네, 팀장님."

팀장 말에 순순히 대답했지만 권실장은 카메라를 트렁크에 싣지 않을 것이다. 권은 카메라 가방을 늘 자신이 확인할 수 있는 자리에 두었다. 차가 비좁아 가방을 놓을 자리가 없을 때에는 무릎에 얹고 차에 탔다. 가방이 아무리 무거워도, 아무리 먼 거리를 가도 그랬다.

출발 전 팀장은 조수석 주변을 한번 더 살폈다. 권이 앉을 자리였다.

"야, 성대리는 왜 이렇게 안 내려오는 거야? 전화 한번 해봐라."

팀장 앞에서 난 늘 이름 없는 사람이 된다. '야' 혹은 '너', 팀장은 나를 이렇게 한 음절로 부르곤 했다. 그나마 기분 좋을 때 다정하게 부른다는 말이 막내야,라는 호칭이었다. 이름만 잃어버린 게 아니다. 나는 이 회사에 들어온 후로 자신감을 잃었고 그와 동시에 인격도 사라진 것 같았다.

"어머, 연희씨. 차 점검 벌써 끝났구나. 금방 내려갈게."

성대리가 밝은 목소리로 전화를 받았다. 내 이름을 살갑게 불러주는 성대리라고 해서 나를 특별히 인간적으로 대해주는 것도 아니었다.

오분 뒤 성대리가 런웨이를 걸어 나오는 모델처럼 도

도한 표정을 지으며 천천히 걸어 나왔다. 주차장 구석에서 짐을 부리던 물류팀 사람들이 힐끗거리는 것을 의식하지 않는 척하느라 오히려 시선이 부자연스러웠다. 통이 좁은 슬림핏 슬랙스 위에 연겨자색 퍼프소매 블라우스를 받쳐 입고, 베이지색 페도라까지 갖춰 쓴 성대리의 모습은 패션지 가을호 특집 '가을 나들이 추천 패션' 코너 페이지를 장식해도 손색이 없을 정도였다. 지난달 '우리 회사 패션 아이콘'으로 사내 웹진에 실린 후로 성대리는 옷에 부쩍 더 신경을 쓰고 있었다.

"성대리 너는 무슨 패션쇼 가니? 손에 든 가방은 왜 그렇게 커?"

"팀장님 이거 부피만 크지. 안에 든 건 별로 없어요. 오히려 짐은 팀장님 가방이 더 무거울걸요?"

성대리는 차에 실린 팀장의 검정색 백팩을 가리켰다. 팀장은 워크숍에도 업무자료가 잔뜩 든 백팩을 동반할 모양이었다.

팀장의 은회색 K5가 강변북로에 접어들었다. 오늘따라 교통체증도 없이 미끄러지듯 달렸다. 논현동 스튜디오까지는 삼십분이면 충분할 것이다. 곧 권의 느글거리는 얼굴을 봐야 한다는 의미다. 팀장은 권을 만날 생각에 벌써부터 빙글빙글 웃고 있었다. 그때 마침 팀장의 전화벨이 울렸다.

권에게서 걸려온 전화였다.

"응. 권실장 지금 우리 출발한 지 얼마 안 됐어. 이제 강변북로 초입, 응 그래. 내일 촬영 스케줄은 조정한 거지? 아니, 그런데 왜 이렇게 경어를 써? 사람 민망하게시리. 우리 누나, 동생 하기로 했잖아. 흐응, 그러니까 말이야. 알겠어. 근처에 가서 다시 전화할게."

오늘따라 팀장의 콧소리가 과하다는 생각이 들었다. 강남에 있는 권의 스튜디오로 가서 그를 태우고 영동고속도로를 탈 예정이었다. 상암동 회사로 오겠다는 권에게 팀장은 펄쩍 뛰며 어차피 가는 길이니 고생할 필요가 없다고 했다. 엄밀히 따지자면 '어차피 가는 길'은 아니었다.

말을 꺼내면서 '어차피'라는 부사를 앞세우는 건 팀장의 말버릇이었다. 팀장이 업무지시를 할 때 어차피라는 말이 나오면 그때부터 나와 성대리는 피곤해질 각오를 해야 했다. 팀장은 늘 "어차피 하는 일, 제대로 잘해야 한다"며 우리를 들볶았다. "어차피 찾아보는 거 더 찾아봐, 어차피 고치는 거 고친 티가 나야 하지 않겠어? 어차피 야근하는 거 한시간 더 한다고 죽니? 어차피 집에 가봤자 할 일도 없잖아." 어차피, 내게는 선택권이 없다는 걸 알면서도 그런 말을 들으면 기분이 상했다.

팀장은 부하 직원들에게만 어차피를 남발하는 게 아니었다. 팀장 회의나 외부 미팅 자리에서 어차피 누군가 해야 할 일이라면 본인이 하겠다며 안 해도 될 일을 굳이 떠맡아온 적도 여러번이었다. 성과가 될 만한 일에 혈안이 되어 매달리는 건 그래도 이해가 갔다. 하지만 남들이 마다하는 궂은일까지 자처해놓고 일복이 많은 팔자라 고달프다고 앓는 소리를 하는 팀장을 볼 때면 진짜 고달픈 게 누구인지 따져 묻고 싶은 심정이었다. 팀장의 공명심 때문에 안 해도 되는 일까지 우리 팀 소관이 된 게 한두번이 아니었다. 그때만큼은 나와 성대리는 뜻이 하나로 합쳐져 뒤에서 팀장을 열렬히 씹어댔다. 그러니까 나와 성대리가 가장 팀워크가 좋을 때는 팀장이라는 공동의 적이 우리를 힘들게 할 때였고, 그외에는 성대리 역시 나의 고달픔에 일조하는 바가 컸다.

하지만 성대리는 자신이 무척 좋은 선배라는 착각에 빠져 살았다. 내가 애써 맞춰줬을 뿐인데 사적으로도 친한 사이처럼 굴었다. 옆자리에 앉은 성대리가 내게 말을 거는 대신 카카오톡 메시지를 보내왔다.

오늘 밤에 권실장 무조건 술 많이 먹이자. 혹시 모르잖아, 술기운에 팀장이랑 어떻게 잘될지도?

곁눈으로 성대리를 힐끔거리며 메시지에 답장을 쳤다.

네? 뭐가 잘돼요?

술 마시다가 눈 맞는 커플들이 얼마나 많은데, 사람 일 모르는 거야. 내가 최선을 다해 분위기를 만들어볼 테니까 연희씨도 눈치 껏 맞춰줘. 내 말 무슨 말인지 알지?

모르겠는데요.

바로 옆자리에서 킥킥거리며 핸드폰 자판을 누르는 성 대리의 꼴이 볼썽사나웠다. 최대한 짧게 답을 하면서 언 짢은 티를 내도 성대리는 아랑곳하지 않고 장문의 메시지 를 보내 왔다.

솔직히 우린 손해 볼 거 없잖아ㅋㅋㅋ 만약에 이러다 팀장이랑 권실장이랑 잘되면 완전 빅 이슈인 거고, 그러지 않아도 우리가 팀장을 위해 그만큼 애썼다는 건 어필이 되는 거니까. 아, 생각할 수록 웃겨죽겠네 ㅠㅠㅋㅋㅋㅋㅋㅋ 이러다가 둘이 진짜 사귀기라 도 하면 어떡하지?ㅋㅋㅋㅋㅋㅋㅋㅋㅋㅋ

성대리는 재미있어 죽겠다는 표정을 지으며 내게 눈을 찡긋했다. 손에 들고 있던 핸드폰을 가방 안에 넣어버렸다. 그러고는 차창으로 얼굴을 돌렸다. 성대리가 내 팔을 툭툭 치며 핸드폰 화면을 보라는 손짓을 보냈다.

나는 성대리의 눈을 빤히 쳐다보며 말했다.

"싫은데요."

"뭐? 연희씨 갑자기 그게 무슨 소리야?"

성대리가 어색한 미소를 지으며 말했다.

"무슨 소리인지는 대리님이 더 잘 아실 거고, 아무튼 전 싫다고요. 그런 건 제 일도 아니고요, 선배 일도 아니잖아요. 워크숍도 다 업무의 연장인 거고 저희는 지금 일하러 가는 건데요."

"뭐? 야! 말 다했어? 조연희씨, 지금 저 가르치는 거세요?"

성대리가 기가 막힌다는 표정을 지으며 나를 노려봤다. 나는 대꾸 없이 입술을 앙다물었다. 운전대를 잡은 팀장이 힐끗 뒤를 돌아보며 짜증스럽게 물었다.

"아니, 이것들이 지금 뭐라는 거야? 성대리 무슨 일인데 그래?"

"팀장님, 그게요. 연희씨가…… 아 진짜, 미치겠네. 아니, 됐어요. 아무것도 아니에요."

"무슨 일인지는 모르겠지만, 작작들 해. 너희들 오늘 거기 가서도 이러면 가만히 안 둘 거야."

팀장의 말 한마디에 차 안은 찬물을 끼얹은 듯 조용해졌다. 우리가 탄 차는 강변북로를 벗어나 한강다리를 건너는 중이었다. 나는 답답한 마음에 창문을 끝까지 내렸다. 차 안으로 들이닥친 강바람에 머리카락이 죄다 흩날렸다.

"아얏, 연희씨. 나 모자 날리잖아. 창문을 그렇게 갑자기 열면 어떡해! 어서 닫아!"

성대리가 소리쳤다. 어쩔 수 없이 천천히 차창을 올려 닫았다. 선팅지를 바른 차창을 올리자 햇살을 받아 반짝거리며 출렁이던 푸른 강물이 시꺼먼 색으로 변했다.

"권실장 우리 이제 신사역 지났어. 응. 십분 내에 갈 것 같은데? 벌써 나와 있어? 응. 그래 조금만 기다려줘."

차는 신사역을 지나 도산공원길을 지나고 있었다. 권의 스튜디오가 가까워지자 팀장은 콧노래를 불렀다.

팀장의 얼굴을 보고 성대리가 장난스러운 표정을 지으며 말했다.

"에유, 우리 팀장님 입이 귀에 걸리시겠네. 팀장님 너무 그렇게 좋은 티 내지 마세요. 남자들은 너무 내놓고 그러면 여자를 우습게 안다니까요."

"그런가?"

"그럼요. 튕겨주면서도 은근히 받아주는…… 밀고 당기기. 밀당! 그런 게 연애 초에는 좀 필요하거든요."

팀장은 이런 별 볼일 없는 이야기에도 눈을 반짝거렸다. 엄청난 맛집의 비밀 레시피라도 된다는 듯 침을 꿀꺽 삼키며 성대리의 말을 경청했다. 나는 두 사람의 대화에 끼지 않고 말없이 창밖만 바라보았다. 어차피, 가야 하는 워크숍 속 끓여봤자 나만 손해지. 어차피, 권과도 계속 봐야 하는 사이라면 어색하지 않게 지내는 수밖에. 어차피, 당장 그만둘 수도 없는 처지니까. 어차피, 이 회사에 오래 다니진 않을 거야. 나는 머릿속으로 어차피로 시작되는 수많은 문장들을 나열해보았다.

은회색 승용차가 스튜디오가 있는 골목 초입으로 진입했다. 저만치 손을 흔들고 있는 키 큰 남자가 보였다.

어른의 맛

바다가 보이는 횟집 이층 창가에 앉아 물컹한 살점을 씹었을 때, 이 사이로 배어나오는 수분에서 비린내가 풍겼다. 나는 얼굴을 찌푸리며 젓가락을 놓았다.

"회 맛이 좀 이상해요."

"괜찮은데 왜 그래? 가만히 보면 연희씨는 편식하는 버릇이 있더라? 애도 아닌데. 이제 어린애 입맛에서는 벗어나야지."

성대리는 내가 아직 어려서 회 맛을 모르는 거라고, 뭘 모르는 어린애들이나 고기 타령을 하지 진짜 어른이 되면 고기보다는 회가 좋아지는 법이라며 눈을 흘겼다. 얼마 전 서른번째 생일을 맞은 성대리는 요즘 들어 부쩍 내가 어려서 뭘 모르는 거라고 몰아붙이는 일이 잦아졌다. 불과 몇달 전까지만 해도 아직 자신은 이십대라며 만 나이를 강조하던 그녀였다. 이제 생일이 지나면서 어떤 핑계를 가져다 대더라도 나이 앞에 서른이 붙는 것을 피할 수 없게 되자, 갑자기 삼십대 예찬론자가 되어버렸다. 돈 없고, 세상물정 모르는 이십대보다야 자신처럼 잘 꾸미고, 능력 있으면서 말이 잘 통하는 삼십대 초반이 훨씬 더 낫다는 논리였다. 결혼 상대로서 어느 정도 조건을 갖춘 남자들은 대부분 삼십대 중후반인데, 그들은 결혼 생각이 없는 어린 여자애들보다는 자신처럼 준비가 잘된 삼십대 초반의 여성을 더 선호한다고도 했다. 물어본 적도 없고, 궁금하지도 않은 이야기였다.

"하긴 회 맛도 먹어본 놈이 아는 거지, 그 나이에 뭘 알겠어. 남자친구랑 기념일이라고 해봤자 허접한 레스토랑에서 스테이크랍시고 나오는 미국산 소고기 칼질하는 게 다일 텐데. 고급 일식집에서 주방장이 직접 서빙해주는 오마카세 요리 먹으면서 애인이랑 사케 한 도쿠리 하는 게 얼마나 로맨틱한 건지, 아직 어린애들은 모를 거야. 그죠, 팀장님? 사케는 없지만, 이렇게 소주라도 한잔해요. 우리 다 같이 건배!"

팀장이 떨떠름하게 웃으며 성대리와 술잔을 부딪쳤다. 팀장의 잔이 비자, 옆자리에 앉은 권이 재빠르게 소주를 따랐다. 나는 반찬으로 나온 당근을 우걱우걱 씹으면서 소주를 들이켰다.

"저도 회 좋아해요. 회를 싫어하는 건 아닌데…… 아무래도 오늘 회가 별로 싱싱하지 않은 듯해서요. 살짝 쉰내도 나는 것 같고."

변명하듯 대꾸를 했지만, 성대리는 방금 일층에서 고른 활어를 회로 쳐서 올려다준 거라며 바닷가에서 먹는 회가 싱싱하지 않을 리가 있냐며 날을 세웠다. 내가 평소 입맛이 까다롭고 예민한 탓이라고, 팀장도 옆에서 한마디 거들었다.

"생선을 고르긴 했는데, 그냥 바로 올라와버렸으니까 여기 접시에 놓인 게 수족관에서 파닥거리던 그 생선이 확실한지는 모르는 거죠…… 거기까진 확인 안 했잖아요."

"까탈스럽기는…… 너는 왜 그렇게 의심이 많니? 권실장은 어때요?"

입맛이 까다롭고 예민하기로 따지자면, 나는 권의 발뒤꿈치도 못 따라갈 수준이다. 그러나 팀장의 물음에 권은 특유의 접대용 웃음을 지으며 맛있다고 답했다. 일부러 나를 무안하게 만들려는 듯 상추 위에 회를 두점 올려 크게 쌈을 싸서 먹으면서 콧노래를 부르기까지 했다. 나는 소주를 빠르게 입에 털어넣었다. 그 커다란 상추쌈을 입에 넣은 후로 권은 두번 다시 회 접시에 젓가락을 대지 않았다. 매운탕을 평소보다 빨리 주문해 사신의 잎에 놓인 휴대용 가스레인지에 팔팔 끓인 후, 세 여자의 앞 접시에 자상하게 덜어주었다. 살점이 실한 부위는 자신의 접시에 옮겨 담는 그의 모습을 나는 안 보는 척하면서 유심히 지켜보고 있었다.

이번 워크숍의 주제, 그러니까 우리 팀의 상반기 실적 정리와 4/4분기 및 내년 계획에 대한 발제문은 내가 만들었다. 애써 준비해 온 워크숍 자료를 펴보기도 전에 팀장과 성대리가 약속이나 한 듯이 자리에서 일어났다. 팀장이 먼저 화장실로 달려갔고, 그다음에는 성대리가 식은땀을 흘리며 욕실 문고리를 잡고 소리를 질렀다.

"팀장님, 아직 멀었어요? 저 진짜 더이상은 못 참겠어요!"

욕실 문을 다급하게 두드리며 몸을 배배 꼬는 성대리를 안쓰럽게 쳐다보며 권이 방 열쇠를 내밀었다.

"대리님. 정 급하시면 제 방에서…… 맞은편 방이에요."

"아, 아니 실장님. 괜찮아요. 거기 화장실을 쓰기는 좀…… 그냥 팀장님 나오시면, 아 근데 팀장님 지금 뭐 하시는 거예요?"

성대리의 얼굴이 점점 더 하얗게 질려갔다.

"아, 진짜…… 이게 무슨 꼴이야."

그녀는 계속 욕실 문을 두드리다가 결국 거의 울기 직

전의 얼굴로 권에게 방 열쇠를 받아들고 뛰어나갔다. 자신의 하이힐 대신 내 스니커즈 운동화를 반쯤 꺾어 신은 채 현관 밖으로 내달리는 성대리를 보면서, 깔끔 떨던 그녀도 생리현상 앞에서는 어쩔 수 없다는 생각에 피식 웃음이 나왔다. 하지만 한편으로는 그 열쇠가 권의 방 열쇠였으니 저렇게 받아 들고 냅다 뛰어갔을 거라는 생각이 들기도 했다. 권이 S대를 나온 억대 연봉자이거나 포르쉐를 타는 부잣집 아들이었다면, 성대리는 극한의 고통 속에서도 끝까지 우아함을 지키려 애썼을지도 모른다.

약을 사겠다는 핑계로 콘도를 빠져나왔지만, 주변을 삼십분 넘게 돌아다녀도 문을 연 약국을 찾을 수 없었다. 밤 열시가 넘은 시각이었다. 아까부터 권이 내 뒤를 따라오고 있었다. 나는 알은체도 하지 않고 텅 빈 대로변을 한참 걸었다. 가을 밤바다에서 불어오는 바람이 스산하면서도 날카로웠다. 솔밭과 함께 해수욕장이 나타났다. 해변의 모래사장 쪽으로 걸어 들어갔다. 성대리의 슬링백힐은 내 발에 조금 컸다. 걸음을 옮길 때마다 발이 모래에 푹푹 빠졌다. 앞이 잘 보이지 않는 상태에서 모래에 박힌 힐 뒷굽을 빼내려다가 몸의 중심이 휘청거렸다. 권이 급하게 달려와 내 팔을 붙들었다. 권의 팔에 의지하면서 기우뚱했던 자세가 다시 반듯해졌다.

"괜찮아?"

권의 손을 뿌리치고 다시 걸었다. 비틀거렸지만 넘어지지는 않았다. 권은 내 곁에서 천천히 걷고 있었다.

"따라오지 마."

"그렇게 화난 사람처럼 굴 필요는 없잖아."

"화난 거 아니야."

"아니긴, 엄청 삐졌는데 뭘."

권은 빙긋이 웃더니 내 머리카락을 헝클어뜨렸다.

"이러지 말라고!"

그를 밀쳐내면서 소리를 질렀다. 그러고는 몸을 돌려 바다 쪽으로 시선을 옮겼다. 권도 점퍼 주머니에 손을 넣은 채 바다를 바라봤다. 어두워서 아무것도 보이지 않았다. 그저 철썩대는 파도 소리만 들릴 뿐이었다. 권에게 같이 바다에 가자고 조른 적이 있다. 다 지난 얘기다. 한밤의 해변에 권과 나란히 서 있었지만 내가 상상했던 밤바다의 정취와는 거리가 먼 광경이었다. 바람이 불면서 파도 소리가 더 사납게 들려왔다.

"그러고 보니 네가 바다 가자고 여러번 말했던 거 같은데, 한번도 못 데리고 가줬네. 이렇게라도 같이 바닷바람 쐬니까 좋다."

"바다 좋아하시네. 모텔 아니면 권실장 오피스텔을 벗어난 적이 거의 없었잖아. 우리."

"그래서 싫었니? 난 좋았는데. 연희야 너무 그러지 마. 서로 좋았으면 되는 거지."

권이 능치려는 듯한 미소를 지으며 다가왔다. 순간 신고 있던 하이힐을 벗어 그를 마구 때려주고 싶다는 충동이 들었다. 남의 신발만 아니었더라도 그렇게 했을지 모른다. 해수욕장을 빠져나와 대로변 쪽으로 걸어갔다. 솔밭 끝자락에 불빛이 옹기종기 모여 있는 천막촌이 보였다. 포장마차였다. 나는 충동적으로 안으로 들어가 소주와 해삼, 멍게를 주문했다. 일회용 접시에 담겨 나온 해삼과 멍게는 아까 횟집에서 먹은 해산물과는 달리 향긋하고 싱싱했다. 오도독오도독 해삼을 씹으며 소주를 마셨다. 불편한 하이힐은 벗어버렸다. 신고 온 신발을 발밑에 둔 채 연거푸 소주 두잔을 들이켰을 때 핸드폰에서 진동음이 울렸다. 팀장의 전화였다. 나는 전화기를 꺼버렸다. 맞은편에 권이 자리를 잡고 앉았지만 눈도 마주치지 않았다. 소주를 한병 더 추가했다. 그리고 한병 더. 그다음은 기억이 나지 않는다.

아침에 일어났을 때 권은 이미 혼자 서울로 간 후였다.

오전부터 촬영 스케줄이 잡혀 있다고 했다. 식탁 위에는 두개의 약 봉투가 있었다. 하나는 팀장과 성대리를 위한 위장약이었고, 다른 하나에는 숙취해소용 알약과 드링크제가 들어 있었다. 팀장과 성대리는 밤사이 얼굴빛이 노래져 있었다. 포장마차에서 숙소까지 무슨 정신으로 돌아왔고, 어떻게 잠들었는지 기억이 잘 나지 않았지만, 기억나는 것만으로도 충분히 죽고 싶었다. 썩은 냄새가 진동하는 욕실에서 변기를 붙잡고 여러번 토했고, 팀장에게 삿대질을 하고 성대리에게 욕설을 퍼부었던 순간이 아주 잠깐 두통처럼 머리를 스쳐 지나갔다. 발언의 내용이 도통 기억나지 않는 것으로 보아 어쩌면 꿈일지도 모른다. 그게 실제라면 다음 날 아침이 이토록 조용할 리 없지 않은가. 성대리와 팀장은 나란히 앉아 핸드폰을 보면서 아침을 먹을 주변 맛집을 찾고 있었다. 좀더 기억을 더듬어보려고 했으나, 머리가 깨질 듯이 아팠다. 나는 권에게 메시지를 보냈다.

어젯밤에 어떻게 된 거야? 내가 혹시 사람들한테 뭐라고 했어?

아니, 별말 안 했어. 신경 쓰지 마.

별말은 했다는 거야? 뭐라고 했는데?

우리 사이에 대해서 아무 말 안 했으니까 신경 안 써도 된다는
뜻. 나 촬영 들어간다. 안녕.

그럼 다른 말은 뭐라고 했는데?
어제 분위기 어땠냐니까?
이거 보면 답장 좀 줘.

대화가 끊어진 후에도 몇개의 메시지를 더 보냈지만,
권은 확인조차 하지 않았다.

황태해장국 뚝배기에 코를 박은 채 나는 연신 숟가락
질만 해댔다. 팀장과 성대리는 앞에 놓인 해장국을 뜨는
둥 마는 둥 했다. 셋이 같이 밥을 먹으면서 말 한마디도
오가지 않는 식사 자리는 처음이었다. 내가 어제 실수를
해도 단단히 한 모양이었다. 침묵을 깬 건 성대리였다.
"연희씨, 어떡할 거야?"
"네?"
나는 화들짝 놀라 숟가락을 떨어뜨렸다. 성대리가 자신
의 신발을 가리키면서 울상을 지었다.

"어젯밤에 내 발렌티노 슬링백 신고 대체 어딜 갔다 온 거야? 이 비싼 신발에 모래가 덕지덕지…… 굽에 이거 봐. 스크래치도 났단 말이야! 어쩔 거야?"

"죄송해요…… 제가 변상할게요."

"변상? 이게 얼마인 줄이나 알아?"

"성대리, 됐어! 그냥 모래 그거 탈탈 털어 신으면 되겠는데 뭘 그래? 자기가 먼저 얘 신발 신고 나갔다면서?"

"아니 팀장님, 그래도 그렇죠. 아니 이 신발을 신고 나가서 연락도 두절되고…… 나 원 참. 기가 막혀서. 이거 선물받은 거란 말이에요!"

"네 돈 주고 산 거 아니면, 더더욱 그렇게 열 낼 일 아니네. 그만해. 안 그래도 속도 안 좋은데, 두통까지 오려고 그래."

평소처럼 팀장이 성대리와 합심해 공격을 펴지 않으니 왠지 마음이 더 위축됐다. 내가 어제 팀장에게 뭐라고 했더라, 기억의 더듬이는 좀처럼 신호를 주지 않았다.

"솔직히 기억이 안 나서 그러는데요, 혹시 제가 어제 두 분께 무슨 실수라도……"

"어머, 기가 막혀. 내가 연희씨 어떻게 나오는지 보려고 가만히 있었는데 말이야. 뭐? 기억이 안 나?"

성대리의 목소리가 한 톤 더 높아졌다.

"성대리! 내가 따로 좋게 이야기했는데 이러기야? 그냥 없던 걸로 하자고 그랬지? 어린애가 술 먹고 실수할 수도 있지, 선배답지 못하게 그런 걸로 꼬투리 잡아야겠어?"

성대리는 입을 삐쭉거렸고, 나는 고개를 푹 숙였다.

"죄, 죄송합니다. 제가 잘 안 그러는데, 한번씩 고약한 술버릇이 나와서……"

"됐어. 그만해. 어제 일 들춰서 서로 좋을 거 없다. 네가 예뻐서 그러는 거 아니야, 그냥 막내도 스트레스가 많았구나 하고 넘어가는 거지. 계속 얼굴 볼 사이에 어쩌겠니? 널 자를 것도 아니고."

"자르다뇨, 그 정도였어요?"

"그 정도고 저 정도고, 이런 일로 자르진 않아. 네가 필요하지 않을 때 자르는 거지. 회사란 그런 거란다. 이 천지분간 못하는 꼬맹아."

팀장이 백팩을 짊어지고 자리에서 일어났다. 나는 빨리 속이라도 풀어야겠다는 생각에 해장국 국물을 그릇째 들고 마셨다. 아주 시원하고 구수했는데, 뒷맛이 씁쓸했다. 서울로 올라오는 내내 차 안에는 침묵이 감돌았다.

서울로 들어오는 톨게이트에 접어들면서, 나는 어른의 세계에 조금씩 가까워져간다는 느낌이 들었다. 회 맛을 안다고 어른이 되는 게 아니라, 자신의 입맛에 맞지 않아도 필요하다면 삼킬 수 있는 이가 어른이었다. 좋아하는 사람만 곁에 두고 싫은 사람은 멀리하고 싶은 마음 따위는 어른의 세계에서 그리 중요하지 않았다. 싫든 좋든 한 팀으로 묶이면 서로의 동승인이 될 수밖에 없었다. 간밤에 한 침대에서 알몸을 보았던 사이라 해도, 다음 날 각자의 옷을 입은 뒤에는 그 옷에 어울리는 관계가 되는 것이 어른이었다. 나는 권에게 보냈던 메시지 창을 열어보았다. 권은 메시지를 확인해놓고도, 아무런 답이 없었다.

연극 연습 1. 벚꽃 동산

주황빛 핀 조명이 머리 위로 떨어지던 순간을 기억한다. 나는 무대 중앙에 선 채로 어두컴컴한 객석을 응시했다. 선배들은 극장 후미진 곳으로 미리 숨어버렸고 내 시야에서 객석은 완벽하게 비어 있었다. 살갗을 따스하게 비추면서 작은 몸을 동그랗게 감싼 조명의 온기 속에서 나는 허공에 살짝 뜬 듯한 기분이었고, 쉽게 무장해제되어버렸다. 극장에 들어오기 전에 마셨던 고량주가 얼굴을 붉게 물들였다면, 온몸에 내리쬐는 주황색 조명은 내 피를 뜨겁게 만들고 있었다. 그것도 아주 빠른 속도로.

어둠 속에서 하나둘 질문들이 튀어나왔다.

"당신은 누구신가요?"

나는 내가 누구인지 모른다고, 그래서 내가 누구인지 간절하게 알고 싶다고, 나 자신이 어떤 사람인지 알기 위해 내 모든 것을 걸어보고 싶다는 고백을 다소 격정적인 어조로 내뱉었다. 십대 시절 일기장에 끄적여놓았던 비밀스러운 포부를 입 밖으로 털어놓게 할 정도로 어둠 속의 목소리는 힘이 있었다.

한시간 전까지 학교 앞 중국집에서 잔을 돌리던 선배들 앞이라 생각했다면 쉽게 꺼내놓을 수 없는 말들이 술술 튀어나오고 있었다. 연극 동아리 신입생 환영회의 클라이맥스라 일컫는 '자아탐구 극장' 이벤트를 위한 무대에서의 일이다. 학생회관 사층에 위치한 어두컴컴한 극장에 들어온 모두가 각자 맡은 역할에 최대한 몰입하고 있었다. 중후하면서도 묵직하게 극장을 울리는 어둠 속의 목소리가 조성하는 분위기에 압도되면서 나는 이상한 경험을 하게 되었다.

당신은 누구입니까.

어둠 속에서 굵직한 목소리가 들려왔다. 그 순간 가슴속 깊은 곳에서 이상한 진동이 울려왔다.

나는 누구인가.

같은 질문이 또다시 들려왔다. 하지만 이번에 묻는 이는 무대 밖의 목소리가 아니었다. 내가 나에게 건네는 질문이었다. 나는 더듬더듬하면서 여러가지 질문에 답을 하기 시작했다. 나는 왜 고향을 떠나 서울로 왔는가. 내가 살면서 가장 찾고 싶은 것은 무엇인가. 나는 왜 죽지 않고 여태까지 살아왔는가…… 여태껏 한번도 생각해보지 못했던 질문 앞에서도 나는 그것이 그 순간 내 삶에서 가장 중요한 문제처럼 느껴져 절박한 목소리로 대답을 이어나갔다. 무대 밖에서 던지는 묵직한 질문들이 실은 내가 그동안 나 자신에게 묻고 싶었으나 차마 묻지 못했던 문제였다는 것을 깨달으면서 감정이 점점 더 격해졌다. 어둠 속에서 나를 향해 내리쬐는 주황색 조명이 마음속 어두운 곳까지 파고들었다. 무대의 매력을 강렬하게 느꼈던 첫 경험이었다.

몇차례의 진지한 문답이 오가고 난 후, 다소 짓궂은 질문들이 던져졌다. 첫사랑과 첫 키스에 대한 질문 세례가 악의적인 호기심의 발로라는 것을 알아차리지 못한 채, 나는 여전히 진지하고 경직된 얼굴로 그 누구에게도 말한 적 없었던 과거의 한 장면을 떠올리고 있었다.

"저는 한때 독실한 크리스천이었습니다. 중학교 2학년 때 친구를 따라 나가게 된 교회에서 중등부 활동을 하면서 종교에 빠져들었고, 신과 제가 영적으로 긴밀하게 연결되어 있음을 느끼면서 구원받고 위로받고 있다고 믿었습니다. 나와 같은 신을 영접하고, 같은 곳을 바라볼 수 있는 남자를 만나 사랑하고 그와 함께 아름나운 가성을 꾸리고 싶다는 열망도 그 당시 저에게는 매우 자연스러운 것이었습니다. 고등학교에 입학하던 해 고등부에서 알게 된 한 학년 위의 선배 K는, 네, 그러니까 그는 흔히 말하는 교회 오빠였던 셈이죠. 저는 그를 처음 본 순간 신이 나의 기도를 들어주었다는 생각이 들었습니다. 하얗고 선이 고운 얼굴에 감미로운 목소리를 지닌 소년이었습니다. 목사의 아들로 태어나 모태신앙 아래 자란 그는 교회의 어떤 청년들보다 신앙심이 깊었고 배려심이 남달랐습니다. 음대를 지망했던 그가 길고 흰 손가락으로 피아노 반주를 하는 모습을 볼 때면, 제 가슴은 피아노 건반보다 더 빠르게 쿵쾅거리곤 했습니다. 제 첫사랑은 다소 격정적으로 시작되었습니다. 특별한 행사가 있는 날을 제외하곤 평일 저녁 시간, 교회의 고등부 기도실은 늘 비어 있었습니다. 전교생이 교실에 잡혀 야간 자율학습을 할 시간에 그 선배가 학교를 빠져나와 기도실에서 시간을 보낸다는 사실을 알고 난 뒤부터 저는 아픈 일이 잦아졌습니다. 예체능 계열이라 레슨 핑계를 대면서 비교적 쉽게 자율학습에서 빠질 수 있었던 그와는 달리, 저는 만성 편두통과 생리통에 시달리는 여학생 연기를 실감 나게 해야만 조퇴를 할 수 있었으니까요."

가슴 떨리는 사랑 고백과 신중한 교제, 차례차례 이어지는 스킨십 진도와 같은 연애의 매뉴얼은 그저 철부지 십대의 환상에 불과했다. 열일곱살 소녀와 열여덟살 소년의 입술은 너무 쉽게 포개어졌고, 선을 넘는 것도 순식간이었다. 피아노 건반을 두드리던 그의 손이 내 몸 곳곳을 더듬는 순간, 나는 신을 잊었고 나 자신조차 잊어버린 채 강렬한 힘에 투항해버렸다.

신이 생각난 것은 서툰 섹스가 끝난 후였다. 선악과를 먹고 난 직후 수치를 알게 된 아담과 하와처럼, 우리는 바쁘게 옷매무새를 다시 가다듬으며 입술을 잘끈 깨물었다. 무릎을 꿇고 먼저 울부짖은 것은 그였다. 맹렬하고 집요하게 나를 탐하던 두 손을 포개 쥔 채 십계명을 어기고 간음을 저질렀다며 목이 터져라 통성기도를 하는 그의 모습을, 나는 처음에는 어이없는 표정으로 내려다보았다. 그러나 힘 있는 목소리로 하나님 아버지께 용서를 구하는 그의 기도가 이어질수록 뭔가 큰 잘못을 저질렀다는 생각이 들면서 불안해졌다. 목사인 그의 아버지를 닮은 빼어난 말솜씨였다. 결국 나도 옆에서 같이 무릎을 꿇고 기도를 하게 되었다. 기도에 빠져들수록 수치와 죄의식도 잊고, 다른 차원의 내가 되는 것 같았다. 씻을 수 없는 죄를 지었다는 설망감이 늘었다가도, 회개를 통해 새로운 삶을 찾을 수 있을 것 같다는 용기가 샘솟기도 했다. 지나고 나서 생각해보니, 그 행위야말로 최초의 연극적 체험이었는지도 모르겠다.

그의 회개는 매 순간 진심이었다. 그러나 그 회개가 순간에 지나지 않는다는 것이 문제였다. 그후로도 빈 기도실에서 우리는 자주 만났고, 십대 연인들의 몸은 아주 쉽게 뜨거워졌다. 사실 나는 섹스 자체가 좋지는 않았다. 좁고 기다란 교회 의자 위에 누우면 등뼈가 아팠다. 그럼에도 그를 아주 많이 좋아했기 때문에, 그의 부탁을 거절하기가 힘들었다. 어려서부터 신실한 크리스천으로 자라온 그는 지켜야 할 율법과 육체적 욕망 사이에서 많이 괴로워했다. 그러나 그의 고민 안에 상대인 '나'와 '나에 대한 마음'은 없었다. 그가 두려워하는 것은 보이지 않는 신과 자신의 일탈을 알게 될 교회공동체 사람들이었다. 그 과정에서 나는 상처받았고, 그를 미워하게 되었고, 나중에는 한때 나 역시 무척 믿고 의지했던 그의 신마저 하찮게 여겨졌다. 그와 헤어진 후 나는 더이상 교회에 나가지 않았고, 신을 믿지 않게 되었다.

극장 곳곳에서 박수가 터져나왔다. 나는 상기된 얼굴로 가쁜 숨을 내쉬었다. 이런 이야기까지 하려고 했던 것이 아니었는데, 그동안 마음속 깊이 숨겨둔 비밀까지 모두 털어놓고 말았다. 상처로 각인됐던 첫사랑 이야기를 무대 위에 올라 풀어놓고 나니, 생각처럼 부끄럽지도 아프지도 않았다. 그제야 과거의 상처를 극복하고 새로운 나로서 출발할 수 있겠다는 생각이 들었다. 한편의 아픈 서사가 종결된 느낌이었다. 그때로부터 이년 남짓한 시간이 지난 후였고, 그사이에 나는 성인이 되었으며, 고향을 떠나왔다. 모든 서사는 끝내고 싶을 때 끝낼 수 있는 것이 아니라, 그 시간으로부터 멀어진 후에야 완결될 수 있다는 걸 쿰쿰한 냄새가 올라오는 학생회관의 무대 위에서 나는 알게 되었다. 지나간 것은 지나간 대로 의미가 있다는 가사에 공감하며 그 노래를 흥얼거릴 수 있는 이는 과거를 무사히 지나왔거나, 어떻게든 떠나보낸 사람일 것이다. 아직도 그 시간에서 벗어나지 못한 사람은 결코 그것에 대한 서사를 완결시킬 수 없다.

나의 1인 고백극은 동아리 사람들에게 깊은 인상을 남겼다. 이를 계기로 나는 사월에 열리는 정기공연에서 비중 있는 역할을 맡게 되었다. 무대에서 대사를 치는 역할을 맡은 신입생은 나와 다른 여자 동기인 장미, 둘뿐이었다. 우리가 공연할 작품은 체호프의 「벚꽃 동산」이었다. 나는 여주인공 라네프스카야의 수양딸인 바랴 역을 세의

받았다. 연출 선배는 내가 '버려진 여자의 처연함'을 잘 연기할 수 있을 거라고 말했다. 칭찬인지 욕인지 모를 캐스팅 이유였지만 바랴는 매력적인 역할이었다.

한때는 아름다운 벚꽃 동산의 주인이었으나 지금은 몰락해버린 가난한 지주의 양녀로, 어머니와 동생에 대한 책임을 저버릴 수 없는 동시에 신흥 부자인 로파힌에게 사랑을 느끼면서 괴로워했던 바랴…… 로파힌과 맺어지는 것을 포기하고 부잣집의 가정부가 되어 떠나는 바랴의 마지막 선택을 두고 연출 선배는 그녀가 버려진 여자라고 했지만, 나는 그 연극 안에서 유일하게 제정신을 차리고 자기 자신을 똑바로 바라보는 인물이라고 생각했다. 나는 거울 앞에서 바랴의 대사를 수십번 반복하며 연습했다.

우린 결국 어찌해도 안 될 거야. 그 사람은 바빠서 나한테 신경 쓸 겨를이 없어…… 관심도 없는 것 같고, 마음대로 하라고 해, 나도 보고 싶지 않아…… 다들 우리가 결혼할 거라고, 축하한다고 그러지만 결국은 아무것도 없어. 그냥 꿈같은 얘기일 뿐이야…… (어조가 변하며) 브로치가 꼭 꿀벌같이 생겼네.

나는 지금도 가끔씩 욕실 거울 앞에서 칫솔을 든 채 바랴처럼 읊조려보곤 한다.

"우린 결국 어찌해도 안 될 거야. 결국은 아무것도 없어. 그냥 꿈같은 얘기일 뿐이야……"

바랴의 체념적 어조에 기분이 착잡하게 가라앉으면서도 모든 것이 그냥 꿈같은 얘기일 뿐이라는 속삭임에 묘한 위로를 얻게 된다. 때로는 인생이 얼마나 대단하고 아름다운지에 대해 설파하는 목소리보다 결국은 어찌해도 안 될 일이라고, 인생은 원래 그런 거라고 말해주는 연극 속 대사 한마디가 거꾸러진 몸과 마음을 일으켜 세우는 데 도움이 된다는 걸 나는 안다. 나의 첫 배역이 바랴였다는 것은, 어쩌면 인생에서 포기를 빨리 배워야 한다는 복선이었을지도 모른다. 아무리 생각해도 바랴 역은 소연 언니가 아니라, 내게 어울리는 역할이었다.

그해 봄 동아리 정기공연의 바랴 역에 소연 언니가 먼저 낙점되어 있었다는 것을 알았더라면 나는 절대로 그역을 탐내지 않았을 것이다. 하지만 연출 선배는 내게 그런 이야기를 하지 않았다. 소연 언니가 미리 대본을 받아가 연습을 시작했다는 사실도 전혀 알지 못한 상태였다. 그저 나도 몰랐던 내 재능을 알아봐주는 사람이 있다는 사실에 들떴을 따름이다. 동아리에서 만난, 유일한 과 선배였던 소연 언니가 나는 왠지 어려웠다. 불어불문학과에서 소연 언니는 '학점 괴물'로 소문이 나 있었다. 과에서 수석을 놓친 적이 없는 똑똑한 소연 언니가 나에게 배역을 뺏긴 채 조명실에서 자리를 지키는 모습에 마음이 불편했다.

공연 이틀 전, 연습을 마치고 잠시 동아리방에 들렀다가 소연 언니와 마주쳤다. 언니는 혼자 소파에 앉아 분홍색 도화지를 오려 소품으로 쓸 벚꽃잎을 만들고 있었다.

"어, 왔니? 연습 끝났어?"

"네, 연습 구경하러 안 오세요?"

"그러게, 도통 못 가봤네. 내일은 가보려고. 오늘은 이거 좀 해놓고…… 내가 조명이랑 소품 담당이거든."

"제가 좀 도와드릴까요?"

"아니, 괜찮아."

나는 작업 테이블 맞은편에 조심스럽게 앉았다. 누가 대놓고 비난을 한 것도 아닌데, 나는 연습 기간 내내 소연 언니의 눈치를 보았다.

"언니, 미안해요."

"뭐가?"

소연 언니가 가위질을 멈추고 눈을 치켜뜨며 물었다. 손에 쥔 가위가 유난히 날카롭게 빛났다.

"바랴 역 원래 언니가 하기로 했던 거라고……"

"치, 누가 그래? 그런 거 아니야, 괜찮아. 난 이렇게 소품 만드는 것도 좋아. 사실 나 많이 부담됐어. 2학년이면 동아리생활 가장 적극적으로 해야 할 때라고, 비중 있는 역할을 한번은 꼭 해야 한다고 등 떠밀려서 하기로 한 거였어. 내가 사정이 좀 있어서 매일 연습 나오기는 힘들거든. 네가 더 잘할 거 같아. 차라리 잘됐어. 진심이야."

"그렇게 말씀해주셔서 고마워요. 사실 저는 연극도 처음 해보고 아무것도 몰라요. 그런 제가 언니 배역 괜히 빼앗은 거 같아서, 마음에 걸렸어요. 캐스팅되어 있던 배역인 줄 모르고 하겠다고 한 거였어요. 오해는 하지 말아주세요."

"응, 알아. 연출 선배가 네가 더 잘할 거라고 판단해서 배역 바꾼 거니까 너무 신경 쓰지 마. 한창 연습하다 배역 바뀌는 일도 다반사야. 대사 다 외웠는데 바뀐 것보다 훨씬 낫잖아. 그리고 솔직히 난 체호프가 쓴 희곡 별로 안 좋아해. 이번 공연 작품 정할 때도 애들이랑 다퉜다니까."

"왜요?"

"그냥, 너무 꽉 짜인 서사랄까. 답답해. 이오네스코나 장 주네의 부조리극 같은 게 더 좋아. 죄다 엉망진창인 거."

"네? 엉망진창요?"

"응, 엉망진창. 사실 나 그래서 신입생 환영회 때 네가 늘어놓는 고백도 좀 듣기가 그랬어. 다른 사람들은 다 감동적이고 멋있었다고 하는데…… 너무 잘 짜 맞춘 서사잖아. 그런 건 오히려 진실 같지 않더라."

편안한 얼굴로 상대방을 교묘히 모욕하는 소연 언니의 태도에 나는 말문이 막혔다. 꼬인 관계의 실타래를 풀어보려고 다가갔는데, 그 실타래를 싹둑 잘라내버린 것이나 다름없었다. 한동안 둘 사이에 침묵이 흘렀다. 내가 분한 표정으로 자신을 바라보고 있는데도 아랑곳하지 않은 채 소연 언니는 가위질만 해댔다. 찰칵, 찰칵, 찰칵 가윗날이 부딪치는 소리만이 동아리방을 가득 채우고 있었다.

"진실이 아니라뇨, 그런 이야기를 누가 거짓으로 지어서 발설하겠어요. 저한테 얼마나 큰 상처로 남았던 일인데…… 잘 알지도 못하면서 함부로 말씀하지 마시죠."

목소리가 파르르 떨렸다. 성을 내는 나와는 달리, 소연 언니는 시큰둥한 얼굴로 테이블에 수북이 쌓인 분홍색 종이 꽃잎을 끌어모으며 말했다.

"그래, 알아. 그건 아니겠지. 하지만 그렇게 기승전결로 정리하면서 빼고 더한 이야기가 있지 않을까. 자기 고백에 자기가 취하는 건 아닌지, 그런 생각이 들더라고. 모든 고백은 결국 각색이기도 하거든."

나는 한대 얻어맞은 기분으로 동아리방 문을 나섰다. 그때만 해도 소연 언니가 나를 싫어한다고 생각했다.

바랴가 되어 관객들 앞에 나섰던 순간, 나의 데뷔 무대를 좀처럼 잊기 힘들다. 동생 아냐와 대화를 나누다가 상념에 잠긴 대사를 내뱉는 중요한 장면이었다. 사방이 어두워지면서 어슴푸레한 조명 한줄기가 무대 중앙에 떨어졌고, 나는 조명 속으로 뚜벅뚜벅 걸어 들어갔다. 갑자기, 대사가 기억나지 않았다. 수십번, 수백번 대본을 외고 또 외웠는데 머릿속이 하얗게 텅 빈 느낌이었다. 관객들은 숨을 죽인 채 나를 바라보고 있었다. 시선을 둘 곳이 없었다. 고개를 들어 조명실 쪽을 바라보았다. 나를 비추고 있는 그 빛의 발원지를 올려다보며 입술을 깨물었다. 이런 상황에서 어떤 애드리브로 대처해야 하는지까지는 미리 대비하지 못했다. 다리가 후들후들 떨렸다. 그 순간 내게 집중되어 있던 조명의 폭이 조금씩 넓어지더니 조명의 방향이 무대 상단으로 옮겨갔다. 종이로 만든 분홍꽃이 흐드러지게 피어 있는 벚꽃 나무를 조명은 한참 동안 비추고 있었다. 감미로운 음악도 함께 흘러나왔다. 소연 언니의 임기응변이었다. 그러는 사이, 깜빡 나갔던 정신이 돌아왔다. 바랴는 목소리를 가다듬고 자신이 해야 할 말을 이어나갔다. 조명등이 다시 천천히 바랴 쪽으로 움직여왔다.

1회차 공연에 위기를 맞기는 했지만, 그후로 나는 무대에 빠르게 적응했고 사흘간 이어진 공연은 성공적으로 끝났다. 연극 무대에 선다는 건 상상 이상으로 황홀한 경험이었다. 커튼콜 때 함께 연기한 배우들의 손을 맞잡아 높이 들면서 나는 울먹거렸다. 관객들의 박수 소리에 맞춰 심장이 뛰는 것 같았다. 새로운 인생을 시작하게 된 바랴처럼 나는 처연하면서도 들뜨는 기분을 지울 수 없었다.

연출 선배는 공연 뒤풀이에서 연극은 결국 사람을 남기는 작업이라고 말했다. 연극을 통해 우리가 얻어가는 것은 연기나 연출에 대한 테크닉이 아니라 바로 인간에 대한 이해가 되어야 한다고도 했다. 연극 속 인물을 이해하면서 인생을 배우고, 함께 연극 작업을 하면서 동료들에 대한 이해를 배우게 된다고 말하고 싶었던 걸까. 공연의 여운에서 빠져나오지 못한 나는 그 말을 완전히 이해할 수 없었지만, 나의 삶과 인간관계가 다른 방식으로 확장되고 있다는 느낌이 들었다. 소연 언니에게 술 한잔 건네며 불편한 감정을 풀고 고마운 마음을 전하고 싶었다. 소연 언니의 기지가 아니었더라면, 첫 공연의 기억은 악몽으로 남았을 것이다. 하지만 나는 술잔을 들고 소연 언니에게 가기도 전에 진탕 취해버렸다. 선배들은 신입생이 큰 역할을 잘 소화했다고 칭찬하며 내게 한잔씩 술을 따라주었다. 난생처음 보는 졸업생 선배들이 건네는 술까지 모두 받아 마시다보니, 어느 순간 기억이 끊겨버렸다. 동기들의 증언에 따르면 나는 바닥을 기면서 소연 언니만을 찾고 있었다고 한다.

시끄러운 노랫소리와 눈앞에서 어른거리는 사이키델릭 조명 때문에 눈을 떴다. 나는 노래방 소파 한구석에 누운 채 몸을 뒤틀고 있었다. 노래방 테이블 위에서는 주연인 로파힌 역을 맡았던 남자 선배가 쉬고 갈라진 목소리로 비트가 빠른 댄스곡을 부르는 중이었다. 고개를 돌려 옆을 보니, 소연 언니가 반쯤 감긴 눈으로 나를 내려다보고 있었다.

"깼니? 이제 집에 가자."

나는 졸린 눈을 부비며 일어나 언니를 따라나섰다.

"너, 기숙사 살지? 지금이 다섯시 반이니까 천천히 걸어가면 기숙사 문 여는 시간에 맞아떨어지겠어."

학교 정문 쪽으로 걸어가는 소연 언니를 뒤따르며 내가 물었다.

"언니, 기숙사 사세요?"

"응, 몰랐니?"

"뒤풀이도 잘 안 오고, 매일 일찍 들어가길래 집이 엄청 엄한가보다 했죠. 기숙사 사는 선배들은 문 닫는 시간 놓쳐서 이렇게 새벽에 들어가기가 다반사인데……"

"야, 기억 안 나? 나 어제도 평소처럼 일찍 들어가려던 참이었는데, 네가 나 붙들고 울고불고 난리 치는 통에 못 들어갔잖아."

"네? 제가요?"

"속 터져 진짜, 과 후배라고 하나 들어온 게 저 모양이니, 쯧쯧."

나에게 면박을 주면서도, 언니의 입꼬리는 올라가 있었다. 나도 피식 그녀를 따라 웃었다.

새벽의 캠퍼스는 고요했다. 나는 양팔을 넓게 편 채 빈 차도 위를 뛰어다녔다. 소연 언니는 나를 지켜보며 미소를 지었다. 깊게 숨을 들이마셨다. 아직 해가 뜨지 않은 새벽녘의 공기가 차가우면서도 달콤했다. 단과대 건물들을 지나 기숙사로 향하는 언덕길로 기다란 벚나무길이 있었다. 벚나무의 꽃망울이 둥글게 여물어가는 중이었다.

"여기도 벚꽃 동산이네요. 언니가 만든 종이꽃처럼 이곳의 벚꽃도 곧 만개하겠죠?"

"얘, 저 벚꽃이 얼마나 사람 심란하게 하는지 몰라."

"네? 심란해요?"

"벚꽃이 제일 절정으로 필 때, 중간고사도 절정에 다다르거든. 고로, 조만간 시험 기간이 시작된다는 거지. 선배로서 충고하는데 미리미리 준비해. 특히 우리 학교 불문과는 불어 실력이 원어민 수준인 애들도 많고, 학점 경쟁 얼마나 피 튀기는지 몰라."

"언니는 왜 불문과에 왔어요?"

"글쎄, 영문과 갈 성적이 안 돼서? 영문과는 좀 불안하다고 담임이 불문과 쓰라고 했어."

"에이, 그런 거 말고요. 그래도 하필이면 왜 불문과였는지, 이유가 있을 거 아니에요. 언니가 결정한 이유요!"

"불어의 부드러운 발음이 진짜 매력적이지 않아? 나 프랑스소설도 좋아해. 누보로망 계열의 소설들."

"누보로망이요? 그게 뭔데요?"

"알랭 로브 그리예나 미셸 뷔토르 같은…… 고등학교 때 허세 부리려고 집어든 책들이었는데, 읽다보니까 막 빠져들게 된 거야. 너도 나중에 전공 수업 들으면 알게 될 거야. 그러는 너는? 너는 왜 불문과에 왔어?"

"음…… 그게, 저는……「파리의 연인」 보고요."

"뭐?「파리의 연인」?"

"박신양이랑 김정은 나오는 드라마요. 초등학교 때 그 드라마 보고, 나중에 파리에 꼭 가야지 결심했거든요."

"드라마? 아니, 그런데 파리 가는 거랑 불문과랑 무슨 상관?"

"불어불문학과 가면, 프랑스랑 관련된 일을 하게 될 거고, 그러니까 꼭 파리에 가게 될 거라고 막연하게 생각했어요. 아주 어릴 때부터 그냥 그렇게 결심해버려서, 나중에는 바꿀 수도 없더라고요."

소연 언니는 허리를 꺾고 크게 웃었다. 조용한 교정에 그녀의 깔깔거리는 웃음소리가 울려퍼졌다. 한번 터진 웃음은 쉽사리 잦아들지 않았다. 언니는 눈물까지 흘리면서 웃었다.

"야, 너 왜 이렇게 웃겨? 진짜 골 때린다."

"골 때려요?"

나의 진심 어린 고백을 또 삐딱하게 받아들이는 것 같아서 심기가 불편했다.

"응, 골 때려. 그래서 나 너 되게 마음에 들어."

그녀가 팔을 뻗어 내 어깨를 감싸 안았다. 목덜미를 토닥이는 언니의 손길이 싫지 않았다. 우리는 어깨동무를 한 채 벚나무 언덕을 올랐다.

불어 실력도 형편없었고, 대학 시절 내내 연극에만 정신이 팔려 있었던 내가 중간 정도라도 학점을 유지할 수 있었던 것은 소연 언니의 공이 컸다. 소연 언니는 그 누구에게도 보여주지 않았던 족보와 노트 필기를 나와 공유했고, 불어를 못해도 학점을 잘 받을 수 있는 수업이 무엇인지도 알려주었다. 저마다 다른 교수들의 취향도 언니가 아니었다면 알지 못했을 것이다. 리포트의 내용을 중시하는 교수, 분량을 중시하는 교수, 형식을 중시하는 교수 등 저마다 다른 교수들의 취향을 십분 반영해 과제를 제출하는 요령도 언니에게 배웠다.

하지만 언니가 권하는 프랑스소설은 전혀 내 취향이 아니었다. 지루하기 짝이 없는 그 소설들을 시간 날 때마다 들여다보던 소연 언니의 모습을 나는 신기한 눈길로 바라보곤 했다. 나는 그녀가 학자가 되거나 아니면 책과 관련된 일을 하게 될 것이라고 생각했다. 내가 연극과 무관한 삶을 살게 되리라는 것도 그때는 예상하지 못했다. 대학을 졸업한 후 정작 책 만드는 일을 하게 된 사람은 나였다. 소연 언니는 천장에 촘촘하게 박힌 LED 등이 환하게 불을 밝히고 있는 은행에서 창구 업무를 보고 있다. 우리는 아직 파리에 가지 못했다.

연기의 연기

대학 시절, 나는 연극을 했다. 정확히는 연극 동아리 활동을 했다. 당연히 동아리에서 연극을 일년 365일 내내 한 건 아니었다. 연극 공연을 일년 내내 할 수는 없었지만 연극 이야기를 매일 하는 건 가능했고, 그 자리에는 반드시 술이 동반됐다. 어쩌면 우리 모두 술을 마시기 위해 연극을 하는 게 아닐까 생각될 정도로, 그러다가 나중에는 연극 생각은 깡그리 잃어버릴 정도로, 미친 듯이 술을 마셔댔다. 돌이켜보면 연극과 술, 그게 내 대학생활의 전부였다.

그 시절 같이 동아리 활동을 했던 사람들 중 아직도 연극을 하는 사람은 동기 장미밖에 없다. 심지어 이제는 연극을 보러 다니는 사람조차 드물다. 그럼에도 우리는 건수가 생기면 가끔 만나 술을 마셨다. 그날의 건수가 무엇이었는지는 기억나지 않는다. 누군가 취업 턱을 내는 자리였나, 아니면 동아리 선배의 청첩 모임이었나…… 뭐 그런 건 중요하지 않다. 그저 여느 때처럼 술을 많이 마시고 안 해도 될 소리를 제법 했던 것만 기억이 난다. 사실 우리는 연극이 아니라 술 동아리였다는 농담을 하면서 서로의 근황을 나누는 자리에서 나는 '근황 업데이트'가 있긴 한데, 이게 진짜 좋은 소식인지는 모르겠다고 쭈뼛쭈뼛 운을 뗐다. "뭔데, 뭔데?" 하고 묻던 사람들은 드림출판사 인턴 전형에 합격해 출근을 일주일 앞두고 있다는 내 말에, 당연히 축하할 일이라며 박수를 쳐줬다.

"축하할 일이긴 한데 연희까지 취업했다니까 왠지 맥 빠지는 기분이다. 너는 끝까지 연극 무대를 지킬 거라는 생각을 했거든. 연기도 참 잘했고."

메이저 광고회사에 다니는 현호 선배는 참 아깝다는 말까지 했다. 신문방송학과 출신인 그는 동아리에서 취업을 잘한 축에 속했다. 내가 연극을 그만두는 것이 아깝다는 건지, 더 좋은 직장이 아니라 고만고만한 출판사에 들어가는 게 아깝다는 건지는 정확하지 않았다. 나를 높이 평가해주는 마음이 고마우면서도, 낯 뜨거운 기분이 드는 것도 사실이었다. 그동안 배우를 하겠다고 얼마나 설치고 다녔으면 그는 내가 앞으로도 계속 연극을 할 거라고 철석같이 생각했던 걸까. 스스로 남발하듯 내뱉고 다녔던 장래희망을 다른 사람의 입을 통해 들으니 그 허황됨이 더 확연하게 체감되었다.

4학년 1학기 정기공연(4학년이 정기공연에 참여하는 것도 드문 사례이기는 하다)을 끝으로 나는 동아리와 헤어진 기분이 들었다. 친구들이 다음 공연은 언제 하느냐고, 무대에는 언제 다시 설 거냐고 물을 때면 나는 "기회가 되면 언제든지"라며 얼버무리곤 했다. 프로배우가 되는 길을 기웃거리지 않은 것은 아니다. 졸업 후 선배의 소개로 대학로의 한 극단에 잠시 들어가 단역과 스태프 일에 참여해보기도 했다. 하지만 극단의 막내 자리에서 배울 것은 별로 없어 보였다. 조금이라도 힘든 기색을 보이면 선배들은 근성이 없다거나 열정이 부족하다고 타박하기 일쑤였다. 개중에는 믿고 따를 만한, 본받고 싶은 선배도 있었다. 그러나 그들의 삶도 팍팍하기는 마찬가지였다. 극단에서는 개런티는커녕 정부나 공공단체에서 받는 지원금이라도 있어야 배우들에게 교통비나 밥값이라도 챙겨줄 수 있었다. 벌이가 있는 배우자가 있거나 집안 형편이 괜찮은 배우들은 그나마 나았다. 그렇지 않으면 여러 아르바이트를 전전하며 생계를 해결해야 했다. 나는 시작도 하기 전에 겁부터 났다. 헤어날 수 없는 늪을 향해 한발씩 내딛는 기분이었고, 발이 잘 떨어지지 않았다. 나는 슬그머니 그 세계에서 발을 뺐다. 낮에는 패스트푸드점에서 아르바이트를 하고, 밤에는 입사원서를 쓰기 시작했다. 연극에 대한 미련을 아예 버리지는 못해서 자기소개서를 쓰면서도 매일 밤 검색창을 하나 더 열어두고 연극 오디션 정보를 알아봤다. 좋은 기회가 있다면 잡고 싶다는 열망과 미래에 대한 막연한 불안감이 동시에 나를 짓눌렀다. 좋은 기회가 대체 뭘 의미하는지, 내가 찾고 있는 기회라는 게 대체 무엇인지 나 자신도 몰랐다. 어느 쪽도 제대로 선택하지 못하고 양다리를 걸치고 있다는 자책감과 이러다가는 죽도 밥도 안 되고 아무것도 할 수 없겠다는 자괴감이 매일 밤 나를 휘감았다. 그 와중에 지금 다니는 회사에서 면접을 보러 오라는 연락을 받았을 때, 나는 어떤 식으로든 현재의 지긋지긋한 고민이 일단락되기를 바랐다.

"아무래도 취업은 시기 놓치면 더 힘들어지니까 직장생활 한번 해보려고요. 그러다가 정 아니다 싶으면 나중에 다시 연극할 수도 있고⋯⋯ 사실 아직 미련이 많이 남아요. 제대로 해보지도 않고 도망친 건 아닐까 하는 생각도 들긴 하는데, 일단 사회생활 경험해보는 건 나쁘지 않겠다는 생각이 들어요. 다양한 체험을 하는 것도 배우에게는 정말 중요하잖아요. 극단에 잠깐 다녀보니까 직장

다니다가 늦게 배우 시작한 선배도 있더라고요."

"맞아, 그런 사람도 있더라. 사람 일 모르는 거지."

선배들은 대부분 잘 생각했다는 반응이었다.

맞은편 자리에서 한참 말없이 혼자 술을 따라 마시던 장미가 약간 비아냥거리는 말투로 내게 물었다.

"재미있네, 연기(演技)의 연기(延期)인 건가. 그게 말이 된다고 생각해?"

좀 전까지 화기애애했던 분위기가 장미의 말 한마디에 싸늘하게 얼어붙었다. 나는 그런 장미를 탐탁지 않은 눈길로 바라보며 되물었다.

"무슨 말을 하고 싶은 건데, 왜 말이 안 돼?"

"지금 못하는 연극을 나이 들어서 할 수 있다고? 넌 그냥 자신을 속이고 있는 거야. 나중이란 없어."

그날 술자리에서 나는 장미와 심하게 언쟁을 했다. 장미는 현실을 핑계로 꿈을 포기하는 건 비겁한 거라고, 결국 절박함이 부족한 거라고 비난하듯 쏘아붙였다. 다르게 살기 위해서는 그만큼 용기가 필요한 거라는 장미 앞에서 나는 밀리기 싫은 마음에 오히려 직장 경험도 배우가 되기 위한 과정일 수 있다고, 연극은 결국 인간의 삶은 다양하다는 것을 보여주기 위해 존재하는 것 아니냐며 큰소리를 쳤다.

불과 일년 전만 해도 나는 장미와 같은 생각을 했고, 같은 길을 걷게 되리라 믿어 의심치 않았다. 우리는 동아리에서 가장 친한 동기 사이였고, 대학 시절 내내 단짝처럼 붙어 다녔다. 우리 둘은 자신이 비범하다는 우월감에 약간은 도취한 상태였고, 동아리 활동에 모든 에너지를 쏟아붓다시피 했다. 학점과 스펙 관리에 매몰된 시시한 부류들과는 달리, 우리는 인생에서 자신이 정말 원하는 것이 무엇인지 알고 그것을 찾아가고 있다는 것에 큰 자부심을 느꼈다. 연극을 위해서라면 죽어도 좋겠다고 생각했다. 유치하지만, 그때의 감정은 진심이었다.

장미는 나를 변절자처럼 취급했다. 어쩌면 장미 말이 맞을 수도 있겠다. 대학로를 의욕적으로 누비는 장미에 비해 나는 절박함이 부족한 걸지도 모른다. 하지만 이렇다 할 소득도 없으면서 현실과 조금도 타협할 생각이 없는 장미의 모습을 보면 숨이 막혀왔다. 취업 포기하고 너처럼 살라고? 차마 그 말까지는 장미에게 대놓고 하지 못하고 벌컥벌컥 술을 들이켰다. 그러고 난 뒤 우리는 마주 앉아 있으면서도 더는 말을 섞지 않았고, 2차에서는 아예 다른 테이블에 자리를 잡고 서로 쳐다보지도 않았다.

밤 열한시쯤 3차 자리로 옮겼을 때는 이미 대부분의 사람들이 빠져나가고 네댓명만 남아서, 장미와 자연스럽게 다시 한 테이블에서 만날 수밖에 없었다. 어쩌다보니 장미가 내 옆자리에 앉게 됐는데 이미 잔뜩 취해 있는 나를 쳐다보며 그 못지않게 취한 장미가 건배를 청하며 웃었다. 그 순간 나도 피식 웃음이 나와버렸다. 속엣말을 담아두지 못하는 게 장미의 큰 단점이었지만, 그러고 나서 또 금세 눈치를 보며 사과하고 화해를 청하는 여린 성격의 장미를 사람들은 쉽게 미워하지 못했다. 장미와 나는 새로운 안주와 새 술이 깔린 테이블을 앞에 두고 나란히 앉아 새 마음으로 함께 술을 마시며 깔깔댔다. 그후는 기억이 잘 나지 않는다. 야근 때문에 일이 늦게 끝나서 자정이 다 되어서야 술자리에 합류한 소연 언니에 따르면 장미와 내가 술에 취해 서로 부둥켜안고 우는 꼴이 가관이었다고 한다.

다음 날 아침, 자취방에서 나는 깨질 듯이 아픈 머리를 쥐어짜며 혼자 깨어났다. 일어나자마자 지난밤의 내 과장된 말과 행동을 곱씹으며 몇번이나 벽에 머리를 찧었다. 그나마 다행인 것은 모두가 아무렇게나 지껄이는 분위기였기 때문에 내가 유난히 이상해 보이지는 않을 거라는 사실이었다. 대학 시절부터 서로의 망가진 모습을 오랫동안 봐왔던 사이에서만 느낄 수 있는 편안함이었다. 나보다 앞서 사회생활을 시작한 선배나 동기들은 이제 제법 직장인 티가 났고 앉은 자세에서 예전과는 다른 '각'이 느껴지기도 했다. 그래도 시시한 농담을 주고받으며 낄낄거리는 건 지금도 여전했다. 다음 날이면 각자의 사무실로 출근해 동아리 술자리 때와는 다른 얼굴로 앉아 있을 거라는 생각에 애틋한 마음이 들었다.

첫 출근 날 아침, 소연 언니가 격려의 메시지와 커피 기프티콘을 보내왔다. 동아리에서 연극할 때처럼 열심히 한다면 못할 일이 없을 거라는 언니의 메시지가 눈물이 날 정도로 고마웠다. 하지만 직장생활은 동아리 활동과는 전혀 달랐다. 인턴 신분으로 드림출판사를 다니는 내내 회사가 지겨웠고, 무대가 그리웠고, 연극이 하고 싶었다. 그럼에도 나는 정규직 채용을 갈망했다.

변기를 찾아서

회의실을 나오자마자 화장실로 직행한다. 최대한 자연스럽게. 그러나 아마 자연스럽지 않았을 것이다. 조금 전까지 눈가가 새빨개질 정도로 울음을 참았다. 팀장은 더욱 소리를 질렀다. 기필코 나를 울려야겠다고 작정한 사람처럼 보일 정도였다. 작정한 일은 해야 직성이 풀리는 사람이므로, 내가 빨리 울어버렸다면 질타의 시간은 조금이나마 짧아졌을 것이다. 하지만 그 앞에서 울어버리는 건 너무 자존심이 상하는 일이었다. 회의가 끝나자마자 슬그머니 화장실로 숨어들었다. 삼층 여자화장실 맨 안쪽 칸 문을 걸어 잠그고 변기 위에 걸터앉아 양손으로 얼굴을 감쌌다.

팀장의 말이 아프게 가슴을 찌른다.

"야, 너 정신 안 차리고 이따위로 일할래? 회사가 장난이야? 내가 지금 네가 친 사고 수습해주려고 앉아 있는 사람으로 보여?"

다시 곰곰이 생각해본다. 그러니까, 팀장이 "이거 왜 이래?"라고 소리를 지르기 시작하면 뭔가를 잘못한 거 같긴 한데, 뭐가 어떻게 잘못된 건지는 빨리 파악이 되지 않았다. 영문도 모른 채 한참 호되게 당하다가, 팀장의 불만이 무엇인지 뒤늦게 알아차린 적도 여러번이다. 일단 팀장의 목소리가 커지는 순간부터 주눅이 들어버렸다. 어서 대답을 내놓으라고 고함을 지르면, 알고 있던 사안에 대해서도 어버버 하며 제대로 된 이유를 대기 어려워졌다. 나는 사고를 쳐놓고도 뭐가 문제인지도, 왜 문제가 발생했는지도 모르는 무능력자가 되어버리곤 했다.

변기에 앉아서 생각을 가다듬으며 뭐가 어떻게 된 일인지 찬찬히 기억을 더듬어본다. 원고료 엑셀 파일을 제일 마지막으로 건드린 사람은 성대리였다. 팀 서버에서 공유되는 엑셀 파일을 내가 먼저 확인했고, 수정할 내용이 있다는 성대리의 말을 듣고 그 파일을 닫았다. 그때 성대리가 뭔가 잘못 건드려서 0이 하나 더 붙었을 확률이 제일 높았다. 하지만 팀장 그리고 그 위의 본부장도 결재 과정에서 오류를 찾지 못한 건 마찬가지였다. 이럴 거면 결재 프로세스는 왜 있는 건지, 불쑥 억울한 마음도 솟았다. 그렇다고 이런 말을 입 밖에 내뱉었다가는 더 큰 화를 입을 게 뻔해서 묵묵히 팀장의 독설을 들었다. 입이 열 개라도 할 말이 없는 상황이긴 했다. 원고료가 잘못 정산된 필자는 내 담당이었고 그 책임에서 자유로울 수 없었다. 내가 한번 더 확인했으면 문제가 되지 않을 일이었다. 그냥 죄송하다고, 실수였다고 좀더 의연하게 말하지 못한 게 가장 속상했다. 지나치게 떨고, 당황하는 모습이 오히려 팀장이 더 길길이 날뛰게 하는 빌미가 됐다는 생각이 들면서 의기소침해졌다.

삼층 영업부 사무실 가까이 있는 화장실은 내가 이 회사에서 가장 편하게 느끼는 공간이다. 외근이 잦은 영업부 특성상 낮 시간에는 사무실에 사람이 거의 없어서 이곳이 우리 회사에서 가장 한적했다. 나는 삼층 화장실 제일 구석진 자리에서 자주 울었다. 간혹 화장실에 다른 사람이 들어온 기척이 느껴지면, 숨을 참으면서 안에 사람이 있다는 티를 내지 않으려 애쓰기도 했다.

이쯤에서 그만두고 싶다. 여러 사람들 앞에서 뇌의 구성 성분이 어떻게 되느냐고 다그치는 팀장의 모욕보다 더 싫은 것은 갈수록 움츠러들고 주눅 들어가는 나를 견뎌야 하는 일이었다. 화장실 휴지를 둘둘 풀어 손에 쥔 후 코를 한번 세게 풀었다. 코 푼 휴지를 움켜쥔 손에 힘이 들어가면서, 늘 상상만 하던 일을 홧김에 저질러버릴까 하는 생각이 들었다. 호기롭게 사무실로 들어가 가방을 챙겨 뒤도 돌아보지 않고 문을 박차고 나가버리는 거야. 회사 정문을 나서는 순간 핸드폰은 꺼버리고 잠수를 타자. 내가 담당 중인 일들이 약간 걸리지만 알아서들 하겠지. 팀장은 걸핏하면 자리를 지키는 것 외에 할 줄 아는 게 뭐냐며 나를 들볶곤 했으니까. 아니, 그래도 사직서는 쓰고 나가야 하지 않을까. 퇴사 사유는 뭐라고 쓰는 게 좋을까. 팀장의 인격 모독과 대리의 책임 떠넘기기. 이 정도면 나의 솔직한 심정을 드러내면서 그들을 곤란에 빠뜨릴 수 있을까. 입사한 지 일년도 안 된 신입사원을 보듬지 못한 팀장과 선배라는 비난을 피할 수 없게 되겠지. 상상만으로도 분한 마음이 조금 누그러든다.

그 순간, 문자메시지 알림음이 울렸다. 카드 회사에서 온 안내 문자였다. 이번 달 카드 결제금액 685,300원, 출금일은 당월 25일. 통장 잔고를 헤아려보았다. 이번 달에 송금해야 할 학자금대출 그리고 월세…… 내가 지금 팀장의 얼굴에 사직서를 던지고 회사를 나가버린다면, 당장 다음 달부터는 이 중 어떤 것도 감당할 수 없게 될 것이다. 휴지를 변기 속으로 던지고 물을 내리면서 내 원룸의 변기를 떠올렸다. 샤워를 하고 나면 좌변기가 흠뻑 젖을 정도로 좁은 욕실이었지만, 나만이 쓸 수 있는 전용 샤워기와 변기가 갖춰진 공간이 있다는 것만으로도 족했다.

　스무살 이후 나는 자주 변기를 옮겨야 했다. 집을 떠나오기 전 가족들과 함께 욕실을 쓸 때만 해도 변기에 대한 그 어떤 감흥도 없었다. 우리 집 변기는 조금 낡기는 했지만, 늘 청결한 상태를 유지했다. 그 집에서 나는 수험생 신분이라는 이유로 변기를 그리고 욕실을 선점할 수 있는 권리를 주장했고, 식구들은 흔쾌히 양보했다. 서울에서 처음 만났던 기숙사의 변기 속에는 라면 국물과 면발이 둥둥 떠 있었다. 나는 코를 막고 옆 칸으로 슬쩍 발걸음을 옮겼다. 아침 시간에 다섯칸이나 되던 화장실이 만원이 될 때면 화장실 문 앞에서 발을 동동 구르면서 고향 집에 있는 하얀 변기를 생각하곤 했다.

　기숙사생 선발에서 떨어져 삼촌 댁에서 살게 되면서는 곧장 기숙사의 변기들이 그리워졌다. 그 집에는 초등학교와 중학교에 다니는 두 아들이 있었다. 나는 변기에서 일을 볼 때마다 소리가 새어나갈까 물을 크게 틀었다. 친척집 변기 옆에는 쓰레기통이 없었다. 대신 물에 녹는 휴지가 휴지걸이에 걸려 있었다. 나는 휴지에 싼 생리대를 손에 쥐고 엉거주춤하게 욕실에서 나와야 했다. 거실 쓰레기통 속 깊숙한 곳에 생리대를 집어넣으면서 괜히 주변 눈치를 봤다.

삼촌 댁에서는 석달도 채 버티지 못하고 나왔다. 학교 앞 하숙집 변기 앞에서 나는 자주 얼굴을 찌푸렸다. 식사 시간마다 마주치는 여드름쟁이 남학생은 변기 커버조차 올리지 않는 모양이었다. 변기 끝에 묻은 혐오스러운 오줌 방울을 노려보다가 샤워기를 틀어 변기 위에 물을 끼얹었다. 그의 친구들이 몰려오는 밤이면 밤새도록 변기에서 오줌 소리, 물 내리는 소리, 토하는 소리, 물 내리는 소리……가 연이어 들렸다. 나는 베개에 얼굴을 묻고 억지로 잠을 청하다가 주먹으로 옆방 문을 쾅쾅 쳐버리기도 했다.

대학 시절, 소연 언니의 소개로 과외 아르바이트를 한 적이 있다. 일주일에 두번, 여중생의 공부를 봐주는 일이었다. "선생님이 부러워요, 대학생이라서 좋겠네요"라고 아이는 말했다. 나는 너의 화장실이, 너의 변기가 부럽다고 말할 뻔했다. 아이의 방에는 전용 욕실이 딸려 있었다. 일주일에 두번 아이의 집에 갈 때마다 꼭 그 화장실에 들렀다. 보송보송하게 물기 하나 없는 대리석 무늬 타일이 깔린 바닥에서는 좋은 향기가 났다. 나는 욕실 슬리퍼도 신지 않은 채 맨발로 그 안을 거닐고 화장을 고쳤다. 반짝 반짝 빛나는 하얀 변기 위에 걸터앉아 변기의 가격을, 욕실의 가격을 셈해보기도 했다. 삼십억짜리 집에 어울리는 변기는 얼마짜리여야 할지 궁금했다. 부들부들한 감촉의 변기를 매만지면서 야릇한 기분을 느꼈다. 그리고 다짐했다. 나도 반드시 전용 욕실이 딸린 집에 살겠다고.

내가 가르치던 학생은 과외를 하다가 종종 거친 숨을 내쉬면서 이마에 송글송글 맺힌 땀을 닦아내곤 했다. 나는 그저 아이가 공부 스트레스가 심한 것 같다고 생각했다. 어느 날 아이의 어머니에게서 갑작스러운 해고 통보를 받았고, 아이에게 전화를 걸어보았지만 연락이 되지 않았다. 딴에는 친하다고 생각했는데 인사조차 없이 이런 식으로 수업을 그만두자 괘씸하다는 생각이 들었다.

아이가 자신의 방과 연결된 그 화장실에서 혼자 아기를 낳았다는 사실을 알게 된 것은 그로부터 서너달이 지난 후였다. 그 아이의 사촌을 과외 지도하던 소연 언니로부터 들은 이야기였다. 나는 상아색 타일이 깔린 욕실 바닥에 붉은 피를 흥건하게 쏟으며 숨죽이고 아기를 낳는 작은 소녀의 모습을 상상했다. 여중생의 사촌에게 전해들은 바로는, 그 아이는 학교를 자퇴하고 영국으로 유학을 떠났다고 한다.

전용 욕실을 갖고 싶다는 꿈이 어설프게나마 이루어진 건 여러 하숙집과 고시원의 공용 변기를 거친 후였다. 나는 방을 보러 다닐 때마다 욕실과 변기의 상태를 방보다 더 꼼꼼하게 확인했다. 언제나 내 마음에 드는 방은 지나치게 비쌌다. 마음에 들지 않는 방도 내 형편에 맞지는 않았다. 그럴 때면 주인이 영국으로 떠난 뒤 비어 있을, 고급스러운 욕실이 떠올랐다. 그 하얀 변기는 여전히 그렇게 반짝거리고 있을까. 유학을 떠난 한때의 과외 제자나 그 소녀가 낳은 아기보다도, 그 욕실의 안부가 궁금했다.

보증금 오백만원에 월세 오십오만원짜리 내 방에 들어가 어서 눕고 싶다. 나 혼자 쓰는 내 집 변기 위에 앉아 큰 소리로 엉엉 울어버리고 싶다. 실은 그 시간을 위해 지금 내가 회사 화장실 변기에서 숨죽여 울어야 하는 건 아닐까. 그런 생각을 하면서 코를 한번 더 풀었고, 물을 내리고 나와 세면대에서 찬물로 얼굴을 씻었다. 아침에 바빠서 눈 화장을 하지 못한 게 차라리 다행이었다. 파우치에서 팩트를 꺼내 물이 마르지 않은 얼굴에 두드렸다.

화장실에서 벗어나 발끝을 보면서 빈 복도를 천천히 걸었다. 복도 창으로 들어온 길쭉한 사다리꼴 햇살이 바닥에 비스듬하게 드리워져 있었다. 나는 한줄로 늘어선 네모난 모양의 햇빛을 밟으면서, 복도의 끝을 향해 걸었다. 정강이와 무릎에 스치듯 온기가 느껴졌다. 복도 끝에 다다라 계단과 통하는 비상구 문을 힘껏 밀었다. 어두운 계단 통로에 들어서 잠깐 길을 잃은 사람처럼 멍하니 서 있었다. 두개 층만 내려가면 일층 로비였고, 회사 밖으로 나갈 수 있었다. 좀 전에 내려왔던 두개 층을 다시 올라가면 오층 복도 중앙에 키즈콘텐츠팀 사무실이 있었다. 한참 머뭇거리다가 위층 방향으로 몸을 틀었다. 오층으로 올라가 사무실 문을 열고 들어가 말간 얼굴로 내 책상 앞에 앉을 것이다. 그곳이 내 자리이고, 그 자리를 지켜야만 지킬 수 있는 것들을 나는 안다. 눈가가 여전히 화끈거렸다. 찬물로 여러번 세수를 하고 나타난들 같은 사무실을 쓰는 사람들이 내가 울었다는 사실을 모르진 않을 테지만 아무도 내게 그것에 대해 묻지 않을 것 또한 잘 알았다. 나는 위층을 향해 한 계단 한 계단씩 느리게 걸어 올랐다.

온 우주가 당신을 밀어내더라도

　권은 나보다 열한살이나 많다. 권은 허세가 심하다. 권은 나를 곧잘 애송이 취급한다. 권은 나와의 관계를 진지하게 생각하지 않는다. 권에게는 오래된 연인이 있고, 그 사실을 내게 숨겼다. 그러니까, 내가 권과 만나지 말아야 하는 이유는 수십가지도 넘는다. 그리고 그중 몇가지만 떠올려보아도 혈압이 치솟았다. 그럼에도 내가 권에게 빠져들 수밖에 없었던 것은 하필이면, '그날, 그 자리'에 권이 있었기 때문이다. 권의 실체에 대해 제대로 알기 전까지만 해도 그날의 기억 앞에 하필이라는 말이 붙지는 않았다.

　입사 초기 어렵사리 하루 휴가를 낸 날이었다. 중요한 날이라 평소보다 일찍 침대에서 몸을 일으켰다. 욕실로 들어가 소변을 보고 일어서는데 딸깍딸깍 소리만 나고, 물이 내려가지 않았다. 제 기능을 다하지 못하는 변기 레버를 보면서 나는 얼굴을 찌푸렸다. 세면대에서도 물이 나오지 않았다. 수도 레버를 위로 젖혀 좌우로 흔들어보았지만, 한두방울의 물만 떨어지다가 말았다. 집주인에게 전화를 걸었다.

"오늘 물탱크 청소하는 날이라 건물 전체 단수야. 내가 이틀 전에 현관문 앞에 종이 붙여놨잖아. 미리 물 받아놓으라고 했는데."

그 말을 듣자마자 맨발로 복도로 뛰어나가 현관문을 확인했다. A4용지 한장이 붙어 있었다. 현관문에는 물탱크 청소 안내문만 있는 게 아니었다. 피자, 족발, 중국요리…… 각종 배달음식 전단지가 덕지덕지 붙어 있었다. 휴가를 내기 위해 이틀 연속 무리해서 야근을 한 탓에, 문 앞에 무슨 종이가 붙었는지 신경 쓸 겨를도 없었다. 전날 밤에도 버스 정류장에서 집까지 걸어오는 동안 이미 내 눈은 반쯤 감겨 있었다. 온몸이 녹아내릴 것 같은 피로에 푹 절여진 상태로 비밀번호를 겨우 누르고 들어와 화장도 제대로 지우지 못한 채 잠들어버렸다.

동네 대중목욕탕으로 달려가 온탕에 몸을 담그고 있을 때까지만 해도, 예감이 그렇게 나쁘지는 않았다. 평소보다 공들여 온몸을 씻고 면접을 보러 가는 게 오히려 더 개운할 것 같기도 했다. 여탕 탈의실로 나온 시간이 여덟시였다. 대학로에 열시까지 도착하기에는 충분히 여유가 있었다. 이번 기회를 절대 놓치지 말자고 다짐하면서 나는 거울 앞에 섰다. 야근을 하다가 팀장의 눈을 피해 취업 사이트를 기웃거리며 채용공고를 살필 때면, 죄책감과 기대감이 교차했다. 매일매일 업데이트되는 새로운 채용공고를 보면서 '세상은 넓고, 일할 곳은 많다'는 사실을 새삼 깨달았고, 이깟 회사에 굳이 목매야 할 이유가 없다는 생각이 들었다. 하지만 이런 생각이 오래가지는 못했다. 회사별로, 업종별로 버전을 바꿔 작성한 입사지원서와 자기소개서가 USB 저장장치에 점점 쌓여갔지만, 연락이 오는 곳은 없었다. 인서울 중위권 대학 출신, 어문계열 전공의 여자, 학점 3점대 초반, 어학연수나 교환학생 경험 및 공모전 입상 경력 전무. 내가 보아도 취업 시장에서 내 스펙은 초라하기 그지없었다. 자신의 밑에서 일을 배우게 된 것을 영광으로 알라는 팀장의 말이 괜한 거들먹거림이 아니라 내 현실을 자명하게 일깨워주는 발언이라는 걸 인정하게 되었을 때쯤, 가장 가고 싶었던 회사로부터 서류전형 합격 소식을 들었다. 정부의 출연 기금으로 운영되는 C문화예술재단에서 연극 지원사업 행정 직원을 뽑는 자리였다. 공공기관이라 복지나 처우도 좋고, 정년보장도 기대할 만한 회사였다. 무엇보다 연극인들과 연극 공연사업을 지원하는 업무를 담당하게 된다는 것에 가장 들떴다.

유료 드라이어에 동전을 넣고 머리를 말렸다. 롤빗으로 머리를 안쪽으로 말아 최대한 단정한 인상을 만들어보려 애썼다. 평소보다 화장도 잘된 것 같았다. 얌전하게 보이려고 고른 핑크색 아이섀도와 새로 산 립틴트 컬러가 잘 어울렸다. 여탕 탈의실 거울 앞에서 화장을 하며 나는 '밝고, 건강한 이미지를 주는 표정'을 연습했다. 반드시 합격해 보란 듯이 사표를 던지고 회사를 떠나고 싶었다.

로커에서 꺼내 든 핸드폰 화면에서 부재중전화 알림을 본 순간, 그 직전까지 느꼈던 상쾌한 기분이 한꺼번에 날아가버렸다. 회사 번호로 걸려 온 전화가 다섯통, 팀장의 번호가 찍힌 전화가 일곱통. 총 열두통의 부재중전화였다. 좋은 일로 이렇게 전화를 많이 걸었을 리 없었다. 팀장에게 연락을 해봐야 하나 말아야 하나 고민하고 있는데, 다시 전화 진동음이 울렸다.

"야, 너 어서 준비하고 국립중앙도서관으로 튀어 가. 열 시까지니까 늦지 말고."

전화를 받자마자 팀장은 휴가인데 미안하다는 말 한마디 없이 다짜고짜 명령을 던졌다. 당황한 내가 전화기를 든 채 아무 말도 하지 않고 있자 소리를 질렀다.

"야, 왜 대답이 없냐! 오늘 동의보감 목판본 촬영하기로 한 날이잖아. 어서 준비하고 그리로 가라니까."

"그 촬영은 성대리님이 가시기로 했던 건데요. 저는 오늘 휴가인데……"

"성대리 갑자기 맹장 터져서 오늘 새벽에 수술했단다. 이게 무슨 난리인지. 촬영 정해진 날짜에 안 가면 일정 꼬여서 안 된다. 촬영허가서는 권실장네 스튜디오 팩스로 보냈으니까 권실장이 챙겨올 거야."

"근데, 팀장님. 저 오늘 휴가인데요. 치과 예약 때문에 연차 쓴다고 미리 말씀드렸는데……"

팀장으로부터 욕설이 날아 왔다.

"야! 이 돌대가리야, 지금 상황 파악이 안 되냐. 성대리가 맹장이 터졌다고 했잖아. 나 오늘 상무님, 전무님 모시고 들어가는 팀장 전체 회의 있어. 그 회의를 취소하는 게 쉽겠어, 네가 치과 예약을 취소하는 게 쉽겠어? 촬영 그렇게 오래 안 걸릴 거야. 병원은 오후에 가든지 해."

팀장은 내 대답을 듣지도 않은 채 전화를 끊었다. 나는 그제야 휴가 사유로 번복할 수 없는 스케줄을 대지 못한 것을 후회했다. 미리 휴가를 쓸 게 아니라 당일에 상을 당했다고 했어야 했나…… 급하게 지방에 내려와 있다고 말을 했어야 했나. 사랑니 발치는 맹장 수술만큼 시급한 문제는 아니었다. 나는 집으로 돌아와 옷이 일렬로 걸린 행어의 가장 앞줄에 놓인 검은색 정장을 만지작거리며 한숨을 쉬었다. 면접장에 입고 가려고 미리 손질해둔 옷이었다.

택시 뒷좌석에 앉고 나서도 나는 목적지를 정하지 못해 허둥거렸다.

"대학로요, 아니 서초동. 아니 그러니까 기사님…… 서초동에서 대학로까지는 얼마나 걸리나요?"

검은 정장을 멀끔하게 차려입고, 갈피를 잡을 수 없는 말만 하고 있는 나를 택시 기사는 인상을 쓰며 노려보았다.

"아니, 이봐요. 아예 방향이 다른 동네 두군데를 동시에 어떻게 가자는 소리예요? 정확하게 말해요. 서초동입니까, 대학로입니까?"

"서초동, 국립중앙도서관이요."

나는 풀 죽은 목소리로 대답했다. 서초동으로 가는 내내 나는 지금이라도 택시를 돌려야 하는 게 아닌가 고민했다. 어떻게 낸 휴가인데, 어떻게 잡은 기회인데…… 하지만, 확률적으로 나는 C문화예술재단보다는 드림출판사의 키즈콘텐츠미디어본부에서 계속 일할 가능성이 높았다. 1차 면접에서 선발된 20배수의 지원자 중에서 4배수 안에 들어야만 2차 실무 평가를 치를 자격이 주어지고, 3차 최종 면접까지 생각한다면 내가 대학로로 출근하게 될 확률은 거의 희박했다. 면접을 포기하는 것이 최선의 선택이라고 스스로 설득하면서 몸은 서초동을 향했지만, 대학로를 목적지로 설정한 지도 어플을 켜놓은 핸드폰 화면에서 좀처럼 눈을 떼지 못하고 있었다. 지도에서 내 위치를 보여주는 푸른 점이 목적지와 멀어져갈수록 핸드폰을 쥔 손에 힘이 들어갔다. 손바닥에서 땀이 배어났고, 나는 핸드폰을 놓칠세라 더욱더 꼭 움켜쥐었다. 그러는 사이 반대쪽 왼손에 든 지갑이 미끄러지는 줄도 몰랐다. 결국 뒷좌석에 지갑을 흘리고 말았다.

지갑이 내 수중에 없다는 사실을 깨달은 것은 택시에서 내려 다섯 발자국 이상 걸었을 때였다. 이미 차는 출발하고 난 뒤였다. "택시! 택시!" 다급하게 외치며 택시의 뒤꽁무니를 쫓아갔다. 비명을 지르며 숨이 턱까지 차오를 때까지 뛰다가 인도 위에 철퍼덕 넘어졌다. 무릎에서 피가 흘렀고, 구두굽이 부러졌다. 차는 점점 빠르게 멀어졌다.

권은 국립중앙도서관 로비에서 나를 기다리고 있었다. 그는 절뚝거리며 걸어 들어오는 내 모습을 보고 놀란 표정을 지었다.

"연희씨, 오늘 어디 가요? 웬 정장을…… 아니, 무릎은 왜 이래요?"

"실장님, 제가요. 오늘 휴가거든요. 그래서 갈 데가 있어서…… 제가 오다가 택시에 지갑을 놓고 내렸어요. 근데 택시가 그냥 출발해버려서, 쫓아갔는데……"

나는 제대로 말을 잇지 못하고 울먹거렸다. 권이 걱정스러운 눈길로 나를 쳐다보았다.

"연희씨, 오늘 다른 중요한 일이 있었던 거예요? 성대리님 맹장 수술 때문에 못 오셔서 연희씨가 대신 온다고만 들었지 저는 휴가인데 나오시는 줄은 몰랐어요."

"제가요…… 오늘 사랑니를 뽑아야 해서…… 팀장님한테도 치과 예약이 있어서 휴가 낸다고, 그러니까 그 예약이 저한테는 되게 중요한 거라서…… 진짜…… 오늘이 저한테는 너무너무 중요한 날이거든요. 그런데 지금 다 엉망진창이 되어버렸어요. 정말 다들…… 저더러 죽어라, 죽어라 하는 것 같아요."

나는 급기야 울음을 터뜨렸다. 도서관 로비를 지키는 직원과 지나가던 사람들이 마주 서 있는 나와 권을 힐끔거렸다. 창피하다는 생각조차 들지 않았다. 권은 손으로 이마를 짚으며 길게 한숨을 쉬었다.

"그럼, 연희씨. 우리 이렇게 합시다. 연희씨는 치과에 가세요. 촬영은 저 혼자 할 수 있어요. 지금 약속 시간이 다 되어서 칠층 고서보관실로 올라가봐야 되겠네요. 촬영은 걱정 말고, 연희씨 일 보세요."

나는 울음을 그쳤고, 권을 바라보며 되물었다.

"정말, 그래도 괜찮을까요?"

"네, 그럼요. 마녀 나나 시리즈 촬영 한두번 하는 것도 아니고, 이번 건은 충분히 혼자 진행할 수 있어요. 그러니까 어서 가보세요."

"실장님, 정말 감사합니다."

나는 권의 말이 끝나기가 무섭게 도서관 밖으로 뛰어나갔다. 역시 십분이 지나고 있었다. 권이 내 이름을 부르며 쫓아 나왔다.

"연희씨! 잠깐만요! 지갑 잃어버렸다면서요."

깜짝 놀라 걸음을 멈추고, 뒤를 돌아보았다. 권이 내 손에 오만원짜리 한장을 쥐여주었다.

"이거면 될까요? 나중에 갚으세요."

"네. 괜찮을 거예요, 이 정도면. 실장님 정말 감사합니다."

나는 권에게 크게 허리를 굽혀 인사를 하고, 뒷굽이 덜렁거리는 하이힐을 신은 채 다시 전속력으로 뛰었다. 대로로 나가 택시를 잡아탄 후 거친 숨을 몰아쉬며 "대학로요. C문화예술재단으로 가주세요"라고 말했다. 그 순간만큼은 나는 아주 분명하게 내 목적지를 알고 있는 사람이었다.

그날 면접장에서 있었던 일에 대해서는 별로 떠올리고

싶지 않다. 나는 응시생 소집 시간보다 한시간이나 늦었다. 가나다순으로 순서가 정해졌던지라 내가 C문화예술재단에 도착했을 때는 이미 '조연희'의 면접 시간이 지나가고 'ㅎ'으로 시작하는 지원자들이 호명되고 있었다. 면접 진행을 담당하는 인사팀 직원에게 늦었지만, 제발 면접이라도 보게 해달라고 사정했다. 채용 담당자는 나에게 되물었다.

"그런데 신분증이랑 수험표는 준비해 오신 건가요? 1차 면접 합격 메일에서 안내했는데요."

나는 택시에 두고 내린 지갑을 떠올렸다. 지갑 안에 고이 챙겨둔 신분증과 수험표도…… 넘어져서 까진 무릎보다 얼굴이 더 쓰라렸다.

사정사정 끝에 성이 'ㅎ'으로 시작하는 지원자들과 함께 들어가 제일 마지막 순서의 면접을 볼 수 있게 되었지만, 나에게 제대로 된 질문을 던지는 면접관은 아무도 없었다. 왜 늦었는지, 왜 수험표를 준비해 오지 못했는지에 대한 비난 섞인 질문만 이어졌다. 나는 택시에 지갑을 두고 내리는 바람에 일이 이렇게 되었다며, 죄송하다고 말했다. 옆얼굴을 따라 식은땀이 흘렀다. 나는 사과를 하러 온 사람이 아니라 면접을 보러 온 사람이었다. 좀더 수준 높은 질문을 통해 나를 검증해주었으면 했다. 내가 한국

연극에 얼마나 깊은 애정을 지니고 있는지, 어떤 방식으로 예술인 지원 사업에 기여하고 싶은지에 대해서는 전혀 말할 기회가 주어지지 않은 채 면접은 끝나버렸다.

다음 날 회사로 출근하는 발걸음은 그 어느 때보다 무거웠다. 이깟 회사에 목매달 이유가 없다며 의기양양해하던 마음은 사라지고, 팽팽하게 당겨진 목줄을 스스로 목에 걸고 질질 끌려가는 심정으로 출근길 버스에 올랐다. 따지고 보면 변한 건 아무것도 없었다. 나는 그저 하루 출근을 걸렀을 뿐이었고, 하던 일을 이어서 하면 되는 거였다. 그렇게 마음을 다잡으며 자리에 앉아 컴퓨터를 켰다. 권으로부터 메일이 와 있었다.

조연희씨께

사랑니는 잘 뽑았어요? 사랑니 뽑고 나면 많이 힘들던데……부드러운 거 잘 챙겨 먹어요. 촬영은 잘 끝났어요. 촬영 어떻게 되었는지 궁금해할 것 같아서 일단 원본 파일 메일로 보내요. 후보정 작업은 며칠 있다가 해서 다시 보낼게요. 꼭 들어갔으면 하는 사진 있으면 의견 주시기 바랍니다.

그리고 넘버링 안 된 사진 한장이 있을 텐데 그건 어제 연희씨

몰래 찍은 사진이에요. 모두가 연희씨한테 죽어라, 죽어라 하는 것 같다고 한 말이 계속 마음에 걸려요. 그렇지 않은 사람도 하나쯤은 있다는 거, 그리고 찾아보면 주변에 더 많을 거라는 말을 해주고 싶네요.

그럼 안녕히 계세요.

권종민 드림

권이 보낸 압축파일을 풀자, 동의보감 고서 사진의 목록 끝에 '조연희.jpg'라는 제목의 사진 파일 한장이 더 있었다. 내 뒷모습을 찍은 사진이었다. 국립중앙도서관 건물을 등지고 도서관 마당을 급하게 뛰어나가고 있는 모습이었다. 아웃렛에서 저렴하게 산 정장은 내 몸에 딱 맞게 핏이 떨어지지 않았다. 약간 남는 듯한 윗도리와 조금 모자란 듯 딱 달라붙는 스커트를 입고 초조하게 뛰어가는 뒷모습이 가여우면서도 우스웠다. 어찌나 급하게 뛰었던지 하이힐을 신은 발은 선명하게 찍히지도 않은 채 흔들리고 있었다. 얼핏 보면 공중부양을 하는 사람처럼 보이기도 했다. 그래서 다급한 심정이 더 잘 드러나는 사진 같았다. 뒷모습에도 사람의 표정이 담긴다는 것을 나는 그때 처음 알았다. 기억하기조차 싫은 날의 한 순간인데, 그 사진이 묘하게 마음에 들었다. 이상하게도 찍은 사람의 애정이 느껴지는 사진이었다. 어디론가 전속력으로 뛰어가는 사진 속의 인물을 따뜻하게 지켜보면서, 그 사람의 안녕을 빌어주는 느낌이랄까.

그런 날이 있다. 온 세상을 떠도는 불운이 나를 향해 집중된 것만 같은 날, 내가 우주의 먼지보다 못한 존재로 느껴지는 날, 나는 그런 하찮은 존재가 아니라며 발버둥 치다가 제 발에 걸려 넘어지고 결국 엉망진창인 나를 맞닥뜨려야 하는 날. 앞으로 남은 인생이 이런 날들의 연속이라면 도저히 살아낼 수 없겠다고 생각하면서 차라리 우주 밖으로 사라져버리고 싶은 마음마저 들던 그 순간, 권은 그때 마침 나에게 다가와 당신의 인생이 그렇게까지 최악은 아니라고 말해준 사람이었다. 그날 권이 나에게 보여준 배려는 그저 같이 일하는 동료 혹은 사회생활 선배로서 건넬 수 있는 아주 작은 선의였을지도 모른다. 내가 어리고 순진해서 눈물 나게 고마운 마음과 진지한 연애 감정을 제대로 구별하지 못한 것일 수도 있다. 하지만 그때로 다시 돌아간다 하더라도 나는 권과 시작할 수밖에 없을 것이다. 우주 밖으로 밀려나지 않기 위해서 안간힘을 쓰고 있던 나는 그 누구의 손이라도 덥석 잡을 준비가 되어 있었다.

사진의 이해

권은 좋게 말하면 섬세하고 꼼꼼한 성격이지만, 후보정 작업이 오래 걸린다는 점에서 같이 일하기 편한 포토그래퍼는 아니었다. 하지만 팀장은 권만큼 감각 있고 성실한 포토그래퍼가 드물다고 입에 침이 마르도록 추켜세우곤 했다. 그녀는 작업이 늦어지더라도 더 좋은 결과물이 나오기 위한 지연이라면 얼마든지 기다릴 수 있다며 권을 독려했다.

"내가 권실장 믿는 거 알잖아요. 흐흥, 그럼 그렇고 말고. 권실장이 지금 놀면서 안 보내주는 거 아니까 이해하는 거죠. 그 마음을 내가 모르면 누가 알아주나요. 알겠어요, 그러면 후반 작업 잘 정리해서 내일 오후에 보내줘요. 마감? 아, 마감이야 하루 이틀 하나. 내일 밤 새우면 되지. 미안하긴 뭐가 미안해. 내가 매번 고생시켜서 미안하지. 권실장이 워낙 꼼꼼한 성격이라서 보정 작업이 오래 걸린다는 거 알고 있어요. 내가 늘 말했잖아. 권실장 사진은 하나하나가 다 작품이라고."

권을 살갑게 추켜세우는 팀장의 목소리에 숨이 턱턱 막혔다. 진작 사진을 받아 디자인팀에 레이아웃을 의뢰해도 모자랄 시간에, 날짜를 하루 더 미뤄주다니…… 권이 까먹은 시간을 만회하기 위해서는 에디터들이 더 혹사될 수밖에 없었다. 마감 전까지 며칠간 꼬박 철야를 해야 할지도 모른다. 맞은편에 앉은 성대리가 사내 메신저로 말을 걸어왔다.

권실장 미친 거 아냐? 왜 약속한 날짜는 안 지키고 지랄이야. 우리 엿 먹이려고 작정한 거임??

그러게요. 저희가 마감 못 맞추면 난리 나면서!!! 팀장님도 너무하시네요. ㅜㅜ

아, 진짜 속 터지네. 이번 주말도 꼼짝없이 나오게 생겼잖아. 팀장이 오냐오냐하니까 찍사가 무슨 벼슬이라도 되는 줄 아나봐. 대단한 예술가 나셨어.

저도 완전 짜증나요. 선배, 근데 권실장 앞에서는 이런 말 절대

하지 마세요. 전에 보니까 포토그래퍼 무시하는 말에 되게 예민하더라고요. 특히 예술가 나셨어, 그런 말요........

나는 석달 전 권과 고궁 촬영을 나갔던 날을 떠올리며 성대리에게 메시지를 전송했다. 고궁 내 일반 시민들에게 개방되지 않는 후원 구역의 컷이 필요해 사장 명의의 공문을 문화재청에 보내 어렵사리 허가를 받아낸 촬영이었다. 우리를 안내해주는 담당 공무원은 오십대 초반의 중년 남성으로 영화 스타워즈 시리즈에 등장하는 요다를 닮은 인상이었다. 둥글고 넓적한 얼굴에 큰 눈, 짙은 눈썹 위로 잡힌 굵은 주름이 민머리까지 올라오는 형상이 요다와 흡사했다. 남자를 보자마자 나와 권은 허리를 굽혀 인사를 하며 명함을 건넸다. 요다 공무원은 처음부터 매우 고압적이었다. 부리부리한 눈알을 굴리며 권과 나를 아래위로 훑어보더니, '아무나' 들어갈 수 없는 곳에 들어가게 된 것을 영광으로 생각하라고 말했다. 우리가 허가받은 촬영 시간은 한시간이었지만 이십분도 채 되지 않아 그는 빨리 끝내라고 성화였다. 원래 약속된 시간의 절반 이상이 남아 있는데도, 나는 허리를 굽신거리며 조금만 더 시간을 달라고 부탁해야 했다.

요다는 나무그늘 밑에 서서 나를 부르더니, 손으로 부

채질을 하며 물었다.

"저기, 아가씨. 회사 이름이 뭐라고?"

"드림출판사요. 그리고 저는 아가씨가 아니고 조연희입니다."

"드림출판? 나는 그런 이름은 처음 들어보는데."

그는 아가씨라는 호칭에 대해서는 별다른 언급 없이 회사명에 대해서만 꼬투리를 잡았다.

"아동도서 전집도 만들고…… 이쪽 업계에서는 나름대로 유명하고 규모 있는 회사예요."

"나는 처음 들어봐. 유명한 회사면 내가 모를 리가 없는데. 우리 딸이 어려서부터 책을 좋아해서 내가 많이 사다 줬거든. 집에 전집도 여럿 들였지. 걔는 완전 책벌레야. 공부밖에 몰랐거든. 올해 카이스트에 들어갔어. 그건 그렇고 아가씨, 학교는 어딜 나왔나?"

"저는…… 그렇게 좋은 학교까지는 아니고요…… 그런데 계장님, 저희 회사 이름은 기억 못해도 로고를 보시면 아마 알아볼 수 있을 거예요. 초록색 나무 모양 로고인데……"

나는 그간 우리 회사에서 펴낸 전집 종류와 몇년 전 크게 히트를 했던 베스트셀러의 제목까지 들먹이며 회사 홍보에 열을 올렸다. 내게 이렇게 눈물겨운 애사심이 있는 줄은 이전에는 미처 알지 못했다.

　내가 요다와 이야기를 하면서 시간을 끄는 동안, 권은 이리저리 뛰어다니며 후원의 다양한 모습을 카메라에 담느라 바빴다. 촬영 시간은 사십분이 넘어가고 있었다. 팀장이 전체 컷과 세부 컷 모두 필요하다고 주문했는데, 예상했던 것보다 공간이 넓어서 애로가 많아 보였다. 무엇보다 촬영 허가가 까다로운 곳이라 재촬영이 어렵기 때문에 권도 최대한 많은 컷을 건져가고 싶었을 것이다.

　"사진사 양반! 벌써 수백장도 넘게 찍은 거 같은데 이제 그만하쇼. 날도 더운데 이제 대충하고 갑시다."

　공무원은 촬영을 어서 끝내라고 여러번 성화였다.

　"네네, 알겠습니다. 다 되어갑니다."

　권은 입으로는 대답을 하면서도 촬영을 중단하지 않은 채 바쁘게 셔터를 눌러댔다. 그러는 사이 그의 티셔츠 앞자락과 겨드랑이가 땀으로 흥건하게 젖었고, 촬영 시간은 예정보다 더 초과됐다.

　"그만하라니까! 나도 바쁜 사람이요, 이제 사무실 들어가봐야 한다고. 무슨 대단한 예술을 한답시고 땡볕에 사람을 세워놓고 고생을 시키느냔 말이야."

　요다는 급기야 짜증을 냈다. 그 순간 권실장도 눈빛이 날카롭게 변하면서 표정이 험악해졌다. 사실 땡볕도 아랑곳하지 않고 이곳저곳을 옮겨 다니며 고생한 사람은 권이었고, 요다 공무원과 나는 그늘 밑에 서서 그의 모습을 바라보고 있었을 뿐이다.

권은 잔뜩 화가 난 얼굴로 다가와 말했다.

"네, 그만하겠습니다. 그러니까 선생님도 그만하시죠."

"뭘 그만해? 그만하라고 한 건 나라고."

"저희는 문화재청에 촬영 협조 공문을 보냈고, 정식 허가를 받았습니다. 그런데 촬영에 집중할 수 없게 계속 방해를 하시지 않았습니까. 그러다보니 촬영이 예전보다 지연됐고요. 담당 공무원의 비협조로 제가 일을 제대로 못했다고 민원을 제기해도 될까요?"

"뭐요? 민원? 내가 뭘 어쨌다고……"

공무원은 발끈하는 기색을 보이다가 이내 풀이 죽은 목소리로 말했다. 권은 더 대답하지 않고 카메라와 장비를 챙겨 후원 밖으로 나가버렸다. 심기불편한 얼굴로 서 있는 요다에게 꾸벅 인사를 하고 나도 권을 따라 나갔다.

그날 저녁, 권은 술을 많이 마셨다. 낮에 겪은 일 때문에 쌓인 분이 여전히 풀리지 않는 눈치였다.

"일을 그렇게 하면 안 되는 거야. 자기 일에 책임감과 자부심을 가지지 못하니까 그러는 거라고."

"뭐 그 사람 입장에서는 그럴 수도 있지. 덥고 짜증나는데 밖에 나와 있어야 하고…… 그냥 잊어버려. 일하다보면 이런 일 저런 일 다 겪는 거라고 나한테 그랬잖아."

내 딴에는 위로하려고 건넨 말이었는데 권은 내가 요다 공무원의 편을 든다고 생각했는지 더 격앙된 목소리로 말했다.

"그래, 일을 하다보면 이런저런 일 겪을 수 있어. 하지만 적어도 그런 식으로 남의 일을 폄하하고 무시해서는 안 되는 거라고! 예술 운운하면서 그 자식이 비아냥거리는 말 너도 들었지? 나는 그저 내 일을 열심히 했을 뿐이야, 그런데 왜 그런 소리를 들어야 하는 거냐고?"

나는 대꾸하지 않은 채 테이블 중앙에서 소주병을 가져와 내 앞에 놓고 술잔에 따라 마셨다. 겨우 그런 말에 저렇게까지 마음이 상할 일인가, 더 심한 말도 자주 듣는 나로서는 조금은 가소롭다는 생각마저 들 정도였다. 아니면 내가 팀장의 부정적인 언어에 너무 익숙해진 걸까. 아까 그 공무원의 행동이 불쾌하기는 했지만, 이렇게까지 화를 낼 일은 아닌 것 같다는 말을 해주려다가 말았다.

삼겹살이 불판에서 익어가고 있었다. 권은 고기는 몇점 집어먹지도 않고 뉴욕을 안주 삼아 시끄럽게 떠들기 시작했다.

"내가 뉴욕에 있을 때 말이야. 그 도시에서는 내가 사진학도라는 사실만으로도, 예술가 지망생이라는 것만으로도 리스펙트되는 지점이 있었단 말이야. 그런 면에서 한국은 너무 천박해."

권이 뉴욕 이야기를 꺼낸다는 것은 그가 많이 취했다는 신호였다. 평소에 그는 뉴욕을 입에 올리는 것을 싫어했다. 그에게 뉴욕은 꿈의 도시였고, 그래서 결국 가장 큰 좌절을 안겨준 곳이었다. 그는 뉴욕필름아카데미에서 사진을 공부했다. 그러나 그곳에서 자리를 잡지는 못했다.

권은 사진을 전공하고 싶다는 십대 아들에게 암실을 마련해줄 정도로 유복한 가정에서 자랐지만 그가 대학에 입학하는 해부터 조금씩 가세가 기울었다고 했다. 어려운 가정 형편에 부모님을 설득해 무리해서 유학을 떠나는 바람에 대학 시절 내내 쪼들리고 힘들었어도 뉴욕 유학 시절이 인생에서 가장 빛났던 시기였다고 그는 말했다. 그러는 사이 권의 아버지 사업은 아예 망해버렸고, 환율은 치솟았다. 권은 졸업 후 뉴욕에서 일년도 버티지 못한 채 한국으로 돌아와야 했다. 진부한 스토리였다.

"그런 사람들이 어디 한둘인가. 그래도 당신은 뉴욕 땅을 밟아보기라도 했네."

나는 입을 삐죽이며 말했다. 서른일곱이나 되어서 아직

도 이십대에 겪은 좌절에 발목 잡혀 있는 모습이 한심해 보였다. 솔직히 나로서는 가세가 기운 와중에도 뉴욕 유학을 갈 수 있는 '어려운 형편'이라는 건 대체 어느 정도인지, 그런 환경을 어떻게 어렵다고 말할 수 있는 건지도 이해가 잘 되지 않았다.

"그럴지도 모르지. 그렇다고 내가 아파할 자격이 없다고는 생각하지 않아."

그의 말도 일리가 있었다. 진부한 스토리라고 해서 당사자의 아픔이 가볍다고는 할 수 없을 것이다. 이 진부한 사연도 본인에게는 세상에서 가장 고통스러운 경험이 될 수 있을 테니까.

나는 고개를 끄덕이며 소주를 한잔 더 들이켰다.

"내 꿈은 파리에 가는 거야. 가서 뭘 하고 싶은지 그런 것도 없어. 그냥 파리에 가는 거. 초등학교 때 본 드라마에 나온 파리가 너무 멋졌거든."

"넌 좋겠다. 아직 꿈을 이룰 수 있는 가능성이 있잖아. 난 너무 늦었어."

"그건 내 꿈이 너무 소박해서 그런 거야. 그냥 파리에 가는 거. 그다음엔 아무것도 없어. 다행이야. 아비뇽 연극 페스티벌 무대에 서는 꿈 따위는 꾸지 않길 잘했어. 그런 것까지 바랐다면 지금보다 훨씬 더 불행해졌을 거야."

아주 사소하고 소박한 꿈을 품는 것과 세상을 놀라게 할 만큼 원대한 꿈을 가지는 것 중 뭐가 더 나은 걸까. 오를 수 없는 나무를 목 빠지게 올려다보며 비참해지는 것보다는 사소한 꿈을 어렵게나마 실현하고, 만족하면서 사는 것이 정신건강에는 훨씬 더 이로울지도 모른다. 하지만 그리 대단한 걸 바라지도 않았는데 사소한 꿈조차 쉽게 실현할 수 없는 거라는 걸 느꼈을 때에는 비참함을 넘어 억울함이 샘솟는다. 그후엔 체념이 이어진다. 회사원이 된 지 일년도 안 되어 점점 무뎌지는 나와는 달리, 권은 촬영을 나갈 때마다 여전히 속상한 일이 많았다. 한편으로는 촬영이 잘 풀린 날은 큰 성취감을 느끼며 날아갈 듯이 기뻐했다. 가끔은 그런 권이 부럽기도 했다. 가장 좋아하고 잘하는 일을 밥벌이로 삼은 사람 특유의 자부심이 그에게서 배어났다.

"내 꿈은 뉴욕에서 사진전을 여는 거였어. 유명해진 다음에 사진집도 내고 싶었고…… 존 F. 케네디 공항에 내리자마자 카메라를 꺼내 공항 풍경을 찍으면서 결심했었지."

"사진집은 사진 모아놓은 거 있으면 그냥 내면 되잖아. 출판사에 아는 사람들도 많지 않아?"

"그렇게 내는 사진집은 싫어. 너도 출판사 다니면서 그 차이를 모르지 않잖아. 그냥 아는 사람 통해서 내는 사진

집 말고, 내 사진으로만 인정받고 싶은 마음이 크다."

권은 사람은 믿지 않아도 사진은 믿는다고 말했다. 카메라가 포착하는 것은 순간이지만, 기록은 영원히 남는다며 사진이 지닌 힘이 얼마나 센지 침을 튀기면서 강조하기도 했다. DSLR카메라가 사방에 널려 있고, 전 국민이 고화질 핸드폰 카메라로 아마추어 사진작가가 되는 시대에, 버튼 한번만 누르면 지울 수 있는 사진 한장이 아닌 오래오래 두고 볼 수 있는 사진을 찍겠다고 고집을 부리는 권은 상당히 시대착오적이었다.

나는 자신의 일에 대한 확신으로 가득 차 있는 권의 얼굴을 빤히 바라보았다. 권의 이런 모습 때문에 팀장이 권을, 그리고 권의 사진을 좋아하는지도 모른다는 생각이 들었다. 팀장은 어린 시절의 좋은 책 한권이 사람의 인생을 바꿀 수 있다고 믿는 사람이었다. 해외에서 대박이 난 작가의 판권을 사서 만드는 것이 아니라, 한국 아이들의 정서에 맞는 그림책 시리즈를 직접 개발해보겠다고 고집을 피워 한동안 회사를 시끄럽게 만들기도 했었다.

팀장과 권은 일과 관련된 문제에서는 소신이 뚜렷했고 도통 타협을 모르는 사람들이었다. 그건 프로로서 큰 장점이었다. 그러나 그런 태도를 같이 일하는 사람에게까지 강요할 때면 현기증이 났다. 나는 시합에서 진 후 감독에게 당하는 얼차려가 두려워 혼신의 힘을 다해 뛰는 신인 선수처럼 일에 매달렸다. 당연히 일은 즐겁지 않았다. 이겨도 즐겁지 않았고, 져도 슬프지 않았다. 그저 '다행이다'와 '큰일 났네' 사이를 오가면서 팀장 눈치만 보기 바빴을 뿐이다.

사람보다 일이 먼저라고 말하는 권과 팀장을, 나는 좀처럼 이해할 수 없었다. 하지만 그들에게 나의 이해 따위는 중요한 게 아니었다. 자신이 내놓은 사진 한장, 책 한권으로 인정받으면 충분하다고 생각하는 사람들이었다. 그걸 알면서도 나는 권의 사진보다는 권이라는 사람을 더 알고 싶고, 이해하고 싶었다. 나는 후보정처리가 잘된 매끈한 권의 사진보다 권이라는 사람이 더 좋았다. 나잇값 못하고 허세투성이였지만 소년처럼 해맑은 구석이 있었다. 팀장을 마냥 미워하기도 괴로웠다. 밑도 끝도 없는 히스테리의 근원이 무엇인지 알고 싶었다.

권이 자신의 얼굴을 뚫어지게 바라보고 있는 내 볼을 쓰다듬으며 말했다.

"넌 어때? 미련 없어? 다시 무대에 서고 싶다는 생각 안 하니?"

"하지. 왜 안 하겠어. 하지만 어쩔 수 없잖아. 당장 회사 박차고 나간다고 내가 배우로 먹고살 수 있는 것도 아니고. 말 그대로 미련 떨고 있는 거지."

"왜냐고 물어봐도 돼? 왜 연극을 하고 싶었던 건지."

"재밌잖아. 무대 위에서 다른 사람이 되어보는 거."

"다른 사람?"

"응, 내가 아닌 다른 사람."

권은 나를 가만히 쳐다보다가 가방에서 담뱃갑을 꺼냈다. 그는 담배 한개비를 꺼내들어 만지작거리며 다시 말을 이어나갔다.

"나이가 들고 사회생활을 계속하다보면 말이야, 내가 예전에 알던 내가 아니라 다른 사람이 되어간다는 생각이 들어. 이런 말 하면 좀 웃길지도 모르겠는데, 어제의 내가 다르고 오늘의 내가 달라. 아마 내일의 나도 다른 모습이겠지. 단순히 늙는다는 걸 의미하는 게 아니야. 그냥 어느 순간 느껴져. 내가 아주 많이 다른 사람이 되어 있구나. 너무 달라져서 다시 돌아갈 수도 없겠구나, 그런 생각 말이야."

"예전의 당신은 어떤 사람이었는데?"

"음, 아마도 지금과는 다른 사람?"

담배를 손가락 사이에 끼워 빙글빙글 돌리며, 권이 피식 웃었다. 나는 싱겁게 그를 따라 웃으며 되물었다.

"그럼 내일도 다른 사람이 되는 거야?"

권은 엄지와 검지를 둥글게 말아 OK 모양을 만들어 보였다. 그러고는 양손으로 테이블을 짚고 비틀거리며 일어섰다.

"잠깐만, 나 담배 한대만 피우고 들어올게."

나는 고깃집 창가 자리에 혼자 앉아, 식당을 등지고 어두운 밤거리를 향해 담배 연기를 내뿜고 있는 권의 뒷모습을 가만히 바라보았다. 똑바로 서지도 못한 채 무게중심이 이리저리 흔들리는 권의 뒷모습을 지켜보다가 핸드폰을 꺼내 사진 한장을 찍었다. 왠지 기록해두고 싶은 장면이었다. 권을 이해하지는 못하더라도, 오늘 이 순간의 그가 어떤 사람이었는지 기억할 수는 있을 것 같았다.

외근 일지

"신과장, 내 말은 그게 아니에요. 신과장이 수정을 안 했다는 게 아니라 내가 요청한 사안이 왜 반영이 안 됐냐고, 그걸 묻는 거라고요. 그러니까 내가 그제 회의 때 현재의 북트레일러 시안에 무슨 문제가 있는지 이미 다 설명했고, 수정 방향도 말씀드렸잖아요? 그런데 왜 그게 하나도 반영이 안 되고 아예 새로운 시안을 지금 메일로 보내주는 건지 의문이라는 소리입니다."

전화기를 붙든 팀장의 목소리가 평소보다 한 옥타브 더 높아졌다. 평소에도 목청이 우렁찬 편이었는데, 그보다 목소리가 더 커진다는 건 거의 소리를 지르는 거나 마찬가지였다.

"아니, 신과장! 신과장이 말한 바로 그 시안이 우리 시리즈의 전체 콘셉트랑 동떨어진 느낌이라니까. 신간 한권만 가지고 얘기할 게 아니라 기존에 나온 시리즈와 나중에 나올 시리즈까지 감안해서 방향을 잡아야 하잖아, 설마 지금 다음 주에 배본될 신간 하나만 살펴서 이렇게 기획한 건 아니겠지, 안 그래요?"

팀장은 급기야 말을 놓고 꾸짖는 듯한 말투로 빠르게 쏘아붙였다. 마치 신과장이 자신의 직속 부하라도 된다는 듯이. 팀장의 얼굴이 붉으락푸르락했다. 저러다가 당장 수화기를 놓고 마케팅팀 사무실로 달려가 신과장 멱살이라도 잡을까봐 걱정될 정도였지만 다행히 목청을 높이며 재수정을 요청하는 선에서 통화는 마무리됐다.

"신과장 얘 진짜 말귀 못 알아먹네. 왜 저거밖에 안 되지?"

팀장이 전화를 끊고서도 분이 안 풀리는지 씩씩거리며 말했다. 진짜 궁금해서 묻는 말이 아니란 걸 알았기에 나와 성대리는 아무 대답 없이 잠자코 있었다. 이런 상황에서 말 한마디 잘못했다간 괜한 불똥이 튀기 십상이다.

팀장이 탄식에 가까운 한숨을 내뱉으며 혼잣말을 중얼거렸다.

"내 상식으로는 진짜 이해가 안 간다. 하아…… 일 못하는 것들은 그냥 다 나가 죽어야 해."

마케팅팀에서 보내준 북트레일러 시안이 편집부 입장에서는 동의되지 않는 지점이 많긴 했다. 그래서 그저께 긴급 회의까지 소집해 다시 방향을 논의한 거였다. 지난

한 과정을 거쳐 수정된 시안도 팀장에게는 탐탁지 않은 모양이었다. 회의 때 충분히 설명했다고 생각했는데 신과장이 수정을 왜 제대로 못한 건지 이해가 되지 않기는 했지만, 그렇다고 일 좀 못했기로서니 그게 나가 죽을 일인가…… 그런 말을 대놓고 입 밖에 내뱉는 팀장 또한 내 상식으로서는 이해가 가지 않기는 마찬가지였다.

"연희씨, 크로스 교정 끝! 담당자인 연희씨가 최종 확인해서 넘겨. 오후에 외근 나가야 하니까 오전에 처리해야 하는 거 알지?"

"네, 선배. 감사해요."

성대리가 파티션 너머 건네준 교정지를 받아들며 꾸벅 고개를 숙였다. 그러고는 다시 책상에 고개를 박고 성대리가 피바다로 만들어놓은 교정지를 살피면서 나도 모르게 살의를 느꼈다. 그렇다고 일 못하면 죽어야 한다는 팀장의 말에 동의하는 건 아니지만, 팀장이 어떤 기분이었는지는 잘 알 것 같은 심정이었다. 크로스 교정은 큰 오류가 없는 한 크게 손을 대지 않는 게 원칙이었다. 하지만 성대리는 내게 선배의 권위를 과시하고 싶었는지 원고를 거의 다시 쓰다시피 하는 수준으로 교정을 봐놓았고, 고친 표현들이 오히려 더 이상했다. 심지어 어법에 어긋난 표현도 있었다. 아무래도 교정지를 재출력해서 성대리가 크로스 교정을 보기 전 버전으로 되돌려놓아야 할 것 같았다.

성대리가 준 교정지를 팀장에게 보여주려다가 말고 팀장에게 조심스럽게 물었다.

"팀장님 오전까지 처리하기로 한 교정지요…… 이따 외근 다녀와서 저녁때 좀더 보고 넘기면 안 될까요?"

"그래, 알겠어. 어차피 나도 오늘 야근할 거니까 외근 갔다 와서 저녁이나 같이 먹든지."

팀장의 말이 끝나자마자 성대리가 메시지를 보내왔다.

연희씨 지금 그게 무슨 소리야? 외근 갔다가 회사 다시 오려고? 왜 그런 말을 팀장한테 미리 해? 애매하게 끝나면 굳이 사무실 안 들어오고 거기서 바로 퇴근해도 될 거 같은데!!!!

저는 아무래도 다시 들어와봐야 할 것 같아요. 일이 많아서……

'선배 때문에 교정지를 다시 정리해야 해서'라는 말은 대놓고 하지 못하고 말줄임표로 말끝을 흐리자 맞은편 책상에서 성대리가 미친 듯이 빠른 속도로 키보드를 세게 두드리는 소리가 들려왔다. 그러고 나서 바로 성대리가 보낸 메시지가 컴퓨터 화면에 떴다.

연희씨 그러면 나한테 먼저 얘기를 했어야지. 본인은 외근 나갔다가 다시 회사 들어올 생각인데 선배는 어쩔 거냐고, 나한테 물어보지도 않고 팀장한테 사무실 들어올 거라고 먼저 말하는 게 경우에 맞다고 생각해? 연희씨는 은평구 사니까 압구정 외근 나가도 상암동 사무실 들렀다가 집에 가는 게 하나도 번거롭지가 않겠지. 그치만 나는 집이 정반대인데 내 입장은 생각 안 해? 나는 압구정에서 분당선 타면 집에 바로 갈 수 있는데, 같이 일하는 사람에 대한 배려가 너무 없는 거 아니야?

솔직히 그런 것까지 생각할 겨를이 없었다. 성대리는 성남시 분당구에 살았고, 외근 후 회사에 돌아갔다가 다시 퇴근을 하게 되면 동선이 비효율적이긴 했다. 하지만 원칙적으로 회사에서 여섯시까지 자리를 지키다가 퇴근하는 게 맞지 않나? 회사 위치를 모르고 입사한 것도 아니면서 그녀는 아침마다 회사가 너무 멀어서 출퇴근이 힘들다고 징징대곤 했다.

나는 빠르게 키보드를 두드리는 대신 천천히 말을 골라서 답신을 했다.

네, 제가 생각이 짧았네요.

죄송,이라는 단어를 쳤다가 다시 지웠다. 아무리 생각해도 죄송할 일은 아닌 것 같았다.

성대리는 토라진 기색을 보이며 대답이 없었다. 그러거나 말거나. 다른 할 일이 너무 많아서 성대리의 투정까지 받아줄 여유가 없었다.

사무실을 나와 압구정역에 도착할 때까지 성대리는 기분 나쁜 티를 있는 대로 다 내면서 앞서 걸었다. 나도 굳이 성대리에게 말을 걸지 않았고, 지하철에서는 서로 떨어져 앉아 각자 이어폰을 꽂은 채 고미홍의 유튜브 채널을 봤다. 우리는 국민 책육아 멘토라고 불리는 고미홍 박사를 만나러 가는 길이었다.

'고미홍 더베스트리딩 리더 센터'는 압구정역 4번 출구에서 삼백 미터 거리였다. 아동문학 박사, 아동심리학 석사를 소지한 국민 책육아 멘토 고미홍의 프로필과 전신사진이 센터로 들어서자마자 한눈에 보였다. 고미홍 박사는 책육아 콘텐츠를 중심으로 한 블로그를 운영하던 파워블로거였는데, 오년 전 유튜브 채널을 개설해 큰 인기를 끌면서 각종 방송에도 출연해 대중에게 얼굴을 알렸다. 사실 그녀는 학계에서의 경력보다는 세 자녀를 영재로 키워 명문대에 합격시킨 엄마로 더 유명했고, 『책육아가 영재를 만든다』『내 아이 영재로 키우는 책육아』 등의 저서를 집필했다. 고미홍 박사에게 두달 후 열다섯권 전집 세트로 출간될 마녀 나나 시리즈의 추천사를 받아보자고 한 건 마케팅팀의 신과장이었고, 그 제안을 받아들인 건 팀장이었다. 하지만 고미홍을 만나 읍소하는 역할을 맡은 건 나와 성대리였다.

고미홍 박사와 어렵사리 전화가 연결되었을 때 그녀는 만나자는 청을 거절하지는 않았으나 뜨뜻미지근한 반응이었고, 상담이 비는 시간에 잠깐 미팅을 할 수는 있을 거라고 말했다. 비는 시간에 맞춰 고미홍과 겨우 약속을 잡았고, 미팅 시간 십분 전에 도착했지만 나와 성대리는 고미홍의 얼굴도 보지 못한 채 센터 직원이 안내해준 자리에 앉아 한시간 넘게 기다려야 했다. 나는 센터 로비에 마련된 대기실 소파에 앉아 멀뚱멀뚱 주변을 둘러보았다. 고급스러운 인테리어를 자랑하는 로비의 외관은 강남의 유명 성형외과나 피부과 못지않게 화려하고 반짝거렸는데, 다른 점이 있다면 한쪽 벽면이 아이들 책으로 알록달록하게 꾸며졌다는 점이었다. 대기실에는 부모와 함께 온 아이들이 여럿 있었고, 안내 데스크를 지키는 두명의 직원들은 전화 업무와 고객 응대를 하느라 바빠 나와 성대리에게 눈길조차 주지 않았다.

'고미홍 더베스트리딩 리더 센터'에서 주로 하는 일은 책육아 컨설팅이었다. 학부모가 아이를 데리고 오면 상담을 통해 아이의 기질과 생활습관 및 부모의 양육관을 진단하고 이들이 최상의 책육아 효과를 기대할 수 있는 독서 커리큘럼을 짜주는 일이었다. 어린 시절에는 책과 거리가 멀었고, 사춘기 이후에 손에 잡히는 대로 아무 책이나 읽어나가면서 취향에 맞는 책과 작가를 찾아갔던 나로서는 고액의 상담료를 내고 독서 리스트를 받는다는 게 도통 이해가 가지 않는 일이었으나, 국민 책육아 멘토에게 독서 컨설팅을 받고 싶은 전국 학부모들의 예약 신청 전화가 끊이지 않고 있었다.

고미홍 박사의 센터를 찾은 고객들은 아이 없이 대기실 구석을 지키고 있는 나와 성대리를 바라보며 미심쩍은 시선을 던졌다가 자신이 데려온 아이를 챙기느라 바빴다. 미취학이거나 초등학교 저학년쯤 되는 아이들이 대부분이었다. 아이들이 저 정도 나이가 되려면 아마 성대리보다 나이가 많은 사람들이 대부분일 텐데 성대리보다 어려 보이는 사람도 몇몇 있었다. 성대리가 검은색 세미 정장을 입고 있어서 나이가 더 들어 보이기도 했다. 오버핏의 재킷과 복숭아뼈 위까지 오는 검정 슬랙스를 위아래로 입고 레몬색 구두를 신은 성대리를 오늘 아침 사무실에서 만났을 때만 해도 세련미가 넘친다고 생각했는데, 그런 성대리도 이곳에서는 명함도 못 내밀 수준이었다.

고미홍 박사를 밖에서 기다린 지 두시간이 넘어갔을 때, 나는 그녀가 추천사를 절대 써주지 않을 거라는 걸 알았다. 큰 기대를 한 건 아니었다. 팀장과 신과장은 한줄이라도 괜찮으니 받아 오라며 이 일이 꼭 성사되기를 바랐지만, 이렇게 유명하고 바쁜 사람이 우리 일까지 맡아줄리 없다는 생각이 들었다. 그러면서 여긴 왜 오라고 한 거지? 안 그래도 일이 많아서 바빠 죽겠는데. 나는 슬슬 부아가 치밀어올랐다.

일의 범주

고미홍 박사의 상담실 문이 여러번 열렸다 닫히면서 그녀의 고객들이 한 팀씩 차례차례 호명되는 동안, 나와 성대리는 우리의 차례가 언제인지도 모른 채 고미홍이 불러주기만을 기다릴 뿐이었다.

어떻게 됐어? 고미홍 만났니?

성질 급한 팀장이 삼십분 단위로 팀 단톡방에 메시지를 보내오는 바람에 괜히 마음이 초조해졌다.

팀장님, 저희 아직 고박사 만나지도 못했어요. 완전 홀대받는 중이에요. ㅠㅠ

성대리가 눈물 이모티콘과 함께 우는소리를 했다.

팀장님 ㅠㅠ 지금 두시간 넘었는데 언제까지 기다려야 될까요?

나도 같이 눈물 이모티콘을 붙이며 팀장에게 물었다. 성대리는 이렇게 퇴근 시간까지 뭉개다가 차라리 여기에서 바로 퇴근하길 바라는 눈치였지만, 나는 되지도 않을 일에 매달릴 바에는 차라리 어서 회사로 돌아가고 싶은 마음이었다.

어차피 기다린 거 더 못 기다릴 것도 없잖아. 이왕 갔으니 어떻게든 뻗대서 만나봐. 오래 기다리게 해서 오히려 미안한 마음에 해줄지도 몰라. 성대리 잘할 수 있는 거지?

네, 팀장님. 열심히 해볼게요. ㅠㅠ

내가 두시간 내내 목을 길게 빼고 고미홍이 우리를 언제 불러줄까 안달복달하는 동안 옆자리에 앉아 별 의욕 없이 핸드폰만 들여다보던 성대리는 팀장에게 메시지를 보낼 때만큼은 의욕이 넘쳐났다.

드디어 고미홍 박사의 상담실 안으로 들어가게 됐을 때 나는 이미 기분이 상할 대로 상한 상태였다. 검은색 정장 재킷과 스커트를 유니폼으로 입은 직원의 안내를 받아 복도를 걸어가는 와중에도 굳은 얼굴을 풀지 못하자, 성대리는 내게 표정 관리 좀 하라며 속삭이듯 말했다. 직원이 상담실 문을 정중하게 열어주었고, 고미홍은 우리를 보자마자 자리에서 일어나 오래 기다리게 해서 죄송하다며 고개를 숙여 사과했다. 푹신한 의자에서 일어나 밝게 웃으며 악수를 청하는 고미홍을 보고 나도 엉겁결에 같이 고개를 숙이며 웃었다. 이상하게도 고미홍의 얼굴을 본 순간 화가 났던 마음이 달아났다. 그녀의 미소와 깍듯한 태도에 사나운 마음이 누그러졌다. 유명세가 주는 아우라 때문인지 아니면 남다른 아우라 때문에 그녀가 유명한 건지 모를 일이었다. 고미홍은 방송에서 보던 것보다 실제 이목구비가 더 뚜렷했고, 오십대의 나이가 무색하게 날씬한 몸매를 자랑했다. 나는 연예인을 실제로 만난 것 같아 약간 달뜨기까지 했다.

"박사님, 이렇게 시간 내주셔서 정말 감사해요. 바쁘실 테니 용건을 빠르게 말씀드릴게요. 저희는 드림미디어그룹에서 나왔고, 저희 팀에서 만든 책을 우선 보시면서……"

내가 약간 얼이 빠진 사람처럼 고미홍을 쳐다보는 사이, 성대리가 빠르게 용건을 전달했다. 준비해 온 책 여러 권을 상담 테이블 위에 올려놓고 펼쳐놓는 손놀림이 절묘했다. 그런 성대리의 모습에서 사회생활을 오래 한 선배의 노련함이 확실히 느껴졌다. 문제는 우리가 상대해야 할 고미홍이 성대리보다 훨씬 더 노련한 사람이라는 사실이었다.

고미홍 박사가 우아하게 웃으며 말했다.

"네, 알고 있어요. 시간 있으니까 천천히 이야기 나누시죠. 차도 아직 안 나온걸요. 차는 뭘로 하시겠어요, 커피? 아니면 홍차?"

"괜찮습니다. 대기실에서 기다리면서 이미 커피를 마셨어요."

"그래도 제 방에 찾아오신 손님인데 차 한잔 대접하는 게 예의죠. 그럼 커피 말고 제 방에 향이 좋은 티가 있는데 같이 드시겠어요?"

고미홍은 성대리와 내가 대답도 하기 전에 직원에게 눈짓을 하며 티를 준비해 오도록 지시했다. 잠시 후 똑같은 유니폼을 입고 머리를 승무원처럼 틀어올린 두명의 직원이 상담실로 들어왔다. 안내 데스크를 지키고 있던 직원들이었다. 먼저 들어온 한명이 고급스러운 찻잔에 담긴 티와 쿠키를 내놓았고, 뒤따라온 한명은 삼각대를 펼쳐 카메라를 설치했다. 그들의 움직임은 조심스러우면서도 재빨랐다.

"두분 다 제 채널 구독자라고 하셨죠? 제 유튜브 채널을 보셨다니 아실 텐데 그냥 자연스럽게 제 일상을 찍어서 올리는 브이로그 촬영이에요. 제가 일하는 모습을 찍어서 올린 거 자주 보셨죠? 출판사랑 미팅하는 모습도 찍어서 올릴 생각이에요."

"네? 영상을요? 지금요? 그런 건 사전에 말씀해주셨어야……"

성대리가 곤란하다는 얼굴로 말했다. 나는 옆에서 제대로 의사표현도 하지 못하고 눈만 끔뻑였다.

"찻잔이랑 손 정도 나오는 것까진 괜찮죠? 찻잔에서 제 얼굴로 자연스럽게 넘어가도록 편집할 거예요."

"그러면 박사님, 저도 부탁이 있어요. 저희 책 추천사 꼭 맡아주셔야 합니다."

성대리가 강한 어조로 말했다. 고미홍은 확실한 대답 없이 온화한 얼굴로 웃기만 했다. 의중을 알 수 없는 미소였다. 나도 그녀를 따라 어색하게 웃었다. 사실 고미홍이 먼저 미소를 보이지 않았더라도 비굴하게 웃을 수밖에 없는 처지이긴 했다. 성대리는 웃지 않고 고미홍을 빤히 쳐다보았다.

"그건 제가 검토를 해봐야 하는 부분이라 이 자리에서 약속을 할 수 있는 상황은 아닌 것 같네요. 하지만 아무래도 브이로그에까지 노출된다면 긍정적으로 검토할 여지가 많지 않을까요?"

고미홍이 여전히 우아한 미소를 잃지 않으며 말했다. 나와 성대리에게는 별다른 선택지가 없는 상황이었다.

성대리는 약간 머뭇거리다가 특유의 쾌활한 목소리로 호들갑스럽게 말했다.

"어머, 박사님. 저도 박사님 유튜브 채널 너무 좋아하는 팬으로서 출연은 완전 영광이죠! 그렇지만 미리 말씀해 주셨다면 옷이랑 헤어를 더 신경 쓰고 왔을 텐데, 촬영이 싫다는 게 아니라 이런 상태로 나가긴 좀 부끄럽단 뜻이었어요."

"뒷모습만 나올 텐데요, 그리고 오늘 굉장히 아름다우세요. 걱정 안 하셔도 됩니다."

"고박사님만 하겠어요? 저 실은 박사님 실물 뵙고 너무 깜짝 놀랐잖아요. 방송이 실물 못 담아낸다는 말 자주 들으셨죠?"

두 사람이 서로의 외모를 품평하며 추켜세우는 동안 나는 고미홍의 상담실을 두리번거렸다. 화이트와 그레이 컬러가 배치된 깔끔한 인테리어와 주황빛이 도는 환한 조명이 고급스러우면서 아늑한 분위기를 연출했다. 창가에 놓인 몬스테라 화분까지도 인테리어의 일부처럼 보였다.

고미홍은 우드 블라인드가 쳐진 창문을 등진 채 검은색 상담 테이블 앞에 앉아 카탈로그 사진과 똑같은 미소를 짓고 있었고, 두 명의 직원은 그 테이블 옆에 정물처럼 서 있었다.

브이로그 촬영이 시작됐다. 자연스러운 일상 촬영이라고 했지만 고미홍의 상담실 자체가 잘 꾸며진 방송 세트장이었다. 고미홍은 방송에 출연했을 때와 별 차이가 없는 수준의 풀메이크업 상태였고, 옷은 화려하지 않은 무채색의 셔츠와 검정색 정장 바지 차림으로 자연스러우면서도 격식이 있어 보였다.

성대리는 낭랑한 목소리로 우리가 가지고 온 샘플북을 늘어놓고 책의 콘셉트를 설명했고, 고박사의 추천사를 받고 싶으니 검토를 부탁한다고 정중하게 부탁했다. 성대리의 목소리는 평소와는 달리 호들갑스럽지도 않았고, 칭얼거리는 말투도 아니었다. 딱히 내가 나설 일은 없었다. 나는 그저 성대리 옆에서 고개만 끄덕거리고 있을 뿐이었다. 성대리가 의외로 연기에 소질에 있다는 생각이 들었다. 오늘처럼 그녀의 존재가 든든하게 느껴진 적이 없었다.

고미홍과의 미팅, 아니 촬영은 십 분 남짓 걸렸다. 고미홍은 이제 브이로그에 담을 다른 일상을 촬영하기 위해 집무실로 가봐야 한다고 말했다. 우리는 결국 고미홍에게 어떤 확답도 받지 못한 채 검토가 끝나면 연락달라는 말만 남기고 쫓겨나듯 나올 수밖에 없었다. 성대리와 나는 진이 빠진 얼굴로 엘리베이터를 타고 건물 로비로 내려왔다. 로비에서 성대리와 나는 화장실부터 찾았다. 급하게 화장실로 뛰어 들어가는 성대리의 뒷모습을 보면서 그녀 역시 나와 마찬가지로 고미홍이 언제 부를지 몰라서 오랜 시간 요의를 참고 있었다는 걸 알았다. 볼일을 보고 나와 세면대에서 손을 씻으면서 성대리는 고미홍의 험담을 한참 늘어놓았다. 든든한 선배의 모습은 온데간데없이 불평불만 많은 평소 모습으로 돌아갔다.

"진짜 너무 예의가 없는 거 아니야? 미리 얘기도 안 하고 불쑥 촬영이라니, 이럴 줄 알았으면 아침에 고데기라도 말고 왔을 텐데…… 진짜 여러모로 기분 더러운 하루야."

성대리는 손을 씻고 난 후에도 거울 앞에 붙어 서서 자신의 모습을 살피며 짜증을 냈다. 나는 성대리의 옆에 나란히 서서 거울 속에 비친 그녀를 보면서 달래듯 말했다.

"괜찮으신데요, 뭘. 선배, 저에 비하면 완전 갖춰 입으신 건데요."

성대리가 떨떠름한 표정을 지으며 나를 아래위로 훑어보았다가 다시 세면대 앞 거울로 시선을 옮겨 나와 자신의 모습을 번갈아 쳐다보았다.

"연희씨, 있잖아 말이 나왔으니 말인데, 오늘 옷은 너무 심한 거 아니야?"

성대리가 거울을 향해 손가락질하며 말했다. 나는 거울 앞에 서서 옷차림을 다시 살펴보았다. 청바지에 남색 체크무늬 남방을 입고 스니커즈를 신은 복장이었다. 아침에 구두를 신을까 말까 잠깐 고민을 하긴 했으나 마을버스와 지하철을 갈아타야 하는 일정이라 일부러 스니커즈를 신었다. 평소 출근 때와 크게 다를 것 없는 차림이었다.

"그러니까 내 말은, 평소 회사 올 때는 그렇다 쳐도 오늘은 외근인데 이러고 오는 건 좀 아니지 않아? 상황과 자리에 맞는 드레스코드가 있다는 거 몰라? 연희씨 아까 고미홍 센터 직원들 옷 어떻게 입고 있는지 못 봤어?"

안내 데스크에서 전화를 받고 고객들을 응대하는 직원들은 검은색 재킷과 무릎 위로 올라오는 스커트를 갖춰 입은 정장 차림이었다. 목에 똑같이 스카프를 둘렀고, 머리카락이 한올도 삐져나오지 않은 올림머리 스타일이었다. 얼핏 보면 고급 호텔에서 일하는 호텔리어처럼 보이기도 했다.

"연희씨, 그 사람들이 굳이 그런 옷을 입고 고객들을 응대하는 이유가 뭐라고 생각해? 왠지 그곳이 되게 격이 있는 곳처럼 느껴지지 않았어?"

"네, 좀 그런 것 같기도 하고…… 하지만 굳이 그럴 필요가 있나 싶기도 했어요."

"심지어 그 여자들 목에 두른 스카프는 에르메스이고 귀걸이는 샤넬이었던 건 알아? 에르메스 트윌리스카프 디자인은 같고 컬러만 다른 거였고, 샤넬 귀걸이는 이번 시즌 신상인데 둘이 똑같은 거 하고 있었잖아. 설마 저거까지 유니폼에 포함인 걸까?"

"글쎄요. 우연히 액세서리가 겹칠 수도 있지 않을까요? 그렇게 유명한 아이템이면."

"저 신상 샤넬 귀걸이는 오픈런 해도 오프라인 매장에서 구하기 힘든 거야. 고미홍 박사 샤넬 VVIP란 소문이 있던데, 직원들한테 선물로 사준 걸까? 아니면 저런 귀걸이도 유니폼처럼 퇴근할 때 반납하고 가려나?"

성대리는 센터 직원들의 옷차림과 액세서리에 대해 열을 올리며 말하다가 나를 한심하다는 눈길로 쳐다보았다.

"연희씨 아까 그 여자들이 왜 그런 유니폼을 입고 에르메스나 샤넬을 두르고 있었다고 생각해? 그런 게 여기 센터의 격을 보여주거든. 그런 걸 과시적 소비라고 해."

그 정도는 고등학교 경제 교과서에 나오는 이야기라 나도 아는 내용이었다. 이제 와서 사회경제학 강의라도

하려는 건가, 일이 뜻대로 안 돼서 심사가 꼬인 건 이해가
갔지만 갑자기 옷차림으로 트집을 잡는 건 너무하다는 생
각이 들었다.

성대리가 나를 쏘아보며 말했다.

"나는 말이야, 직장인이 자리에 맞는 옷을 입는 것도 업
무의 일종이라고 생각해. 옷을 제대로 입는 것도 일이라
고. 자기가 오늘 일을 잘했다고 생각해? 고미홍이랑 그 센
터 직원들이 우리 무시하는 거 못 느꼈어?"

적어도 일에 관해서 내가 성대리에게 지적받을 문제
는 없다고 생각했는데, 이런 말을 들으니 당황스럽다 못
해 정신이 혼미해졌다. 나는 아무런 대꾸도 하지 못한 채
화장실 밖으로 나갔다. 로비로 나가는 출입구 앞쪽 벽면
에 커다란 전신거울이 붙어 있었다. 어쩔 수 없이 전신거
울에 비친 내 모습을 다시 살펴볼 수밖에 없었다. 성대리
의 말에 화가 나면서도 무어라 반박할 말을 찾기 어려웠
다. 일이 뜻대로 안 풀려서 성대리가 내게 괜한 화풀이를
한 거라는 생각이 들다가, 정말 내 옷차림이 허름해서 고
미홍의 센터에서 그런 홀대를 받았나 하는 자책이 밀려오
기도 했다.

성대리와 나는 회사로 복귀하는 지하철 안에서도 올
때와 마찬가지로 서로 말 한마디 하지 않은 채 각자 떨어

져 앉았다. 압구정역에서 지하철을 탈 때만 해도 성대리 때문에 속상한 마음이 컸는데 점점 회사에 가까워질수록 팀장의 얼굴을 볼 일이 더 걱정이었다. 고미홍 박사를 어렵게 만났으면서 별 소득 없이 돌아왔다고 화를 낼 팀장의 모습이 눈에 선했다. 성대리 역시 고미홍의 추천사를 받아내지 못한 게 눈치가 보여서 외근이 끝나도 바로 퇴근하지 못하고 회사로 들어가는 것일 터였다.

나와 성대리가 사무실 문을 열고 들어가자, 팀장은 화를 내기는커녕 의아하다는 듯 물었다.

"어라? 성대리 회사 왜 들어왔어? 들어오자마자 퇴근 시간이네. 거기서 바로 퇴근하지 그랬어?"

팀장이 벽시계를 가리키며 말했다. 퇴근 시간을 이십분 남겨둔 다섯시 사십분이었다.

"거기서 다섯시도 안 된 시간에 마쳐서 바로 집에 간다고 하기가 죄송해서요."

성대리는 아까운 기회를 놓쳤다고 아쉬워하면서도 팀장의 말이 진심인지 아닌지 살폈다.

"말을 하지. 내가 그만한 융통성도 없어 보이냐?"

"그러면 팀장님, 다음부터는 강남 외근 나가면 거기서 바로 퇴근해도 될까요? 앞으로는 그렇게요, 네?"

성대리가 눈웃음을 흘리며 되물었다.

"일 없으면 그래도 되지."

팀장이 퉁명스러운 목소리로 말했다.

"일이야 항상 있죠. 저희 팀에 일 없는 날이 어디 있어요."

성대리가 볼멘소리로 말하자 팀장이 큰소리로 웃었다. 말로는 괜히 들어왔다고 하면서도 성대리가 자신의 눈치를 보느라 사무실에 다시 들어온 게 기분 좋은 모양이었다. 다른 건 몰라도 성대리가 눈치 하나는 잘 봤다. 팀장의 기분을 맞추는 데에도 선수였다. 직장생활에서 눈치가 제일 중요하다는 걸 생각하면 성대리를 무능하다고만 말하기도 어려웠다. 어떨 때는 성대리의 그런 센스가 부럽기까지 했다. 그렇다고 해도 성대리같이 얄미운 선배는 되고 싶지 않았다.

"근데 막내 쟨 왜 저러고 있냐? 국민 책육아 멘토한테 혼쭐이라도 났냐?"

팀장이 시무룩한 얼굴로 자리에 앉아 있는 나를 쳐다보며 성대리에게 물었다. 사무실에 들어오면서 다녀왔다는 인사를 한 것 외에는 아무 말도 하지 않고 컴퓨터 화면만 바라보고 있는 내가 신경에 거슬린 모양이었다.

성대리가 피식 웃으며 별일 아니라는 듯 손사래를 쳤다.

"그런 거 아니고요, 실은 아까 제가 몇마디, 싫은 소리 좀 했어요."

"무슨 소리? 아니다, 됐다. 너희들끼리 일인데 내가 물을 건 아니고. 막내야, 잘못하면 선배한테 혼도 좀 날 수 있는 거지 겨우 그런 일로 그렇게 죽상을 하고 있으면 못쓴다."

억울한 생각이 들었다. 내가 잘못을 해서 성대리에게 혼이 난 건 아니지 않나? 차라리 팀장에게 상황을 털어놓고 시시비비를 가려보고 싶은 마음마저 들었지만, 입 밖에 내기도 치졸한 이야기 같아서 입을 다물었다.

"성대리, 그래서 고미홍이 건은 어떻게 될 거 같아? 해줄 거 같아?"

"아뇨, 팀장님 진짜 최선을 다했는데 잘 안 됐어요. 저희 고미홍 유튜브 채널에 올라갈 브이로그 촬영까지 해줬는데, 이용만 당한 거 같아요."

성대리가 울상을 지으며 말했다. 책임 추궁을 들을까봐 선수를 치는 것처럼 보였다.

"그래, 어쩔 수 없지 뭐. 일단 기다려보자. 마케팅팀 신과장이 난리를 쳐서 나도 컨택해보자고 한 거지만 솔직히 고미홍이 그 여자 별로야. 사기꾼 같기도 하고."

"어머, 팀장님도 그렇게 느끼셨어요? 저도 왠지 느낌이 안 좋더라고요. 그 센터라는 곳도 겉만 화려하지 실속도 없어 보이고요."

한 시간 전만 해도 센터의 격이 어쩌고저쩌고하며 일장 연설을 늘어놓던 성대리는 팀장의 말에 맞장구를 치면서 고미홍의 험담을 하기 시작했다. 나는 길게 한숨을 쉬었다. 저것도 능력이라면 능력이랄 수밖에 없었다.

"막내 또 한숨 쉬냐, 그만하고 밥 먹으러 가자. 오늘 너희 고생했으니 내가 맛있는 거 사줄게."

팀장이 지갑과 핸드폰을 챙기며 자리에서 일어났다. 나도 따라 일어나면서 팀장에게 물었다.

"팀장님, 그러면 고미홍 박사 추천사 꼭 받아 오라고 하신 건 진심이 아니었어요?"

"진심이지. 그 여자가 싫은 거랑 추천사 받고 싶은 건 별개의 문제니까."

"네, 실은 저 오면서 걱정했거든요. 추천사 못 받아 왔다고 뭐라고 하실까봐……"

내가 쭈뼛거리며 속마음을 말하자, 팀장은 어이없다는 표정을 지었다.

"야, 이 돌대가리야. 나를 아직도 그렇게 모르겠냐. 내가 성격이 지랄 맞긴 하지만 그런 일로 팀원들을 족치진 않아. 그리고 너는 팀장이나 선배가 뭐라고 좀 할 수도 있지. 그게 그렇게 걱정되고 무서우면 어떻게 회사를 다니려고 그래? 막내야 네가 모르나 본데 신입사원 업무에는 욕먹는 일도 포함이 되어 있어. 너는 칭찬받으려고 회사 다니는 게 아니야. 일 배우고 돈 벌려고 다니는 거지. 칭찬받고 우쭈쭈 하는 소리 들으려면 네가 돈을 내고 여길 다녀야 하는 거야. 월급에 욕먹는 일도 포함된 거니까 욕먹는 거 겁내면서 일하면 안 된다. 그러면 일이 안 늘어, 알겠냐?"

나는 대답 없이 고개를 푹 숙였다. 책상 위에 놓인 교정지 더미가 눈에 들어왔다. 편집 업무만 일이 아니라 눈치를 보는 것도, 옷을 입는 것도 일이었고, 심지어 욕을 먹는 것도 일이라니…… 일이 많아도 너무 많았다. 팀장의 말대로 생각하는 게 차라리 속 편할지도 모르겠다. 나는 그저 일을 하고 돈을 받는 회사원일 뿐이었다. 욕을 먹는 것도 업무의 일환일 뿐이고, 일 못한다는 비난을 듣는다고 해서 나라는 사람의 존재 가치가 없어진다고 느끼거나 상처를 입을 필요는 없었다.

하지만 그런 생각을 한다고 해서 기분이 나아지는 것도 아니었다. 회사에서 받는 인간관계의 스트레스와 마음의 상처까지 월급에 다 포함되는 거라면, 나는 지금보다는 좀더 많이 받아야 할 것 같았다. 요구받는 일에 비하면, 현재의 월급은 적어도 너무 적었다.

연극 연습 2. 하녀들

소연 언니는 연기를 못했다. 가을 정기공연을 준비하던 여름방학 내내 소연 언니는 욕을 먹었다. 연습 시간에 연출 선배는 대놓고 욕을 했고, 언니가 없는 자리에서 그녀를 헐뜯는 동아리 사람들도 있었다. 그러나 언니가 단순히 연기를 못해서 사람들의 미움을 산 건 아니었다. 소연 언니를 향한 극회 사람들의 반감에는 다른 이유도 있었다. 유난히 무더웠던 그해 여름, 모두의 불쾌지수가 최고조로 달한 시점에 열린 공연 작품 회의에서 소연 언니는 장 주네의 부조리극 「하녀들」을 무대에 올리자고 강하게 주장했다. 다른 선배들은 좀더 대중적이고 코믹한 대본을 공연하자는 의견이었다.

"웃기고 재미있는 연극 좋죠. 그렇지만 그런 공연은 대학로에서 흔히 볼 수 있는 거잖아요. 대중성이 없어서 기성 극단들조차도 꺼리는 실험적인 연극에 우리가 도전해야 한다고 생각해요. 저는 공연을 통해서 학우들에게 좀 더 깊이 있는 질문을 던져보고 싶습니다. 우리 문과대 연극 동아리의 모토가 뭔가요? 연극을 통한 인문 정신의 회복 아니던가요?"

긴 시간의 토론으로도 의견은 쉽게 좁혀지지 않았고, 결국 가을 정기공연의 작품 선정은 표결에 부쳐졌다. 모두를 나무라는 말투로 자신의 주장을 굽히지 않는 소연 언니를 보면서 나는 마음이 불편했지만, 대중적이고 코믹한 연극을 택하는 것은 왠지 내키지 않았다. 나는 인문 정신이 무엇인지도 모르면서, 그것을 포기해서는 안 된다는 이상한 의무감에 사로잡혀 부조리극에 한표를 던졌다. 회의 시간에는 「하녀들」이 큰 지지를 받지 못했는데 막상 투표를 실시했더니 나와 같은 생각을 지닌 동아리원이 과반이 넘었다.

스무살의 여름은 유난히 더웠다. 나는 연극 연습을 하다가 학생회관 연습실 바닥에 철퍼덕 주저앉아 교문 앞에서 공짜로 나눠주던 광고 부채를 부치곤 했다. 토익 단기 완성이라는 붉은 글씨가 고딕체로 박혀 있는 부채였다. 소연 언니와 연출 선배는 서로 대본의 해석 방향이 달라서 자주 싸웠다. 에어컨이 작동되지 않는 낡은 연습실의 구석 자리에 앉아서 나는 부채의 손잡이를 빙글빙글 돌리며 악랄한 더위가 앗아갈 수 있는 것들의 목록을 머릿속으로 꼽아보곤 했다. 입맛과 의욕, 동료애와 이해심, 그리고 스무살 첫 여름방학에 대한 기대와 낭만 따위들……「하녀들」은 학부 1학년에 불과한 내가 쉽게 이해할 수 있는 연극은 아니었다. 등장인물이 단 세명밖에 되지 않아 얼핏 단조롭고 심심한 연극처럼 보일 수도 있었다. 하지만 클레르와 솔랑주라는 이름을 가진 두명의 하녀, 그리고 그녀들의 주인인 마담이 주축을 이루는 이들의 관계는 결코 단순하지 않았다. 자매인 클레르와 솔랑주는 마담에 대항해 모반을 꾀한다. 그들은 자신들이 증오하는 마담을 곤경에 빠뜨리기 위해 거짓 제보를 해 마담의 애인인 무슈를 수감되게 한다. 그러나 무슈는 석방되고 하녀들은 거짓으로 밀고를 한 것이 탄로될 위험에 처한다. 그러자 그들은 마담을 독살하려 든다. 그러나 독살도 실패하고, 하녀들은 파국을 맞게 된다.

이 극의 결말만큼이나 우리의 연습 과정도 파국에 파국을 거듭했다. 솔랑주와 클레르라는 하녀 역을 각각 맡은 나와 장미는, 대본이 어렵다고 여러번 툴툴거렸다. 하녀들의 심리는 복잡하게 꼬여 있었다. 그들은 주인인 마담을 미워하면서도 흠모했고, 두려워하면서도 죽이고 싶어 했다. 마담이 외출하고 나면 두 하녀들은 마담의 방에서 옷을 훔쳐 입고 마담을 흉내 내면서 연극놀이를 했다. 아직 연극이 무엇인지조차 제대로 이해하고 있지 못한 신입생 둘이서 '극중극'의 상황에 몰입하기란 여간 어려운 문제가 아니었다. 장치가 최소화된 단출한 무대를 나와 장미, 단둘이서 장악해야 한다는 부담 때문에 밤잠을 설칠 정도였다. '하녀들의 현실'과 '하녀들의 연극놀이'는 구별되면서도, 동일한 결을 보여주어야 했다. 힘든 현실을 잊기 위해 빠져드는 하녀들의 연극에는 과장된 요소가 필요했다. 문제는 어느 정도의 과장이 적절한지 가늠할 수가 없다는 것이었다. 극 중에서 우리는 하녀이자 마담 역할을 맡은 연기자가 되어야 했다. 목소리 톤이 조금만 높아지면 지나친 과장이라는 지적을 받았고, 눈에 조금만 힘이 풀려도 마담답지 못하다는 지적을 받았다. 나는 점점 움츠러들었다. 연출 선배가 미워졌다. 자신이 선호하지 않았던 작품의 연출을 맡게 된 불만 때문에 연습 분위기를 일부러 험악하게 만드는 것처럼 보였다.

"하녀들이 마담 행세를 하면서 연극놀이를 하는 건 일종의 환각 작용 같은 거지. 지독한 현실을 견디기 위한 숨 쉬는 통로 같은 게 아닐까. 그런 점을 생각하면서 극중극을 더욱 더 극적으로 만들어봐. 자, 솔랑주 다시 한번 해보자!"

마담 역을 맡은 소연 언니가 옆에서 훈수를 두는 것도 그다지 유쾌하지 않았다. '본인 연기나 신경 쓰시지' 하는 생각이 절로 들었다. 마담은 솔랑주와 클레르에 비해 출연 분량이 훨씬 적었다. 마담은 하녀들처럼 다중적인 인격을 보여줄 필요도 없었다. 마담은 마담답게만 군림하면 됐다. 대사를 치면서 상대방의 반응이나 눈치도 살피지 않았다. 눈치를 보는 건 하녀들의 몫이었다. 마담이 착하다고 말하는 동생 클레르에게 내가 맡은 솔랑주는 이런 대사를 던진다.

착하다구? 착하고, 미소 짓고, 친절하기야 쉽지. 하지만 그건 예쁘고 돈이 많을 때 얘기야. 하녀가 착할 수는 없어. 기껏해야 청소나 설거지나 청소를 하면서 으스대는 걸로 만족해야 돼. 빗자루나 붙잡고 부채처럼 흔들어대든지, 걸레나 들고서 우아한 척해보는 게 고작이란 말이야. 하긴 너처럼 역사적인 궁중 행렬을 상상하며 밤마다 마담의 방에서 사치스런 꿈에 빠지는 방법도 있긴 하겠지.

매일 최고 기온을 갈아 치울 정도로 날씨는 더웠고, 연출 선배와 소연 언니는 마주쳤다 하면 서로 삿대질을 하며 싸우기 일쑤였다. 이렇게나 서로를 꼴 보기 싫어하면서 우리는 대체 왜 모여서 연극을 하는 걸까. 아침마다 나는 연습을 나가야 할지 말지 고민했다. 동아리 사람들과는 말도 섞고 싶지 않았다. 그래놓고도 어쩔 수 없는 의무감에 꾸역꾸역 연습을 나갔고 대신 필요한 말 외에는 사람들과 되도록 대화를 나누지 않았다. 나는 쉬는 시간이면 벽을 향해 돌아앉아 대본만 들여다보았다. 이번 공연만 끝나면 동아리를 나가야겠다고, 연극을 관두겠다고, 하루에도 몇번씩 다짐했다. 매일 연습을 나가면서도 연극을 관둘 거라고 혼자 다짐하는 이 상황 자체가 부조리극의 일부처럼 느껴지기도 했다. 사람들과 어울리는 게 싫어서 점심도 굶었고, 뒤풀이 자리에도 따라가지 않았다. 그러는 사이 체중이 눈에 띄게 줄었다. 의도한 일은 아니었는데 체형이 변하고 눈빛까지 날카로워졌다. 외형이 예민하고 히스테릭한 극 중 인물과 가까워지면서, 솔랑주 역을 맡은 내 연기 또한 퍽 자연스러워졌다. 악에 받친 솔랑주가 대사를 토해내듯 뱉어내고 나면 연습실의 공기가 한순간에 싸늘해지는 것 같다며, 연출 선배는 엄지손가락을 치켜들었다.

장미는 장미대로, 본인에게 맞는 클레르의 톤을 찾아갔다. 장미는 아무리 지적을 받아도 과장된 표정과 몸짓, 목소리를 포기하지 않았다. 과장이 심하다는 지적을 받으면 받을수록 클레르의 몸짓은 더 커졌고, 표정 변화는 더욱더 극단적으로 나타났다. '적절한 과장'을 찾을 수 없다면 아예 '극단적인 과장'을 통해 새로운 클레르의 캐릭터를 만들어보겠다는 생각인 듯했다. 아무리 지적해도 톤이 다운되지 않는 장미의 연기를 보면서, 연출 선배는 나중에 포기를 선언했다. 나중에는 장미의 연기에 모두 익숙해져버린 것인지, 그런 방식의 과장된 연기가 그리 어색하다는 생각도 들지 않았다. 하녀치고는 지나치게 도발적인 모습의 클레르였지만, 마담을 연기하는 순간만큼은 우아의 극단을 보여주었다. 둘 사이의 간극은 팽팽한 긴장감을 유발하면서도 처연한 감정을 불러일으켰다. 게다가 장미는 이목구비가 인형처럼 또렷했고, 팔다리가 길었다. 외모가 화려하다는 건 관객들의 눈을 쉽게 사로잡을 수 있다는 걸 의미했고, 배우로서는 연기를 더 돋보이게 하는 무기를 지닌 것이나 다름없었다. 장미의 커다란 눈과 도톰한 입술은 클레르의 과장된 연기에 설득력을 보태주는 무기가 됐다.

방학이 막바지에 이르고, 지독한 더위가 물러나면서 「하녀들」 공연팀은 점점 안정된 팀워크를 갖추어나갔다. 연습 기간 내내 힘들어했던 나와 소연 언니와는 달리, 장미는 처음부터 끝까지 마냥 재미있고 신난다는 얼굴로 공연 준비에 매달렸다. 1학기 공연에서는 단역을 맡았다가 주연에 발탁된 것에 감격하기도 했다. 장미는 어린 시절부터 배우가 꿈이었다고 고백했다. 연극영화과에 진학하고 싶었지만, 부모님의 반대로 철학과에 오게 되었다고도 했다.

"그런데 왜 하필이면 철학과야? 연기하려면 철학 공부가 필요해서?"

내가 의아한 표정을 지으며 묻자, 장미는 해맑게 웃으며 답했다.

"내가 찾아보니까 말이지, 연극영화과 다음으로 배우들이 많이 전공한 학과가 철학이더라고. 이순재 선생님도 철학과 나왔잖아!"

장미는 고등학교 시절에도 연극 동아리 활동을 활발히 했고, 고교연극제에서 입상한 적도 있다고 넌지시 자랑했다. 지방의 소도시에서 자라 대학 입학 전까지 제대로 된 연극 공연을 한번도 본 적이 없었다는 내 말에, 필요 이상으로 크게 소리를 내며 웃는 모습이 묘하게 거슬렸다.

"고등학교 연극반 동기 중에 연극영화과 간 친구가 있어. 걔네들 보면 정말 죽기 살기로 하더라. 우리처럼 그냥 취미로 하는 연극 동아리랑은 차원이 다르다고나 할까. 그런 거 보면 무지 부럽기도 한데, 이렇게 하는 것도 재미있는 거 같아. 지도교수 없이 그냥 우리끼리 막 부딪쳐가면서 하는 거 말이야. 그리고 어차피 나중에 현장에서 만나면 다 똑같을 테니까."

"누가 그래? 연극영화과 애들은 죽기 살기로 하고, 우리는 취미로 연극하는 거라고. 누가 그런 말 했는데?"

나는 장미의 말에 발끈해서 되물었다. 장미는 당황한 표정으로 눈을 동그랗게 뜬 채 말했다.

"우리는 그냥 동아리 수준의 연극인 거지. 다들 한번쯤 경험 삼아 해보는 거고, 연극을 업으로 진지하게 생각하는 사람은 이중에서 몇 안 될걸?"

"우리 동아리 사람들도 이거 죽기 살기로 하는 거야. 여름방학 고스란히 반납하고, 이 공연 하나 잘해보겠다고 사생결단 매달리고 있는 거라고. 그리고 적어도 난, 그냥 재미로 취미로 연극하는 거 아니야. 나도 정말 진지하게 이 길에 대해 생각하는 중이란 말이야."

극 중에서 대등한 연기를 펼쳐야 하는 장미에게 밀리고 싶지 않은 마음에 나는 충동적으로 연극을 한때의 취미로 생각하는 건 아니라고, 앞으로 계속 연극을 할 거라고 말해버렸다. 어떤 대사 한마디가 극중 인물의 인생 전체를 지배하듯이, 어떤 말은 내뱉는 순간부터 강한 힘을 지니게 되기도 한다. 장미에게 불쑥 결심을 발설하게 된 순간부터 여름 내내 연극도, 동아리도 이번 공연을 마지막으로 관둘 거라고 수없이 반복했던 생각은 흔적도 없이 사라졌고, 연기에 대한 열망이 강렬하게 솟아났다. 엉겁결에 배우가 되겠다는 선언을 하기는 했지만 그 순간의 마음은 진심이었다. 솔랑주라는 배역이 내 몸에 착 달라붙은 것처럼 연극이 내 삶 속으로 깊이 틈입해버렸다는 것을 인정할 수밖에 없었다. 스무살의 어느 여름날, 나는 그렇게 배우의 길을 걷겠다고 진지하게 다짐하게 됐다.

공연이 다가오면서 장미와 나는 정해진 연습 시간 외에도 만나 서로 대사를 맞추어보곤 했다. 장미는 동아리 방이나 연습실이 아닌 곳에서도 다른 사람들의 눈을 아랑곳하지 않고 내게 대사를 던졌다. 문과대 복도에서 우연히 마주쳤을 때에도, 심지어 화장실에서도 내게 연극 대사의 한 부분을 툭 던지고 받아쳐보라고 요구했다. 과장된 그녀의 연기만큼이나 민망한 연습 방식이었지만, 그런 장미를 피하고 싶지는 않았다. 그것은 연습의 일환이기도 했지만, 정말 내가 연극에 대해 진지한 태도를 가지고 있는지 시험해보겠다는 의도로 느껴졌기 때문에 그에 마땅한 응전 태세를 갖춰야 할 것 같았다. 마치 십대 시절부터 연극을 해온 자기 같은 사람만 배우를 꿈꿀 자격이 있다는 듯 행동하는 장미에게 지기 싫었다.

잠깐, 미안해. 내가 무슨 말을 하는지 나도 알아. 난 클레르야. 난 냉정해. 결심도 섰어. 난 진저리가 나. 거미가 되는 것도, 우산집이 되는 것도, 더러운 수녀, 하느님도 없고 가족도 없는 수녀가 되는 것도 이젠 지겨워. 가마솥을 제단처럼 모시는 것도 물론 지긋지긋하고 말야. 난 썩은 냄새를 풍겨. 난 누가 봐도 불쾌한 인간이야. 언니가 봐도 그럴 거야.

내게 다가오면서 고통스러운 표정을 짓는 장미의 어깨를 부여잡으며 나는 침착한 어조로 다독였다.

클레르…… 우리 둘 다 너무 예민해졌어. 마담이 안 오는구나. 나도 못 참겠다. 우리가 서로 닮았다는 것을 참을 수가 없어. 내 손도, 내 검은 양말도, 내 머리도 참을 수가 없어. 클레르, 내 동생, 널 나무라는 건 아니다. 산책을 하면 네 마음이 좀 가라앉곤 했는데……

길을 걷다가도 장미는 갑자기 눈을 치켜뜨며 연기를 했다. 벤치 위에 올라가 클레르의 과장된 몸짓을 보여주기도 했다. 늦은 밤 나에게 전화를 걸어 자신의 대사에 답하라고 밑도 끝도 없이 요구하기도 했다. 어느 순간부터 우리는 연극 연습이 아니라 시도 때도 없이 대사를 핑퐁처럼 주고받는 연극놀이에 빠져들었다. 나는 잠을 자다가도 갑자기 누가 찌르면 일어나, 연극의 한 대목을 자연스럽게 연기할 수 있는 경지에 이르렀다.

두 주연배우의 병적인 집착에 가까운 연기 열정 덕분에, 「하녀들」 공연은 성황리에 막을 내렸다. 극이 절정으로 치달을수록 경쟁적으로 광기를 보여준 하녀들의 연기는 관객들의 큰 박수를 받았다. 마담 역을 맡았던 소연 언니도 특출난 연기를 보여준 것까지는 아니어도 자신의 몫을 충분히 해냈다.

다른 극회에서 쉽게 시도할 수 없었던 전위적인 연극에 도전했다는 점이 화제가 되면서 다른 단과대나 다른 대학의 연극 동아리에서도 우리 공연을 많이 보러 와줬다. 연출 선배는 자신의 대학생활 중 가장 기억에 남는 연극이었다고 뒤풀이 자리에서 겸연쩍게 고백했다. 공연 기간 내내 긴장한 표정이 역력했던 소연 언니는 삼일간의 공연이 끝나자 한결 편안해진 얼굴이었다. 나는 소연 언니에게 가장 먼저 다가가 술잔을 건네며 그동안 고생 많았고 고마웠다는 인사를 전했다. 소연 언니는 내 잔을 받으며 활짝 웃었다.

"언니 저 취하기 전에 하나만 물어봐도 돼요?"

"그래, 얼마든지."

"언니는 왜 연극 동아리에 들어왔어요?"

"왜, 나는 연극하면 안 돼?"

"그냥 좀 안 어울리는 거 같아서요. 우리 동아리에 언니처럼 학점 좋은 사람 없잖아요. 언니 빼고는 전부 다 술 좋아하고, 사람 좋아하고, 노는 거 좋아하는 사람들인데."

"연희야, 나도 술 좋아하고 사람 좋아하고 노는 거 좋아해. 좋아하는 것만 찾다가 인생 망할까봐 참는 거지."

언니는 술을 좋아한다고 하면서 내가 따라준 소주를 한번에 들이켜지 않고, 아주 조금씩 홀짝이며 나눠 마시고 있었다.

"에이, 그걸로 인생 망한다는 건 좀 오버 같은데요?"

"맞아, 난 그냥 인생이 오버야. 뭐든지 오버해서 열심히 해야만 안 망할 수 있다고 믿으니까."

내가 아는 소연 언니는 '오버'와는 거리가 먼 사람이었다. 언제나 절제하고, 단정한 모습이었고, 좀처럼 나서는 법도 없는 사람이었다. 동아리에도 그저 발만 담그고 있고 활동에 별 의지가 없어 보였는데, 이번 공연 작품을 정하는 과정에서 끝까지 자신의 고집을 꺾지 않는 모습이 기존에 알던 소연 언니와는 아주 달라서 여러번 놀라기도 했다.

"참, 연극 동아리 왜 들어왔냐고 했지? 이것도 오버지 뭐. 학점 관리에 알바에…… 이미 내 인생은 과부하인데 심지어 대학 시절 추억거리로 동아리까지 하나쯤 경험하고 싶어서 여기 기웃거리고 있는 게 나도 우습긴 해. 내가 욕심이 많은 사람이라서 그런 걸 어떡하니? 그래도 한번쯤 더 오버해보고 싶었어. 실은 좀 억울하다는 생각이 드는 거야. 나 너무 재미없게 살아왔는데 이대로 대학 졸업하고, 취직하고 나이 들어가는 건 참 억울하겠더라고. 그래서 한번 해보는 거야. 더럽게 못하면서도 한번 도전하고 싶은 게 연기였거든. 나 그래도 민폐까지는 아니었지?"

소연 언니는 여러번 나눠 마시던 끝에 소주 한잔을 다 비웠고, 자신이 마신 잔에 소주를 따라 내게 다시 건넸다. 나는 언니에게 술잔을 받아 한숨에 들이켰다. 그러고 나서 솔랑주의 말투를 흉내 내면서 말했다.

"마담께선 너무나 친절하세요. 오, 마담! 그럼 오늘 밤 우리는 함께 취해보는 건가요? 언니 도망가면 안 돼요. 새벽에 기숙사에 같이 들어가요!"

다른 테이블에서 술을 마시고 있던 장미도 나와 소연

언니 쪽으로 달려와, 함께 건배를 했다. 하녀들과 마담이 평등해지는 순간이었다.

다음 날 새벽, 나는 소연 언니와 기숙사에 함께 복귀하지 못했다. 그날 밤 공연 뒤풀이 도중 소연 언니와 연출 선배가 동시에 사라졌다. 연습 기간 내내 서로 잡아먹지 못해 안달이던 두 사람은 그날 밤 이후로 연애를 시작했다. 예상치 못했던 커플 탄생에 동아리 사람들은 놀란 반응을 감추지 못했다. 말이 안 된다며 이들의 연애 사건 자체가 부조리의 극치라고 짓궂게 놀리기도 했다. 떠들썩하게 시작된 둘의 연애는 몇달 지나지 않아 싱겁게 끝나버렸고, 이내 사람들의 관심에서 멀어졌다.

과거는 미화되기 마련이다. 그해 여름의 연극 연습이 그립다고, 나는 요즘 소연 언니와 장미를 만나서 종종 이야기하곤 한다. 난해하기 짝이 없는 부조리극을 준비하느라 짜증, 다툼, 질투, 갈등으로 점철되었던 스무살의 여름이 지금에 와서 찬란하게만 느껴지는 것은, 그때 당시 느꼈던 피로와 고단함이 현재의 삶에 비할 바가 아니라는 것을 이제는 너무도 명징하게 알고 있기 때문일 것이다. 그때로 다시 돌아간다면, 하녀들이 왜 그렇게 연극놀이에 빠져들었는지 충분히 이해한 채로 무대에 오를 수 있을 것 같다.

오디션

지하 1층에 위치한 권의 스튜디오로 향하는 계단은 어둡고 길었다. 토요일 밤 열시가 넘은 시각이라 건물 입구부터 계단까지 전등도 모두 꺼져 있었다. 장미가 핸드폰으로 손전등 어플을 실행시키자 앞서 걷던 내 뒤통수와 목덜미까지 환하게 밝혀졌다. 한 계단씩 내려가면서 장미는 계속 감탄사를 내뱉었다.

"우와, 여기 죽인다. 웬만한 소극장보다 훨씬 더 분위기 있어."

나는 높은 구두를 신은 장미가 발을 헛디디지는 않을까 걱정되는 마음에 걸어내려가다가도 중간에 여러번 멈춰 뒤를 돌아보았다.

좁고 긴 계단을 거쳐 도착한 스튜디오는 천장이 높고 면적도 넓었다. 아무것도 칠하지 않은, 회백색 시멘트로 사면이 둘러싸인 지하 스튜디오로 들어서면서 장미는 들뜬 기색을 숨기지 못했다.

"연희야, 진짜 고마워."

아직 촬영을 시작하지도 않았는데 장미는 내 손을 잡
아 흔들었다. 스튜디오 안쪽의 사무실 문이 열리면서 권
이 걸어 나왔다.

며칠 전, 밤늦은 시각 내게 전화를 걸어온 장미가 혀 꼬
부라진 소리로 느닷없이 권의 안부를 물었다.

"연희야, 잤어? 미안해. 근데 나 하나만 물어보자. 남자
친구 잘 지내? 그 사진작가라는 사람 말이야, 그 사람 이
름이 뭐랬지? 진짜 사진 잘 찍어?"

"장미, 너 술 마셨니? 나 내일 출근해야 하는 사람이야.
이 시간에 전화해서 잠을 깨우면 어떡해. 그리고 나 그 남
자랑 끝났어. 그 자식이 사진을 잘 찍든 말든 나랑은 상관
없는 문제라고."

"아니 왜? 잘 사귀어보지. 왜 그랬어!"

장미는 전화통에 대고 대뜸 화부터 냈다. 어이가 없었
지만, 제정신이 아닌 아이를 상대로 내가 같이 화를 내는
것도 말이 안 되는 일이라서 차분하게 목소리를 낮게 깔
았다.

"그럴 가치가 없는 놈이었어."

"그래도, 그래도, 그래도…… 이 친구를 위해 좀 잘해보지 그랬어. 그 남자 사진 엄청 잘 찍는다면서? 잡지 화보도 많이 찍고, 연예인들이랑 작업도 많이 했다고도 했잖아…… 간만에 친구 덕 좀 보려고 했는데 뭐 쉬운 게 하나도 없냐."

장미는 오디션에서 계속 물을 먹는 이유가 아무래도 사진 때문인 것 같다며 프로필 사진을 다시 찍어야겠다고 말했다. 나는 코웃음을 쳤다. 내가 권과 계속 만나고 있었다 한들 그가 장미 같은 무명배우의 사진을 찍어줄 리 없었다. 권은 이쪽 업계에서 실력 있기로 소문난 포토그래퍼였고, 유명인의 화보나 프로필 사진을 작업한 경력도 많았다.

"아니, 공짜로 찍어달라는 건 절대 아니고…… 그러면 혹시 얼마에 가능한지 한번 물어나 봐줄래? 끝난 사이라도 그 정도는 물어볼 수 있잖아. 동네 사진관에서 찍은 프로필 사진으로는 도저히 안 되겠다 싶어서 그래. 부탁이야."

어쩔 수 없이 다음 날 권에게 전화를 걸었다. 아무 일도 없었다는 듯 밝은 목소리로 전화를 받는 권의 목소리에 나는 부아가 치밀었다. 사정을 들은 권이 흔쾌히 장미의 프로필 사진을 찍어주겠다고 하자 오히려 난감한 기분이 들었다. 그가 당연히 거절할 거라고 생각했던 나로서는 당황스럽기까지 했다. 그냥 내 선에서 자르고, 장미에게는 권이 거절한 걸로 얘기했어야 한다는 생각이 뒤늦게 들었다. 굳이 나서서 물어보는 바람에 번거로운 일에 휘말린 것 같았다.

"갑자기 착한 척 안 해도 돼. 당신 공신력 있는 매체 쪽 아니면 같이 일 안 한다며? 내 친구라서, 그러니까 나한테 미안해서 도와주려고 하는 거라면 굳이 그러지 않아도 된다는 소리야. 그냥 걔는 강남 스튜디오에서 배우 프로필 사진 찍는 건 얼마 정도 하는지 시세가 궁금해서 물어본 거 같으니 말이야."

"배우 지망생이 무슨 돈이 있겠어, 그걸 어떻게 시세대로 받아. 내 입으로 말하긴 그렇지만, 나 꽤 비싼 사진작가 거든? 물론 연희 부탁 아니면 안 덤빌 일이긴 한데, 너한테 미안해서 해주겠다는 건 아니야. 동시대 아티스트로서 느끼는 동질감이랄까? 하하, 그렇게 말하는 건 너무 거창하고 그냥 재미있을 거 같아서 그래. 대신 조건이 있어. 친구한테 촬영 시간은 내가 정하는 대로 맞춰달라고 해줘. 스케줄 잡아서 다시 연락 줄게."

촬영은 토요일 밤 열시가 넘어 시작되었다. 스튜디오의 다른 실상이나 스태프 들이 모두 퇴근하고 난 뒤라 내가 조명 반사판을 들고 장미의 옆에 서야 했다. 권은 어시스턴트의 표정이 너무 칙칙해 스튜디오 분위기가 침울하다며, 인상을 좀 펴달라는 말을 하며 나에게 장난을 걸었다. 내 얼굴은 더 일그러졌다. 예쁜 옷을 입고 곱게 화장을 한 채로 포즈를 취하며 밝게 웃는 장미 옆에서 반사판을 높게 쳐들고 있는 내 꼴이 우스워 보여서 그렇지 않아도 기분이 나빠지려던 참인데, 권이 나를 보며 골리듯 말했다.

"연희야, 잠깐! 지금 그 높이 너무 좋아. 잘해주고 있어! 반사판 들어주는 각도가 완전 예술인데? 너 우리 스튜디오에 취직해도 되겠어."

권의 말에 장미가 목젖을 보이며 크게 웃었다. 나를 제외한 두 사람의 분위기가 화기애애해서 더욱 심사가 뒤틀렸다. 권은 장미의 포즈가 전문 모델처럼 능숙하다며 셔터를 누를 때마다 칭찬을 아끼지 않았고, 장미는 권과 예전부터 잘 알고 지낸 사이인 것처럼 친한 척을 했다.

원피스를 입고 찍은 첫번째 콘셉트 촬영이 끝나고, 두번째 의상 콘셉트인 캐주얼 복장으로 갈아입기 위해 장미가 잠깐 자리를 비운 사이 권이 나를 불렀다. 모니터를 들여다보는 얼굴이 어두웠다. 사진이 마음에 들지 않는 눈치였다.

"연희씨, 이거 한번 봐. 어때?"

"예쁘게 잘 나왔네. 실물보다 훨 나은 거 같은데."

"예쁘게는 나왔는데…… 뭐랄까 그냥 예쁘기만 하지, 별다른 느낌이 없잖아. 배우 프로필이면, 그 배우의 개성 같은 게 묻어나야 하는 거 아니야?"

"이미 찍은 사진을 두고 왈가왈부하기엔 지금 시간이 너무 늦었다고 생각하지 않아요? 이미 열한시가 넘었어요, 실장님. 없는 개성을 어떻게 만들겠어요?"

"하아, 이건 아닌데……"

권은 모니터를 골똘하게 들여다보면서 심각한 표정을 지었다. 그때 마침 청바지와 하얀 셔츠를 갈아입고 나온 장미가 긴장된 얼굴로 권의 옆으로 다가왔다.

"저기, 실장님. 사진에 무슨 문제라도……"

"아뇨, 장미씨. 그런 거 아니에요. 그런데 사진이 뭐랄까, 개성이 느껴지지 않는다고 할까. 잘 나오긴 했는데, 흔한 연예인 사진 그 이상도 이하도 아닌 느낌이라서 저는 좀 아쉽다는 생각이 들어요. 장미씨, 우리 캐주얼 컷은 조금 다르게 찍어볼까요? 예쁜 포즈 말고, 괴상한 포즈를 좀 취해봐요."

장미는 괴상한 포즈를 취해보라는 권의 주문에 엉거주춤하게 서 있었다. 권은 장미에게 카메라를 의식하지 말고, 독특하고 개성적인 인물을 연기한다는 생각으로 아무

대사나 쳐보라고 했다. 장미는 처음에는 잠깐 머뭇거리더니 이내 감정을 잡고, 분노에 가득 찬 표정을 지으며 반사판을 들고 있는 나를 노려보았다. 그러고는 우리가 대학시절 공연했던 「하녀들」의 한 대목을 연기했다.

그렇게 잘난 사람이 왜 마담은 못 죽였을까? 무서웠지? 공기는 향긋하고, 침대는 포근하고, 결국 주인 마담이었지? 이제는 계속 이렇게 살 수밖에 없어. 또다시 연극이나 하면서 말이야.

권은 흥분한 목소리로 "와우, 좋습니다! 아주 좋아요!"를 외치며 연달아 셔터를 눌러댔다. 권은 정면을 보면서 한번 더 같은 대사를 해보라고 시켰고, 장미는 처음보다 더 자연스럽게 대사를 읊으며 독기 어린 표정을 지었다. 권은 박수를 치면서 장미를 칭찬했다.

권이 모니터 화면을 들여다보고 있는 사이, 장미는 방금 전 지었던 악의에 찬 표정을 거둬들이고 나에게 웃으며 말을 걸었다.

"이러고 있으니까, 옛날 생각난다. 너랑 나랑 무대에 서서 연극하고 있는 거 같아."

"그래? 난 잘 모르겠는데."

나는 반사판을 내려놓고 팔뚝을 주무르면서 시큰둥하게 답했다. 장미가 약간 감상에 젖은 표정으로 다시 물었다.

"솔랑주, 기억나? 내가 방금 말한 대사에 솔랑주 네가 뭐라고 답했었는지?"

"그걸 어떻게 기억하나? 그게 언제적 일인데…… 대학교 1학년 가을 공연이었잖아."

장미 앞에서 기억나지 않는 척했지만, 나는 그다음 대사를 또렷하게 기억하고 있었다.

이젠 연극도 위험해. 분명 어딘가 흔적이 남아 있을 거야. 네 잘못이야. 우린 언제나 흔적을 남겨. 너무 많아서 지울 수도 없어. 마담은 그 흔적을 다스려가며, 그 흔적들 사이를 거닐고 있어. 마담은 그 흔적을 읽고 있어. 마담은 분홍색 구두 끝으로 우리가 남긴 흔적들을 짚어가고 있어. 마담은 하나하나 우리의 비밀을 벗겨내고 있어. 마담은 우릴 조롱하고 있어. 네 잘못이야. 마담은 모든 걸 알게 될 거야. 종만 울리면 모두가 마담에게 복종해……

어떻게 이 대목을 아직까지 기억하는지 모를 일이었다. 장미가 아니었으면 굳이 상기할 일이 없었을 텐데, 나는 이 상황과 장미가 점점 더 거북하게 느껴졌다.

"장미씨, 이런 느낌이면 어떨까요?"

그 순간 권이 손짓을 하며 장미를 불렀다. 장미는 권에게로 쪼르르 달려갔다. 권의 옆에 찰싹 붙어 서서 모니터를 보며 사진이 정말 마음에 든다고 뛸 듯이 기뻐하는 장미의 얼굴이 반사판을 가까이 댔을 때보다 더 밝고 환해보였다.

촬영 비용을 얼마 드려야 하냐는 장미의 물음에 권은 한사코 돈을 거절하며, 술이나 한잔 사라고 말했다. 장미는 눈물을 글썽거리며 감사하다고 인사했다. 권이 촬영 장비를 정리하는 동안 나와 장미는 스튜디오 구석에 자리 잡은 테이블에 마주 앉아 각자의 핸드폰만 들여다봤다.

촬영을 하는 동안 성대리에게서 스무개가 넘는 메시지가 와 있었다. 총 일곱장의 사진이 포함된 메시지였다. 다음 날 선을 보러 가는데 어떤 옷이 제일 괜찮냐며 성대리는 거울 앞에서 찍은 사진들을 보내왔다. 두시간 전에 보낸 메시지였고, 이미 자정이 다 되어가는 늦은 시각이라 답장을 해야 하나 말아야 하나 고민하던 찰나 새로운 메시지가 왔다.

연희씨, 메시지 확인해놓고 왜 답 안 해? 어떤 옷이 제일 나은 거 같아? 번호로 말해줘.

내가 확인하기만을 기다렸다가 득달같이 또 메시지를 보낸 성대리에게 사진 창을 제대로 열어보지도 않은 채 삼번이라고 대답해버렸다. 성대리까지 사진 타령이라니, 급격한 피로가 몰려왔다.

성대리는 요즘 신부 오디션을 보러 다니느라 바빴다. 그녀는 최근 삼백만원을 내고 결혼정보회사에 회원으로 가입했다. 총 여섯번의 맞선 기회가 주어진다는 말에 나는 깜짝 놀라며, 그럼 남자를 한번 만날 때마다 오십만원인 셈이냐며 되물었다. 성대리는 앞으로 남은 인생이 오십년 이상인 걸 감안하면 그 정도는 비싼 투자가 아니라고 말했다. 매칭 한번에 오십만원이 비싼 것은 아니라고 강조했던 성대리도 막상 맞선 상대를 고를 때는 한번의 소개 기회도 허투루 써서는 안 된다며, 신중에 신중을 기했다. 성대리는 카카오톡으로 맞선 추천 남성들의 프로필이 기재된 PDF를 보내왔다. 굳이 보고 싶지도 않은 남의 개인정보를 보여주면서 이건 원래 대외비인데 연희씨에게 특별히 공유했으니 이중에 누가 제일 나은지 객관적인 시선에서 말해줘야 한다고도 했다. 사람을 만나면서 그 사람을 객관적으로 바라보는 게 과연 가능한 일일까. 사진은 물론 학력, 직업과 재산 상태 등이 자세하게 기재된 남자들의 프로필을 보면서 나는 성대리의 프로필에는 대체 어떤 내용이 담겨 있을지, 그중 어디까지가 진실이고 어디까지가 거짓인지 궁금해졌다.

스튜디오에서 나와 들른 와인바에서 장미는 잔뜩 취했다. 멋진 사진작가를 만나 끝내주는 프로필 사진을 찍었으니 이제 잘될 일만 남았다는 말을 수십번 반복하더니 이내 고꾸라져버렸다. 장미는 원래 술이 약했다. 와인에는 특히 더 약했다. 제 딴에는 권이 와인을 즐긴다는 말에 권을 대접하려 와인을 시킨 모양이었는데, 결과적으로 본인이 먼저 망가지면서 모양이 빠져버렸다.

권 앞에서 친구인 장미가 술에 취해 주정을 부리다가 졸고 있는 모습이 부끄러웠다. 나는 장미를 흔들어 깨웠다. 찬물을 먹였고, 정신을 차려보라고 소리를 지르기도 했다. 화장실 입구조차 찾지 못한 채 팔다리를 흐느적거리며 헤매는 장미를 부축해 화장실을 다녀온 사이, 권이 먼저 계산을 하고 밖으로 나와 우리를 기다리고 있었다.

"이거, 꽤 나왔을 텐데…… 왜 냈어?"

"그러면 인사불성이 된 사람 지갑 꺼내서 계산하게 하냐. 됐어. 한참 어린 동생들한테 얻어먹긴 뭘 얻어먹겠냐. 쪽팔리게."

권은 담배 연기를 뱉어내며 후후 웃었다. 장미를 부축해 대로변으로 걸어 나갔다. 장미는 여전히 횡설수설하기는 했지만, 찬바람을 쐬면서 조금 정신이 드는 눈치였다. 집까지 바래다주겠다는 내 손을 한사코 뿌리치고 장미는 혼자 택시에 올라탔다. 나는 장미를 태운 택시의 번호판을 핸드폰 카메라로 찍었다. 이런 나를 바라보며 권이 피식 웃었다.

"질투할 때는 언제고, 또 이럴 때는 엄청 챙기네. 친구 맞긴 맞구나."

나는 권을 쏘아보며 말했다.

"내가 언제 질투했다고 그래?"

"너 아까 반사판 들고 있던 표정이 얼마나 심각했는지 모르는구나. 실은 그거 보면서 되게 웃었어. 너 솔직히 말해봐. 내가 장미씨더러 계속 예쁘다고 하고, 사진 잘 받는다고 칭찬하니까 마음 상했던 거지?"

"그런 거 아니야. 아직도 내가 미련이라도 남은 줄 알아? 착각하지 마."

"그러면 왜 그렇게 기분이 안 좋았던 건데? 장미씨 아까 대사 하는 거 보니까 연기도 잘하고, 외모도 괜찮던데…… 친구가 잘되면 좋지, 나쁠 게 뭐 있나."

"장미가 연기를 잘하신 뭘 잘해? 학교 다닐 땐 개보다 내가 연기로 더 날렸어."

발끈하는 내 모습이 재미있어 죽겠다는 듯 권은 계속 장난조로 말했다.

"어이구, 그러셨어요. 불세출의 배우님을 못 알아봐서 죄송하네요. 그런데 지금 왜 이러고 계세요? 연희도 내가 프로필 사진 찍어줄까?"

"됐거든, 프로필 사진 한 컷 잘 찍는다고 배우 할 수 있는 것도 아닌데 뭘. 내가 보기에 장미는 무모한 용기로 지금까지 그 바닥을 기웃거리고 있는 거라고. 아직 어리고 철이 덜 든 거지."

"근데 너 그거 알아? 용기도 큰 재능이라는 거. 용기라는 게 어떻게 보면 무모할 수 있는데, 그게 없는 사람은 결국 아무것도 못하게 되더라고. 남들 다 가는 길 포기하고 자기 꿈 선택하는 거 절대로 쉬운 거 아니야."

용기가 없으면 아무것도 못한다는 권의 말이 왠지 나를 겨냥하는 것 같아서 속이 상했다.

"남들 다 가는 길 가는 건 쉬운 줄 알아? 솔직히 장미가 이제 와서 일반 회사 들어가는 게 더 비현실적이야. 걔 심지어 학점도 겨우 학사경고 면한 수준이고······"

장미를 깎아내리려 했던 건 아니었는데, 권이 계속 장미를 두둔하는 게 나에 대한 비난처럼 여겨져서 나도 모르게 고약한 말만 내뱉게 됐다. 실은 촬영 내내 장미의 행동이 거슬리고 불편했다. 장미가 싫어서가 아니었다. 꿈꾸는 미래에 대한 기대로 한껏 부푼 장미를 보면서 심사가 뒤틀리는 나 자신이 못나고 지질하게 느껴지는 마음에서 비롯된, 스스로에 대한 혐오에 가까운 감정이었다.

권이 내 얼굴을 바라보며 빙긋 웃었다.

"장미씨 말이야…… 많이 외로워 보이더라. 잘해줘."

"외롭기는 무슨, 걔는 그냥 자기 하고 싶은 대로 다 하고 사는 애야."

"그래서 외로운 거지. 하고 싶은 대로 하고 사는 사람들은 원래 엄청 외로워. 술 한잔 더 할래? 내일 일요일이라 출근 안 하잖아."

"수작 부리지 마. 이제 그쪽이랑은 정말 끝이니까."

"누가 뭐래? 내가 너한테 다시 잘해보자고 그랬어? 그냥 술이나 한잔 더 하고 들어가자고."

우리는 다시 술집이 몰려 있는 골목길 쪽으로 터벅터벅 걸어 들어갔다. 결코 권과 더 오래 있고 싶었던 건 아니다. 나는 다만 술을 더 마시고 싶었을 뿐이었다. 자신이 하고 싶은 대로 살지 못하는 사람도 외롭기는 마찬가지였다.

회의주의자의 하루

키즈콘텐츠미디어본부에는 키즈콘텐츠 1팀부터 3팀까지, 총 세개의 편집팀이 있고, 디자인팀도 키즈디자인 1팀과 2팀으로 나뉘어 있다. 이 다섯 팀은 사이가 그리 나쁘지 않은 편인데, 이는 '하본부장'이라는 공공의 적이 있기 때문이다. 키즈콘텐츠미디어본부를 총괄하는 본부장의 별명은 베토벤이다. 그는 마치 베토벤처럼 곱슬곱슬한 단발머리를 부스스하게 풀어헤치고 다니면서 관습에 얽매이지 않는 자유로운 영혼인 척하기로 유명했다. 그러나 그런 모습이 세련되어 보이지 않았을뿐더러, 이야기를 나눠보면 오십대 초반의 또래 남성들처럼 권위주의에 젖어 있었다. 게다가 자신은 보통의 상사들과는 달리 열린 사고를 지녔다는 착각까지 갖고 있어서 그 비위를 맞추기란 여간 까다로운 일이 아니었다. 아랫사람들의 말을 열심히 듣는 척만 할 뿐 결과적으로는 듣고 싶은 말만 듣고 처음부터 끝까지 자기 뜻대로만 일을 관철시키는 능력이 참으로 교묘해서, 실은 천재가 아닌가 하는 생각이 들 정도였다.

본부장은 언제나 출판에는 정해진 길이나 답은 없으며, 젊은 직원들의 새로운 아이디어가 혁신을 만들 수 있다고 강조하곤 했다. 그러나 정말 답이 나오지 않는 것은 그 자신이었다. 머리카락을 기르고 옷을 젊게 입는다고 해서 그 사람의 사고가 젊어지는 게 아니었다. 부하 직원들의 창의성과 자율성을 조금도 존중할 줄 모른다는 점에서 내 눈에는 그저 흔한 꼰대로만 보였다.

"저는 민주적이고 평등한 관계 속에서 좋은 아이디어가 싹틀 수 있다고 생각해요. 여러분의 어떤 의견도 저는 받아들일 준비가 됐으니 언제든 제게 자유롭게 말씀을 해주세요."

본부장은 회의를 시작할 때마다 부드러운 미소를 지으며 말했다. 그의 말을 그대로 받아들였다가는 큰 곤경을 겪게 된다. 차라리 독재자처럼 명령을 내리고, 그것을 제대로 이행하는지에 대해서만 추궁했으면 좋겠다. 이미 마음속으로 결론을 정해놓고서도 늘 정답은 없다고, 최선의 방법을 함께 찾아보자며 본부장은 자신이 원하는 답이 나올 때까지 직원늘을 불러다놓고 괴롭혔다. 회의실에 가장 자주 호출되는 사람은 우리 팀장이었다. 회사에서 주목하는 굵직한 사업 여럿에 개입하고 있기 때문이다. 팀장은 본부장이 없는 자리에서 그가 민주화를 잘못 배운 586세대의 대표적 샘플이라며, 본부장 같은 부류가 사회적으로 끼치는 해악에 대해 입에 거품을 물고 욕을 하곤 했다.

본부장은 '활발한 소통' 그리고 '창조적 사고'라는 말을 입에 달고 살았다. 다채로운 주제와 인적 구성으로 활발하게 회의를 소집하는 그의 능력만큼은 놀랄 정도로 창조적이었다. 가령 우리 팀인 키즈콘텐츠1팀의 세명뿐인 구성원만으로도 본부장은 총 여섯개의 회의 조합을 만들어낼 수 있었다. 우선 팀원 전체를 소환하는 형식으로 본부장, 팀장, 성대리, 나의 조합을 만들 수 있었다. 본부장, 팀장도 수긍 가능한 조합이었다. 그러나 개인 면담을 핑계로 팀원들을 따로 본부장, 성대리 또는 본부장, 나의 조합을 만들어 각 팀원이 담당한 업무의 진척 상황이나 사생활에 대해서까지 관심을 보이며 캐물을 때면 억지로 회의를 소집하는 것 외에 본부장이 맡은 다른 업무는 없는지 궁금해질 정도였다. 팀원과 본부장 간의 개인 면담에서 무언가 석연치 않은 구석이 남으면 다음 차례로 팀장을 소환해 본부장, 팀장, 성대리 혹은 본부장, 팀장, 나 조합으로 다시 회의가 시작되었다.

본부장의 하루는 회의로 시작해 회의로 끝났다. 각 팀 직원들은 업무를 하다가도 본부장이 소환하면 즉시 회의 테이블로 달려와야 했다. "잠깐 이야기 좀 나눌까요?" 본부장의 내선 전화를 받는 순간부터 등골이 서늘해진다. 잠깐으로 끝날 이야기가 결코 아니란 걸 알기에 미리 화장실부터 다녀온 다음 회의실로 갔다. 오늘도 마찬가지였다.

퇴근 십분 전에 소집된 각 팀 신입사원들은 최근 출간된 그림책 트렌드에 대한 생각을 자유롭게 나눠보는 시간을 갖자는 말에 난감한 표정을 지으며 본부장의 눈을 피하는 중이었다. 특히 아침에 출근하자마자 일대일 면담에 호출되는 것으로 일과를 시작해 본부장이 주재하는 회의에 오늘 하루에만 세번째 참석하게 된 나는, 이제 눈꺼풀이 감길 지경이었다.

돌이켜보니 내가 첫 단추를 잘못 꿴 탓이었다. 오늘 아침 나를 회의실로 부른 본부장은 손수 커피를 타주는 다정함을 보이며, 요즘 내가 진행하고 있는 유아용 워크북 일러스트에 대해서 어떻게 생각하느냐고 물었다. 눈을 반달로 만들면서 웃는 본부장에게서 진한 향수 냄새가 풍겨왔다.

"저는 현재의 일러스트가 책 콘셉트와 잘 어울린다고 생각합니다. 작가님 색채 감각도 굉장히 좋고요."

솔직한 생각을 듣고 싶다고 말하며 인자하게 웃는 본부장 앞에서 내 생각을 있는 그대로 말해서는 안 됐다는 것을 나는 하루 종일 회의에 시달린 뒤에야 깨달았다. 지리한 개인 면담 시간이 끝나자마자 팀장이 호출됐다. 2차 회의 테이블에는 본부장과 팀장 그리고 나, 이렇게 셋이 참석했고, 워크북 일러스트 작업에 대한 중간 점검이 이루어졌다.

"음, 그러니까 말이죠. 저도 팀장님 생각에 동의합니다. 그 작가가 경력도 많고, 인지도도 있고, 색감도 풍부하죠. 그런데 제가 걱정하는 건 우리가 작가의 경력에만 너무 매몰되어서 정작 중요한 건 놓친 게 아닐까 하는 점입니다. 이 워크북에서 가장 중요한 건 뭘까. 이 부분에 대해서 우리 자유롭게 이야기를 해보면 좋겠군요."

본부장은 한번도 부하 직원에게 폭언을 하거나 반말을 한 적이 없었다. 시종일관 신사적이고, 친절한 미소를 지으며 묻고, 또 물었다. 자신이 원하는 답이 나올 때까지. 그것이 설득의 기술이라고 믿는 모양이었다. 본부장이 원하는 답은 요즘 내가 진행 중인 유아용 워크북의 일러스트레이터를 바꾸고 싶다는 대답이었다. 차라리 처음부터 대놓고 말했더라면 하루 종일 회의에 불려 다니는 고통이라도 피할 수 있었을 텐데…… 괜히 일진만 사나워졌다.

두번째 회의에서는 팀장과 본부장 간의 신경전이 가열됐다. 팀장은 기존의 일러스트레이터를 교체하는 것은 불가능하다고 먼저 선을 그었다. 본부장이 너무 촌스러운 것 아니냐고 딴지를 걸었던 알록달록한 색감도 유아용 워크북에는 잘 어울리는 컬러 배치라고, 단호하게 말했다.

"네, 팀장님 생각은 잘 알았습니다. 그런데 제 생각에 이워크북은 조연희씨가 책임편집자로 단독 진행하고 있는 일이니만큼, 연희씨가 이 책에 대해 가장 잘 알 거라고 생각되는데요. 그렇죠, 연희씨? 연희씨 생각은 어떤가요?"

다시 공은 나에게로 넘어왔다. 맞은편에 앉은 팀장이 나를 날카로운 눈으로 쳐다보고 있었다. 나는 더듬거리면서 말을 이어나갔다.

"저, 저는…… 그러니까 제 생각에도…… 기존 작가님과 해왔던 일이니만큼, 그 신뢰를 바탕으로…… 계속하는게 좋다고 생각합니다."

"네, 연희씨 생각도 잘 알겠습니다. 그런데 연희씨는 작가와의 관계 때문에 그 신뢰 유지를 위해서 기존 작업을 이어나가야 한다는 거잖아요. 진짜 좋은 워크북, 더 나은 결과물에 대한 연희씨 생각은 듣지 못한 것 같군요. 당장 답을 내기 어렵다면, 우리 이 문제에 대해 좀더 고민해보도록 하지요. 나기보세요."

고개를 꾸벅 숙여 인사를 하고 회의실 밖으로 나왔다. 오전 내내 본부장에게 불려 다니느라 해야 할 일을 하나도 하지 못한 상태였다. 자리로 돌아와 보니 교정지가 잔뜩 쌓여 있었고, 필자와 원고 검토를 의뢰한 사학과 교수에게 걸려온 부재중전화도 여러통이었다. 점심시간이 지나고 오후 시간부터 다른 팀 직원들이 하나둘씩 회의실로 불려 가는 것을 보며 나는 안도했다. 이제 본부장의 관심이 다른 데로 옮겨간 모양이라고, 오전 회의 안건은 '2차 회의'에서 끝난 거라고 생각한 것은 나의 착각에 불과했다. 그러고 보니 결론이 난 것이 아니라 "좀더 고민해보자"고 했던 사실을 깜빡한 것이다.

퇴근 시간 십분을 남겨둔 시각, 키즈콘텐츠미디어본부의 신입사원 세명이 본부장의 회의실로 불려 왔다. 회의실 테이블에는 총 다섯권의 그림책이 올라와 있었다. 본부장은 이 중에서 어떤 책의 일러스트가 가장 마음에 드는지, 무엇이 요즘 트렌드에 가장 맞는지 신입사원들의 의견을 듣고 싶다고 말했다. 테이블 위에 올라온 책 중에는 내가 진행하고 있는 워크북 작가의 그림책도 한권 포함되어 있었다. 감각적이고 세련된 일러스트란 무엇인가에 대해 돌아가면서 말해보라는 본부장 앞에서 나는 두

손 두 발을 다 들어 항복하고 싶은 심정이 되어버렸다.

"세, 세련된 거라고 하시면 이런 느낌일 거 같긴 한데요……"

옆 팀인 키즈콘텐츠2팀의 신입사원 민정이 처음에는 파란색 표지의 그림책을 가리켰다. 토끼의 귀가 아주 크게 그려졌다든지, 코끼리의 코가 매우 크게 강조된다든지 동물의 특정 부위가 극대화되고 나머지는 간략하게 그려진 그 책의 일러스트에서는 마치 피카소와 같은 추상화의 느낌이 풍겨나왔다.

"아, 물론 이런 그림이 세련되었다고 느낄 수는 있겠죠. 하지만 어린아이들의 그림책으로서는 왜곡이 지나친 건 아닐까요? 제가 여러분에게 듣고 싶은 건, 어떤 그림풍이 요즘 어린이의 정서에 맞겠냐는 거예요."

민정은 그때부터 어떤 대답을 내놓을지 심각한 고민에 빠졌다. 하지만 그것은 감각적인 일러스트에 대한 본인의 견해를 내놓기 위한 고민이 아니라, 본부장이 원하는 답이 무엇인지를 찾는 눈치게임이었다. 민정은 계속 본부장의 표정을 살피면서 앞에 놓인 책들을 뒤적거렸다. 한번 정도 더 오답을 말하고 나서야, 그녀는 본부장이 원하는 답을 내놓을 수 있었다. 본부장은 채도가 낮은 파스텔톤의 일러스트가 가장 세련되었다는 대답을 듣고 싶어 했던 것이다.

"그렇죠! 오민정씨가 역시 보는 눈이 있네요. 너무 원색적이고 알록달록한 색들은 오히려 집중력을 해친다고나 할까요. 김진철씨 생각은 어떠세요?"

본부장은 미소를 머금은 채 키즈콘텐츠3팀의 막내 진철에게도 의견을 물었다. 멍하니 앉아 있던 진철 또한 어색한 미소로 화답하며 말했다.

"네, 저도 그 책의 그림풍이 제일 좋다고 생각하고 있었습니다."

"역시, 이십대의 감각을 나이 든 사람들이 따라갈 수가 없다니까요. 여러분들의 젊은 감각이 우리 키즈본부에 큰 보탬이 될 거라 믿습니다. 조연희씨, 연희씨 생각은 어떤가요? 어떤 그림풍이 요즘 트렌드에 가장 잘 맞는다고 생각하세요?"

나는 얼굴부터 귀까지 빨개져 있었다. 하지만 본부장이 원하는 답을 알게 된 순간, 더더욱 그 답을 내놓기 싫어지는 이상한 심통이 스멀스멀 올라왔다. 그가 말로만 요란하게 유연한 사고를 앞세우고, 결국은 답정너(답은 정해져 있고 넌 대답만 하면 돼)의 태도로 일관하는 데 몸서리가 쳐졌다.

"저는, 잘 모르겠습니다. 죄송합니다."

본부장은 여전히 환하게 웃으며 말했다.

"괜찮아요. 조연희씨, 모르는 게 잘못은 아니죠. 최선을 다해 배우려는 자세가 중요하다고 저는 생각해요. 다행히 연희씨에게는 좋은 동기들이 있네요."

민정과 진철이 쑥스러운 웃음을 지었다. 나는 이 회의 자체가 한편의 부조리극 같다는 생각을 지울 수 없었다. 반복되는 회의(會議)는 결국 회사생활에 대한 회의(懷疑)만을 확인하게 되는 과정이었다. 회의에서 필요한 것은 반짝이는 아이디어가 아니었다. 본부장이 원하는 의견이 무엇인지를 예상해서 대답하는 독심술이 가장 절실한 자리였다.

회의실에서 나온 후에도 민정의 입꼬리는 여전히 올라가 있었다. 칭찬을 들어 기분이 좋은 눈치였다. 해맑은 표정의 민정에게 내가 말했다.

"실은 이 회의 저 때문에 열린 거나 마찬가지예요. 여섯 시가 훌쩍 넘었는데 퇴근도 못하고, 죄송해요. 민정씨 이제 우리끼리인데 계속 그렇게 억지로 웃지 않아도 돼요."

"아니에요, 연희씨. 저 억지로 웃는 거 아니에요. 오늘 회의 정말 뜻깊은 자리였어요. 본부장님께 업계의 트렌드에 관해서도 배우고, 진짜 재미있었어요."

순간 내 귀를 의심했다. 꿀꿀한 기분에 동기들끼리 저

녁이나 먹을까 했던 마음조차 싹 사라졌다.

얼굴을 잔뜩 일그러뜨린 채 사무실로 걸어 들어가는 나와는 달리 민정은 밝은 목소리로 사무실에 남은 사람들에게 인사를 하면서 들어왔다. 그러고 보니 민정은 진심을 다해 회사를 좋아하는 사람처럼 보였다. 좋아하는 일을 할 수 있어서 행복하다는 그녀의 말은 빈말이 아닐지도 모른다. 언제나 제일 먼저 출근해 누가 시키지 않아도 사무실을 환기하고 상사들의 쓰레기통을 비웠다. 본부장의 책상 위에 꽃을 사다놓기도 했다. 직접 구운 쿠키라며, 예쁜 포장지에 싼 쿠키를 사람들에게 나눠주는 일도 종종 있었다. 나는 그 쿠키를 받아들고도 고맙다는 말이 선뜻 나오지 않아서 더듬거렸다.

민정 또한 나 못지않은 격무에 시달렸다. 늦은 밤 야근을 하고 돌아가 쿠키를 굽는 그녀의 모습을 떠올리면 괜스레 화가 났다. 시킨 일이 아니고 좋아서 하는 일이라고 했지만, 나는 그 말을 온전히 믿기 어려웠다. 그녀가 내 앞에서까지 연극을 하고 있다는 의심이 들었다. 사르트르의 자전소설『말』의 한 장면이 떠올랐다. 외조부에게 사랑을 받기 위해 연극을 펼쳤던 어린 사르트르처럼 어떻게 하면 상사들의 사랑을 받을 수 있는지 영리하게 인지하고 연기를 하는 것처럼 보였다. 민정이 선물하는 쿠키를 받아들며 환하게 웃는 선배들은 정말 이런 쿠키를 받고 기분이 좋은 걸까 도통 이해가 가지 않았다.

창밖이 어두워지면서 다른 직원들이 하나둘씩 사무실 문을 나섰다. 이제 책상 위에 스탠드가 켜진 자리는 우리 팀밖에 없었다. 성대리는 파주 인쇄소에서 바로 퇴근을 하겠다고 했고 남은 사람은 나와 팀장 둘뿐이었다. 나는 저녁 식사를 하고 나서야 본격적으로 오늘의 업무를 시작할 수 있게 되었다.

"아무래도 본부장이 그 일러스트레이터한테 수가 뒤틀리긴 했나봐. 그저께 3팀 정과장이 새로 개발하는 시리즈물 그 사람이랑 하겠다니 이렇게 또 태클을 걸었다지 뭐야."

회의 후 가타부타 말이 없던 팀장이 다른 사람들이 사무실을 모두 떠나자 말을 꺼냈다.

"본부장님이 작가님이랑 무슨 일이 있었기에…… 서로 같이 실무를 하는 사이도 아니고, 마주칠 일도 없잖아요. 수가 틀릴 일이 뭐가 있어요?"

"네가 아냐, 내가 아냐? 그거까지는 우리가 알 필요도 없지. 둘이 무슨 일이 있었던 건지, 아니면 본부장이 어디서 그 작가에 대해 무슨 말을 듣고 와서 지금 저러는 건지…… 어쨌든 저 또라이가 일러스트레이터를 교체하고 싶어서 안달이 난 상황이라는 거야. 막내야, 너는 이 상황을 어떻게 수습하면 좋겠냐?"

막내야,라고 물을 때에는 그나마 팀장이 나에게 잘해주고 싶은 기분이라는 의미이다. 하루 종일 본부장에게 시달리다가 곤죽이 된 내가 측은해 보이기도 했을 것이다. 하지만 이 시점에서 어떻게 하면 좋겠냐고 내 의견을 물어보는 척하는 팀장도 넌더리가 나기는 마찬가지였다. 어차피 정해진 답이 있는 상황에서 재차 묻는 이유를 이해할 수 없었다. 나는 얕게 한숨을 내쉬면서 답했다.

"그래도 이미 계약한 일인데, 기존 일러스트레이터를 교체할 수는 없지 않을까요? 본부장님이 그림이 마음에 안 드신다면, 원하는 대로 그림체를 조금 바꿔서……"

좀 전의 부드러운 말투는 온데간데없이 팀장이 포효하듯 소리를 질렀다.

"야! 이 돌대가리야, 너 내 말 못 알아들었냐? 본부장이 어떻게든 지금 일러스트레이터를 교체하고 싶다고 하잖아. 그럼 어떻게 해야겠냐? 유아용 워크북에 파스텔톤 색감이 가당키나 하냐는 말이야! 잔말 말고, 작가 교체해. 대신 책 콘셉트는 바꾸지 말고 기존의 그림풍이랑 색감은 유지하는 걸로!"

갑자기 날아든 팀장의 일갈에 나는 순간 머릿속이 새하얗게 변했다. 버럭 소리를 지르던 팀장도 말을 멈추고, 잠시 숨을 골랐다. 팀장의 목소리가 한 톤 낮아졌다.

"바꿔야지 뭐. 어쩔 수 없잖아. 아니면 너 마감 끝날 때까지 본부장한테 불려 다니느라 다른 일까지 못한다. 작가 기분 나쁘지 않게 말 잘하고 여태까지 일한 건 스케치 비용 준다고 말해. 아직 채색 작업까지는 진행이 안 됐으니 다행이지 뭐. 일러스트레이터는 일단 바꾸고, 그림 콘셉트랑 색감은 유지하는 걸로 해. 사람이 바뀌는 게 낫지, 우리가 기획한 콘셉트 자체가 바뀌어버리면 일이 더 커진다. 큰 틀은 유지하는 걸로 하자. 어떤 작가 섭외할지 내일 오전까지 정해서 나한테 보고하도록 해."

그래도 계약을 했는데, 이건 엄연히 약속을 어기는 건데…… 나는 일러스트레이터와 작성한 계약서를 떠올리며 고개를 푹 숙였다. '갑과 을은 이 워크북의 출간이 완결될 때까지 작업에 관한 모든 제반사항을 의논하며 서로 최선을 다한다'는 항목이 포함된 계약서 중 한부는 내 책상 서랍에 보관되어 있었다. 이 업계에서 나름대로 인지도 있는 일러스트레이터인 작가가 계약서를 쓰고 나서 허리를 굽히며 내게 "잘 부탁드립니다"라고 인사를 하던 모습이 잊히지 않았다. 나는 그에게 더 큰 각도로 허리를 굽히며 "아닙니다, 제가 더 잘 부탁드립니다. 계약서에도 적혀 있잖아요. 선생님이 '갑'이시라고" 하고 답했다. 작가는 그런 나를 쳐다보며 씁쓸하게 웃었다.

"조연희씨는 사람이 참 순수하네요."

나는 스스로를 순수한 사람이라고 생각한 적이 없었기에 그냥 멋쩍은 얼굴로 웃었다. 그리고 몇달이 지난 지금에야 그 말의 진의를 깨달았다. 너무 쉽게 일러스트레이터를 자르라고 말하는 팀장을 보면서 계약서에 적힌 '갑'과 '을'은 그저 서류상의 용어일 뿐이라는 걸 알아챘다. 진짜 갑은 돈을 지급하는 회사였고, 일러스트레이터가 을이었다. 그렇다고 해서 계약서에 이름을 같이 올린 담당자인 나까지 갑은 아니었다. 회사에서 나의 위치는 병이나 정, 아니 그보다 더 못한 먹이사슬 제일 밑바닥에 있는 존재처럼 여겨졌다.

"프리랜서는 원래 그렇게 프리한 거야. 회사가 그 사람들을 직원으로 고용하지 않는 이유가 뭐겠니? 우리는 서로 프리하게 계약을 해지할 수 있는 관계라고. 지 멋대로 일 파투 놓고 나르는 프리랜서들도 얼마나 많은지 너는 모르는구나."

팀장은 내 마음을 가볍게 해주고 싶은지 프리랜서라고 항상 약자는 아니라는 말을 길게 늘어놓았다. 나는 그동안 운이 좋았는지 일을 하다가 중간에 관두겠다고 하는 외주 프리랜서는 한번도 만난 적이 없었다. 옆 팀 민정의 말로는 키즈콘텐츠2팀에서는 외주 교열 프리랜서가 교정지만 받아놓고 연락도 없이 잠적해버려서 마감 일정에 차질이 생긴 적도 있었다고 한다.

"그래도, 지금 열심히 작업 중일 텐데…… 어떻게 그런 소리를 해요?"

내가 풀 죽은 목소리로 말하자, 팀장이 단호하게 말했다.

"갑자기 책이 중단되었다고 해. 회사 사정으로. 아직 채색까지 들어간 건 아니니까 여태까지 일한 스케치 비용은 어떤 식으로든 정산해주겠다고 하고…… 되도록 마음 상하지 않도록 좋게 말해라. 이 바닥 좁아. 언제 어떻게 만날지 모르는데, 굳이 서로 감정 안 좋게 만들 일은 없지. 그렇게 말하면 그쪽도 충분히 알아들을 거야."

기분이 계속 침울하게 가라앉았다. 팀장은 사람 사이가 망가지지 않으려면 되도록 좋게 말해야 한다는 사실을 알면서도, 같이 일하는 사람과 서로 감정이 상할 필요가 없다는 것을 알면서도, 나한테는 왜 이렇게밖에 하지 못하는 걸까. 그만 입을 다물어버렸다. 이미 답이 정해진 상황에서, 내가 맡을 배역이 정해진 이 무대에서 다른 애드리브를 선보이고 싶지는 않았다. 우선 오늘 밤까지 워크북의 바통을 이어받을 적절한 일러스트레이터를 찾는 것이 급했다.

그리고 나서 날이 밝으면 기존에 같이 작업하던 일러스트레이터에게 전화를 걸어야 한다. 나는 그와의 통화 장면에서는 어떤 톤과 감정으로 연기를 해야 하는지 난감하기만 했다. 최대한 뻔뻔하고 당당한 태도를 취해야 할지, 아니면 한없이 위축되고 작은 모습을 보여주면서 동정심을 이끌어내야 할지, 그것도 아니면 건조하고 사무적인 태도로 계약 해지를 통보해야 할지 갈피를 잡기 어려웠다. 전화를 하는 주인공에게는 어떤 톤의 목소리가 적절할지 그리고 새로운 일러스트레이터는 어떤 그림체와 색감을 보여주는 사람으로 섭외해야 할지 고민하면서, 그림 작가들의 포트폴리오 사이트에 접속했다. 파스텔 톤과 강렬한 원색의 세계 사이에서 한참 동안 헤매다가 나는 밤 열한시가 넘어 흙빛이 된 얼굴로 터덜터덜 회사 밖으로 걸어 나갔다.

하녀들의 저녁 식사

　소연 언니는 만날 때마다 한뼘쯤은 더 세련된 모습으로 변해 있었다. 도수 높은 안경을 쓰고, 목 늘어난 티셔츠를 입고 다니던 대학 시절의 모습은 이제 찾아볼 수 없었다. 성대리가 눈에 띄게 잘 꾸미는 축이라면, 소연 언니의 패션은 수수하면서도 고급스러운 느낌을 풍겼다. 그게 바로 백화점 브랜드 옷의 힘이라는 걸 나는 나중에야 알았다. 하늘하늘한 소재의 하얀색 시폰 블라우스에 복부 라인이 그대로 드러나는 와인색 펜슬 스커트를 받쳐 입은 언니의 모습이 조금도 어색하지 않았다. 취업 전 혹독한 다이어트에 매달린 보람이 있었다. 9센티미터 남짓한 높이의 검정색 하이힐을 신은 언니가 또각또각 발소리를 내며 이탈리안 레스토랑 안으로 걸어 들어오는 모습을 보고, 나와 장미는 반갑게 손을 흔들었다. 언니도 손을 흔들며 웃었다. 소매에 팔을 넣지 않고 걸치기만 한 베이지색 코트에서도 윤기가 흘렀다. 언니가 걸음을 옮길 때마다 코트 자락이 망토처럼 나풀거렸다.

이번에는 언니의 손으로 시선이 갔다. 손목에 걸치고 온 각이 잘 잡힌 루이비통 네오노에 백을 빈 의자에 놓을 때, 네일숍에서 잘 관리받은 듯한 언니의 연보라색 손톱이 유난히 반짝거렸다.

소연 언니가 의자에 앉자마자, 장미가 심각한 얼굴로 물었다.

"언니, 얼굴이 왜 그래요? 피부가 다 뒤집어졌잖아요."

그 말을 듣고서야 뾰루지가 양 볼에 잔뜩 올라온 그녀의 얼굴이 보였다. 소연 언니의 옷과 신발, 가방을 보느라 미처 얼굴에는 신경을 쓰지 못했다. 언니가 피로한 얼굴로 말했다.

"돈독 올라서 그래. 이게 바로 돈독 단단히 오른 여자의 얼굴이란다."

그건 은유가 아니라 그녀의 신체적 변화를 말 그대로 보여주는 표현이었다. 돈에서 정말 독이 뿜어져 나온다는 사실을 언니는 온몸으로 느끼고 있다고 말했다.

"하루 종일 은행 창구에서 지폐를 만지고 퇴근하는 길이면 온몸이 가려워. 손소독제를 옆에 두고 손을 수시로 닦는데도 그래. 돈이 더럽다는 말이, 나는 돈이 지닌 속성 때문이라고만 생각했는데, 그게 온갖 사람 다 거쳐서 은행에 들어오는 거잖아. 진짜 균덩어리라니까. 나는 그래서 현금 안 가지고 다녀. 지긋지긋해서. 편의점에서 음료수 하나 사 먹을 때도 그냥 카드 긁는다니까."

"언니네 회사에서 나온 그 신용카드요? 나도 언니랑 똑같은 카드 만들었잖아요. 저도 완전 잘 쓰고 있어요."

내가 취직을 하자마자 소연 언니는 내게 두 장의 서류를 내밀었다. 신용카드와 정기적금통장 가입신청서였다. 회사에서 실적을 채우라는 압박이 심해 힘들다는 그녀에게 그때 나는 의아하다는 표정을 지으며 물었다.

"언니가 신용카드 가입도 받으러 다녀요? 언니는 영업사원이 아니잖아요."

"별수 있니. 할당 채우라면 채우는 거지. 전 직원의 영업사원화, 아니 전 직원 가족의 영업사원화가 우리 회사 경영진들이 강조하는 가치인가봐. 할당량 채우려면 직원들의 가족이나 지인까지 총동원해야 할 정도야. 너도 알다시피 나는 인간관계도 그다지 넓지 않아. 연락하고 지내는 친구가 몇명 되지도 않을뿐더러 그중에서 제대로 된 직장 다니는 애들은 더더욱 흔치 않지. 실적 못 채워서 들들 볶이나보니 인간관계도 스펙이라는 말이 무슨 뜻인지,

이제야 좀 알 것 같더라."

소연 언니가 다니는 은행에서 발급되는 신용카드는 종류만 해도 수십가지였다. 언니는 팸플릿을 펼쳐놓고 약장수처럼 각종 카드의 차이점을 늘어놓았다. 연회비가 얼마고, 제휴할인이 어쩌고저쩌고하는 설명이 귀에 전혀 들어오지 않았고, 나는 손을 절레절레 흔들며 그냥 언니가 쓰는 카드와 같은 걸로 신청하겠다고 했다. 약관을 제대로 읽어보지도 않은 채 서류에 순순히 서명을 하는 나를 보면서 언니가 말했다.

"첫 연회비는 내가 내줄게. 첫달에 딱 삼십만원만 써줘. 그다음에는 카드 잘라버려도 상관없어. 대신 적금은 꼬박꼬박 넣어야 해. 이건 나 좋으라고 하는 말이 아니라 너를 위해서 하는 충고야. 월급에서 남은 돈을 모으는 게 아니라 저축하고 남은 돈을 써야 빨리 돈 모으지."

취업 전까지 한달에 정해놓고 쓰는 생활비가 삼십만원에 불과했던 나로서는, 현금 빼고 카드 값으로만 삼십만원을 써달라는 요구가 처음에는 부담스러웠다. 그러나 첫달의 신용카드 결제 금액은 언니가 부탁한 삼십만원을 쉽사리 넘어섰고, 다음 달 카드 값은 첫달의 결제액보다 훨씬 더 큰 액수였다. 카드 값의 앞자리 숫자는 점점 커져갔다. 카드 값과 적금이 직장생활을 유지하게 하는 힘이 된다는 언니의 충고가 틀린 말은 아니었다. 하지만 그 힘은 에너지 음료를 마실 때 나는 것과는 다른 종류의 힘이라는 걸 언니는 말해주지 않았다. 내 월급으로는 조금 부담스럽다 싶은 물건이 탐이 날 때면, 무이자할부 혜택이 자연스럽게 떠올랐다. 그렇게 뭔가를 사고 나면 쇼핑의 기쁨은 채 한달도 지나지 않아 사라졌지만, 할부 금액 납부기일은 칼같이 돌아와 내 마음을 서늘하게 했다. 퇴사를 하더라도 카드 할부는 갚고 회사를 관둬야 했다. 카드 값이라는 강력한 족쇄가 매일 아침 아주 강한 힘으로 내 출근길을 옭아매게 되리라는 사실을 숨긴 걸 보니, 언니가 영업사원 마인드를 배우긴 제대로 배운 모양이었다.

장미는 권이 찍어준 프로필 사진이 자신에게 큰 힘이 되었다고 말했다. 내가 불편한 기색을 내보이는데도 아랑곳하지 않은 채 계속 권의 이야기를 했다. 동안이고 스타일이 좋아서 절대 그 나이로 보이지 않는다는 둥, 젠틀하고 사람이 좋다는 둥, 사진에서 남다른 감각과 깊이가 느껴진다는 둥…… 열정적으로 권의 칭찬을 해대느라 앞에 놓인 고르곤졸라피자 위로 침이 튀기는 줄도 몰랐다. 장미는 최근 일이 잘 풀려서 들떠 있었다. 유명 연출가가 수극장에서 선보이는 프로젝트 연극에 단역으로 출연할 기회를 얻었다며, 준비 중인 공연에 대해 한참 동안 떠들어 댔다. 나와 소연 언니의 표정은 시큰둥했다. 연극 이야기를 하느라 밤을 새워도 지겹지 않았던 지난날과는 아주 멀어진 느낌이었다. 달라진 진로만큼이나 연극을 대하는 마음의 온도도 서로 달랐다. 연극 얘기에 우리가 별 호응이 없자 장미는 얼마 전 작업에 참여한 이십분짜리 독립영화 이야기로 화제를 돌렸다.

"권실장님이 찍어주신 그 사진이 정말 나한테는 행운의 부적이나 마찬가지였어. 그 프로필 사진 덕분에 어떤 연극에서 작은 역할을 맡게 되었는데, 우연히 내 공연을 감독님이 보셨고, 그렇게 영화 캐스팅 제의를 받게 된 거야. 사실 대사도 별로 없고, 거의 비중 없는 역할이었는데…… 생각하던 여주인공의 이미지랑 너무 비슷했다는 거야. 이런 걸 보면 귀인은 한꺼번에 찾아온다는 생각도 들고, 참 신기했어. 난 연극영화과 출신도 아니고, 인맥도 없고…… 그냥 하고 싶다고 할 수 있는 게 아닌 거구나, 그런 생각하면서 굉장히 심란했는데 조금씩 기회가 생기는 게 감사하면서도 신기해."

"그래, 원래 좋은 일이든 나쁜 일이든 한꺼번에 몰려오더라. 난 차라리 공평하게 번갈아가면서 오면 좋겠어. 한꺼번에 몰려오는 건 좋은 일이든 나쁜 일이든 감당하기 어려우니까."

　이상하게 장미만 만나면 말이 곱게 튀어나오지 않았다. 내가 가지 못한 길을 꿋꿋하게 가는 장미에 대한 질투 때문이기도 했지만, 무엇보다 자신이 남다른 길을 선택했다는 걸 지나치게 거들먹거리며 인정받으려는 태도가 눈꼴셨다.

　'생각하는 대로 살지 않으면 사는 대로 생각하게 된다.'

　장미가 자신의 카카오톡 프로필에 써놓은 글귀였다. 권의 스튜디오에서 찍은 프로필 사진 아래 폴 발레리의 유명한 격언을 마치 자신의 말처럼 배치해두었다.

　소연 언니도 장미의 카카오톡 프로필 얘기를 했다. 사진이 정말 잘 나왔다고, 장미의 매력이 무엇인지 알고 찍어준 사진 같다며 엄지를 치켜들었다. 언니는 권의 칭찬에 이어 장미가 여전히 장미답게 사는 게 보기 좋다고도 말했다.

　"그래도 우리 중에서 장미가 제일 낫네. 생각이라는 걸 하고 사니까. 나는 진짜 아무 생각 없이 살아. 출근, 퇴근이 다섯번 반복되면 주말이고, 주말이 지나면 다시 출근, 퇴근이야. 밤에 불 끄고 누우면 이게 사는 건가, 하는 생각이 잠시 들기도 하는데 그 이상 생각이 이어지지 않고 꼬꾸라져서 잠들어. 다음 날 출근 생각 외에는 아무 생각이 안 드는 거지."

"언니, 그럼 안 돼요. 그런 식으로 살기 시작하면 나중에는 그게 이상하다는 인식조차 못하게 된다고요. 그럴수록 책도 읽고, 자신을 놓지 말아야죠."

장미는 급기야 나무라는 듯한 어조로 말했다. 나는 장미를 보면서 코웃음을 칠 뻔했다. 그런 식이라는 게 뭔지는 알고 저런 말을 하는 걸까.

"그런 식으로 사는 거? 그게 뭐? 언니가 말은 이렇게 해도 너보다 생각 깊고 생각 많이 하고 살아. 그리고 직장인이 내일 아침 출근 생각하는 게 당연하지 그럼 무슨 생각하고 살아야 하는데? 너는 출퇴근이 얼마나 위대한 일인지 모르는구나."

사는 대로 생각하고 자신의 뜻대로 삶을 관철시켜나가겠다는 장미의 선택마저 폄하하고 싶지는 않다. 그러나 자신이 '생각하는 대로 사는 인간'이라고 티내지 못해 안달인 모습은 보기 싫었다. 그런 식으로 일반 직장을 다니며 평범한 일상을 살아가는 사람들을 우습게 여기는 장미야말로 예술가병에 걸린 것 같았다. 연극에 대해 이야기하는 장미의 목소리는 때로 너무 완벽한 확신에 찬 듯해서, 거짓 같고 연기 같았다.

소연 언니는 또 내게 대거리를 하려는 장미를 말리며

빙긋이 웃었다.

"장미랑 연희, 너네는 정말 예전과 똑같아. 하나도 안 변했어. 그래서 너희를 만날 때 가장 마음이 편하고 좋아."

"언니는, 많이 변했어요……"

나는 언니의 얼굴을 빤히 바라보며 말했다. 자세히 보니 정말 얼굴이 엉망이었다. 천장에서부터 길게 늘어뜨려진 조명등이 테이블 주변을 밝히고 있었다. 그 주황빛 조명이 언니의 울퉁불퉁한 피부를 더욱 도드라져 보이게 했다.

"언니, 옷 이거 어디서 샀어요? 기본 스타일이긴 한데 되게 고급스러워 보인다."

장미가 언니의 블라우스 소맷자락을 만지며 물었다.

"백화점에서 샀어. 얘들아 되게 웃긴 게 뭐냐면, 나도 처음에는 백화점 들어가는 문턱조차 높아 보였어. 직원 응대받는 것도 어색하고, 그 안에 오래 머무는 게 싫었어. 백화점에 가더라도 지하2층 영캐주얼 매장에서 서둘러 쇼핑하고, 연결된 지하통로로 지하철 타고 바로 집에 갔거든. 그런데 어느 순간부터 에스컬레이터 타고 올라가서 구경하고 싶더라고. 이것저것 둘러보다가 4층 여성캐주얼 매장에서 권해주는 옷 한번 입어보고 나니까 그때부터 지하2층에서는 옷 사기가 싫은 거야. 사람 참 간사하지? 이 옷도 가격대가 좀 있긴 한데 소재가 좋아서, 고민하다가 그냥 질러버렸지."

"어쩐지, 비싸 보였어요. 은행에는 돈 많은 사람들이 많이 오니까, 좀 고급스럽게 입고 그렇게 다녀야 하는 거예요?"

나는 언니를 낯선 눈길로 바라보았다. 언니는 점점 더 높은 곳을 원하는 사람이 되어가는 것 같았다.

"아니야. 돈 많은 VIP 고객은 따로 상대하는 부서가 있고, 나는 창구에서 주로 입출금이랑 공과금수납 같은 거 하는걸."

"그런데 왜 이렇게 옷에 신경을 많이 써요? 언니 회사 들어간 후로 쇼핑 되게 자주 하는 것 같아요."

"같이 일하는 직원들 때문이지. 서로 안 보는 척하면서 무슨 브랜드 옷 입는지 체크하고, 옷 입는 거 가지고 뒷담화 하고…… 정말 그거야말로 부조리극의 한 장면이더라. 차라리 선배들처럼 유니폼 입던 시절이 더 나아 보여. 은행원 복장 자율화됐다고 하는데 오히려 더 자유가 사라진 느낌이랄까. 지점마다 분위기가 다르다고도 하던데 내가 근무하는 지점은 옷 입는 거 서로 되게 의식하는 분위기야. 매일 밤 다음 날 무슨 옷 입고 갈지 생각하는 거 너무 스트레스라니까. 왜 사도 사도 입을 옷이 없는 거니?"

옷 입는 것도 일이라고 했던 성대리의 말이 생각났다.

소연 언니도 성대리 같은 직장인이 된 걸까. 내가 아는 소연 언니는 그렇게 남의 시선을 신경 쓰는 사람이 아니었다. 하지만 언니 역시 직장생활을 시작한 뒤에는 눈치를 보는 것이 몸에 밴 사람으로 변해갔다.

"은행원이라는 집단이 보니까 어느 정도 균질한 스펙을 갖고 있고, 그에 맞게 살아야 한다고 생각하는 사람들이 많아. 주변에 대기업 다니는 사람들도 그렇더라. 어느 정도 연봉을 받으니까 옷은 적어도 어느 정도의 브랜드는 입어야 하고, 명품 가방도 어느 정도까지는 들어야 하고, 심지어 남자를 만날 때도 그 기준이 그대로 적용돼. 어느 정도의 남자, 어느 정도의 집, 어느 정도의 결혼식…… 회사 사람들이랑 얘기하다보면 그 어느 정도라는 게 커트라인처럼 정해져 있는 느낌이야. 그 커트라인을 맞추지 못하면, 이상한 사람이 되어버리는 거지. 정작 그 어느 정도를 누가 정하는지는 아무도 모르면서 말이야. 그건 그렇고 내 피부 너희가 봐도 심하지? 아무래도 피부과를 가봐야겠어."

어느 정도라는 단어를 반복하면서 다른 사람들을 욕하고 있었지만, 소연 언니 또한 그것을 강하게 좇고 있기는 마찬가지였다. 언니가 어느 정도를 맞추기 위해 힘겨워하면서도, 어느 정도의 연봉을 받는 균질한 집단에 들어간 것에 안도하는 모습도 내 눈에는 보였다.

"입사 초기에, 인터넷 쇼핑몰에서 옷을 잔뜩 샀거든. 그동안에는 워낙 옷에 신경을 안 쓰고 살았으니까…… 그런데 그런 옷들은 결국 잘 안 입게 되더라고. 혹시 연희야 너 입을래? 나름대로 유명한 쇼핑몰에서 오피스룩으로 구색 맞춰서 산 옷들이라 출근할 때 입기 나쁘지 않을 거야. 그래도 너네 회사는 우리 지점처럼 옷 입는 걸로 그렇게 대놓고 품평하는 분위기는 아니라며?"

"그렇죠. 출판사는 은행처럼 연봉이 높지는 않으니까. 비싼 옷보다는 자기 스타일대로 입고 다니는 사람들이 많아요. 물론 명품 좋아하고 잘 꾸미고 다니는 사람들도 있긴 있어요."

내가 씁쓸한 얼굴로 답했다. 입사 초 내 연봉을 밝혔을 때 언니가 놀랍다는 반응을 보였던 기억이 났다.

"출판사 박봉이란 소리는 많이 듣긴 했는데 생각보다 심하구나. 거의 우리 회사 초봉 반토막 수준인 거잖아. 같은 대졸 사원인데 너무하네."

그래도 내가 몸담은 회사는 업계에서 연봉이나 복지가 괜찮은 편이라고 알려진 곳이었는데, 언니의 입에서 박봉이라는 말을 듣는 순간 온몸에 힘이 쭉 빠지는 느낌이었다. 그후로는 연봉 이야기만 나오면 괜히 주눅이 들었다.

나 혼자 잠시 생각에 빠져 있는 동안 대화가 끊겼다.

장미도 잠시 허공을 바라보며 다른 생각에 잠긴 듯했다. 그러다가 불현듯 재미있는 생각이 떠올랐다는 듯 킥킥 웃었다.

"그러고 보니, 언니 「하녀들」에서 마담 역이었잖아. 옷 이야기하니까 갑자기 생각났어요. 언니, 그때 대사 기억나요?"

세 여자는 눈을 반짝이며, 동시에 그 당시의 마담의 대사를 말했다.

천만에! 어쨌든 너희들은 옷을 주는 사람이 있어서 좋겠다. 난 옷을 갖고 싶으면 내가 사야 하는데 말이다.

우리는 테이블을 두드리면서 크게 웃어댔다. 그러다가 어느 순간, 동시에 입을 다물었다. 정사각형 모양의 식탁에서 나와 장미는 마주 보고 앉아 있었고, 언니는 그 옆면에 자리를 잡고 있었다. 소연 언니를 꼭짓점으로 하는 삼각형 구도의 자리 배치는 예전에 우리가 함께 공연했던 연극 「하녀들」을 떠올리게 했다. 하녀들을 양쪽에 거느리고 앉은 마담처럼, 소연 언니는 우리 중 가장 비싸고 세련된 옷을 입은 채로 혼자 음울한 표정을 짓고 있었다.

별책부록

한동안 뜸하던 장미의 연락이 부쩍 잦아졌다. 내가 주말에 만나자고 해도 여기저기 오디션을 보러 다니느라 바쁘다며 비싸게 굴더니 요즘 들어 다시 한가해진 모양이었다. 프로필 사진을 촬영한 뒤 여러 곳에서 서류 통과 연락을 받자, 이제 문제없다며 자신을 제대로 보여줄 기회만 온다면 얼마든지 캐스팅될 수 있을 거라고 자신만만해하던 장미가 며칠 사이 카카오톡으로 파란 하늘 사진을 수십 장씩 보내왔다. 오늘 날씨가 너무 좋다며 한강에 나가 따릉이를 타자는 장미에게 나는 요새 하늘 쳐다볼 새도 없다고 답신하며 눈물 이모티콘을 잔뜩 덧붙였다.

두고 봐, 너 계속 그런 식으로 해봐.

장미는 어제 오후 내게 온몸이 불에 휩싸여 화를 주체

하지 못하는 라이언 이모티콘을 보내놓고 한참 연락이 없었다. 미안하다고 다음에 보자는 메시지에도 답하지 않더니, 밤 열시가 넘은 시각에 열불 나는 마음을 좀 식혀야 살겠다며 캔맥주를 사들고 내 자취방에 불쑥 찾아왔다. 나는 엉겁결에 장미가 건네는 편의점 비닐봉지를 받아들며 눈이 휘둥그레졌다. 장미는 방에 들어오자마자 벽에 등을 기댄 채 반가부좌를 하고 제 허벅지 안쪽을 계속 주물러댔다.

"어우 다리 당겨. 아파 미치겠네. 이러다 내일 못 걷는 거 아닌지 몰라."

"뭘 했길래?"

"개인기. 간만에 했더니 진짜 죽을 맛이다."

"무슨 개인기?"

"오늘 오디션에서 나더러 개인기가 뭐냐고 묻더라고. 연기 준비해 오라고 대본에서 지정해준 부분 끝나고 눈치 보면서 서 있는데, 대뜸 개인기 있으면 해보래. 내가 쭈뼛거리고 있으니까 따로 준비해 온 거 없냐고 그러잖아. 난 몰랐는데 다른 애들은 악기 연주나 노래도 준비해 오고, 심지어 연예인 성대모사도 하고 그랬대. 뭐라도 해야겠다 싶어서 유연성만큼은 자신 있다고, 일초 만에 다리 찢는 개인기 해보겠다고 그랬지. 나 학교 다닐 때 다리 찢기 잘

했잖아."

연극 연습 전 몸풀기 시간에 다 같이 스트레칭을 하던
장면이 떠올랐다. 장미는 유연성이 좋고 몸을 잘 썼다. 평
소 쓰지 않는 근육을 천천히 풀어주라는 선배의 말에도
아랑곳하지 않고 순식간에 양다리를 찢어 보여놓고 바닥
에 붙어 앉아 헤헤 웃곤 했다.

"연희 너도 알다시피, 나 옆으로는 물론 앞뒤로도 눈 깜
짝할 새에 일자로 찢어서 사람들이 신기해했잖아. 근데
이것도 오랜만에 스트레칭도 없이 하려니까 되게 힘들더
라. 심지어 끝까지 찢지도 못했어. 괜히 쪽만 팔았네."

장미가 주먹으로 양쪽 허벅지를 치면서 허탈하게 웃었
다. 나는 옆에서 아무 말 없이 맥주만 홀짝였다.

"젠장, 연기는 괜찮았던 거 같은데…… 대본에 대해서
묻는 질문에도 대답 잘한 거 같고. 차분한 성격의 시골교
사 역을 연기하는데 왜 개인기가 필요하다는 건지……"

장미는 신경질적으로 제 다리를 몇번 주먹으로 내리치
다가 방바닥에 철퍼덕 누워버렸다. 씩씩거리는 숨결에서
비릿한 소주 냄새가 풍겨왔다.

"배우님, 어디서 이렇게 술을 드시고 오셔서 저한테 꼬
장이세요? 이렇게 취하셔서 저랑 어떻게 술을 더 드시려

고요?"

나는 어이없다는 표정으로 장미를 내려다보며 말했다.

"왜 그럴 때 있잖아. 독한 소주 잔뜩 부어 마시고 집에 가는 길에 맥주로 입가심하고 싶단 생각 들 때, 그래서 집 앞 편의점에서 맥주 한 캔이랑 과자 한봉지만 사서 들어가려고 했거든. 근데 오늘 맥주가 원 플러스 원인 거야. 이 체코맥주 신상이라서 세일이래. 연희 네 생각이 나더라고. 우리 학교 다닐 때 별명 원 플러스 원이었잖아. 맨날 세트로 붙어 다녀서."

장미가 히죽 웃으며 말했다. 그런 시절이 있었다. 장미와 모든 것을 함께하던 시절, 서로 공강 시간을 맞춰 항상 함께 밥을 먹고, 같은 사물함을 쓰고, 같이 영화와 연극을 보러 다니던 시절…… 서로 취향의 우위를 주장하며 옥신각신하면서도 장미와 연극 이야기를 할 때면 내 몸 안에서 발전기가 도는 듯한 기분을 느꼈다. 우리를 두고 선배들이 원 플러스 원이라고 불렀을 때 장미는 발끈하면서 "원 플러스 원이라뇨! 우리는 각자 온리 원,이라고요!"라며 질색하는 티를 냈는데, 장미도 요즘 들어 그 시절이 그리운 모양이었다. 지나간 시절이 계속 생각난다는 건 그만큼 현재의 자신이 마음에 들지 않는다는 뜻이겠지. 지금의 내가 그렇듯이.

"연기 잘했으면 기대해볼 만한 거 아닐까. 연기력이 제일 중요하잖아."

나는 장미를 일으켜 앉히려다 포기하고 무릎을 세운 채 앉아, 바닥에 대자로 누운 장미를 바라보며 말했다.

"나도 잘됐으면 좋겠어. 근데 연기는 기본이니까. 또 다른 게 있어야 한다는 거지. 인물이든 학벌이든 개인기든, 요즘은 외국어 잘하는 것도 경쟁력이래. 학교 다닐 때도 안 한 영어 공부를 이제 와서 어떻게 하겠냐고…… 내 앞에 오디션 본 애는 판소리를 하더라고. 국악 전공자인가, 아님 따로 배운 걸까. 뭐든 배우는 것도 다 돈이야. 아오, 모르겠다. 될 대로 되라지."

장미는 사들고 온 맥주는 입에도 대지 않은 채 벌렁 누워 반쯤 감긴 눈으로 중얼거렸다. 나는 맥주 한 캔을 다 비우고, 새로운 맥주를 손에 쥐고 캔을 딸지 말지 고민하다가 남은 맥주를 냉장고에 집어넣었다. 원 플러스 원 중 나머지 하나는 장미의 몫이었다. 새벽 한시가 넘은 시각이었다. 배우의 본업이 연기라면 직장인에게는 정시 출근이 가장 중요한 임무였다. 더군다나 아침부터 본부장이 주재하는 팀 회의가 예정된 참이었다.

본부장은 쉬운 말을 어렵게, 간단한 말을 길게 하는 데

남다른 재주가 있는 사람이다. 아무리 회의가 길어져도 지치지 않는 체력과 근성의 소유자이기도 했다. 그가 아침 아홉시부터 회의를 소집하겠다고 했을 때 가장 먼저 몰려온 감정은 공포였다. 설마 점심시간까지 회의를 해야 하는 건 아닐까 하는 두려움을 느끼며 나는 평소보다 일찍 출근해 회의 자료를 준비했다. 보통의 경우 오전 회의는 열시나 열한시 즈음 잡히곤 하는데, 그 시각에 회의실에 들어가면서 점심 메뉴를 떠올리면 마음이 조금 너그러워졌다. 하지만 아홉시부터 회의를 시작하면 최대 세시간 이상도 넘어갈 수 있다. 그런 최악의 상황까지 각오해야 한다는 생각을 하자 머리가 더욱 무거워졌다. 지난밤 장미가 내 방에서 자는 바람에 잠을 설친 탓도 컸다.

혁신, 우선순위, 새로움, 발상의 전환, 사회적 변화……뜬구름 잡듯 추상적인 단어들만 남발하는 본부장의 목소리에 내 의식이 뭉게구름처럼 흐릿해졌다. 옆자리에 앉은 성대리나 맞은편에 앉은 팀장도 억지로 졸음을 참는 얼굴이었다. 나는 눈꺼풀을 위로 치켜뜨는 데 온정신을 집중했다. 장미는 일어났을까. 나는 혹시라도 회의에 늦을세라 평소보다 일찍 일어나 집을 나섰다. 장미가 깰까봐 헤어드라이어도 쓰지 못한 터라 머리카락이 어깨선을 타고 이리저리 사방으로 뻗친 모양새가 영 마음에 들지 않았다. 젖은 머리가 마르는 대로 고무끈으로 질끈 묶어버려야겠다는 생각을 하던 찰나, 본부장이 하던 말을 멈추고 내게 질문을 던졌다.

"그러니까 조연희씨는 책을 만들어서 파는 데 가장 중요한 게 뭐라고 생각하나요?"

나는 머리카락에서 손을 떼고 화들짝 놀란 표정으로 답했다.

"네, 본부장님. 음, 저는…… 콘텐츠, 그러니까 책 내용이 가장 중요하다고 생각합니다."

"본책이 중요하지 않다는 게 아닙니다. 그건 기본 중 기본이지요. 그렇지 않나요, 연희씨? 본문을 아무리 잘 만들어도 팔리지 않으면 소용이 없는 거잖아요. 그래서 책을 파는 데 중요한 게 뭐냐고 물은 거예요. 우리가 지금 가장 부족한 부분, 우리가 혁신해나가야 할 부분, 우리의 창조성을 새롭게 보여줄 수 있는 방안에 대해 고민하는 시간이에요."

본부장은 유능한 공격수가 배구공을 네트 넘어 내리꽂듯 다시 내 쪽으로 질문을 던졌다. 내가 두 눈만 동그랗게 뜬 채 어떤 대답을 내놓을지 몰라 우물거리자 본부장은 경직된 얼굴로 억지웃음을 지으며 재차 나를 몰아붙였다.

"조연희씨 너무 어렵게 생각하지 마세요. 우리 그냥 아주 편하게 서로 터놓고 이야기하는 시간이잖아요. 갈수록 출판업계가 어려워지는 가운데 우리가 본책의 내용 외에 어떤 추가적인 경쟁력을 확보해야 할지를 논의해보자는 이야기입니다."

한시간 가까이 아무 말 없이 본부장의 이야기만 듣고 있던 팀장이 입을 열었다.

"본부장님 본책만으로도 부족하다고 하셨는데, 그럼 별책을 제작하자는 말씀이신지요?"

본부장이 대답 없이 싱긋 웃었다. 나는 그제야 본부장이 그냥 책이라고 하지 않고, 본책이라는 표현을 반복해서 썼던 이유를 알아차렸다. 본책이 아닌 별책부록이 필요하다는 뜻이었다. 별책부록이라는 말이 팀장 입 밖에서 나오기까지 한시간이나 걸린 셈이다.

"별책부록이요? 팀장님 정말 좋은 아이디어예요. 단순히 본책만으로는 이목을 끌기가 어렵겠죠. 특히 도서정가제 등 여러 이슈로 인해 업계가 어렵잖아요. 이목을 끌 만한 별책부록이 함께 제공된다면 아무래도 판매에 도움이 되지 않겠어요?"

본부장은 이미 머릿속에 그려놓은 밑그림을 마치 방금 회의에서 나온 안건인 것처럼 떠들어댔다. 팀장은 가타부타 대답 없이 수첩에 메모만 끄적일 뿐이었다.

나는 힐끗 시계를 보았다. 회의를 시작한 지 한시간 만에 안건이 겨우 수면 위로 나왔다. 앞으로 전집이 나올 때까지 이런 비효율적인 회의를 대체 몇번이나 해야 할지 생각하니 아랫배가 아파왔다. 어떻게 하면 자연스럽게 화장실에 다녀올 수 있을지를 고민하던 참인데 본부장이 각자가 생각하는 매력적인 별책부록에 대해 돌아가면서 이야기해보자고 말했다.

성대리는 이거야말로 본인이 잘 아는 주제라는 듯 얼굴에 화색을 보이며 떠들어대기 시작했다. 성대리는 특히 패션잡지의 부록을 매달 눈여겨본다고 했다. 명품 브랜드의 선크림이나 에센스, 클러치백 등 잡지의 정가보다 비싼 부록이 제공되는 경우도 종종 있어서 그런 기회가 있을 때면 잡지책을 두세권씩 사기도 한단다. 성대리의 말에 맞장구를 치면서 본부장의 표정도 덩달아 밝아졌다.

"제가 바라는 것도 그런 거예요. 부록이 탐이 나서, 그것 때문에 책을 살 만큼 매력적인 별책부록이요. 조연희씨는 어떤 부록에 매력을 느끼나요? 꼭 책이 아니라도 말이죠. 조연희씨 기억에 남은 사은품은 뭐가 있죠?"

곰곰이 기억을 더듬어보았지만, 나는 부록이나 사은품 때문에 무언가를 사본 적이 없었다. 부록은커녕 기본적인 것도 갖추기가 어려운 형편이었으니까. 마트에서 가공식

품을 살 때 투명 테이프로 칭칭 감긴 채 딸려 오던 참치나 냅킨 외에는 물건을 사고 덤으로 뭔가를 받아본 적이 드물었다. 자취생활 내내 꼭 필요한 것이 아니면 사지 않았다. 생활비가 빠듯했을뿐더러 살림이 늘어나면 이사할 때마다 짐이 되는 게 싫었다. 그건 책도 마찬가지였다. 멋모르고 책을 사다 모으던 시절도 있었다. 좋아하는 작가들의 전작을 모으고 헌책방을 돌며 두꺼운 연극개론서를 집어오곤 했다. 하지만 일년 아니면 이년 단위로 이사를 다니면서 어렵사리 모은 책들이 짐짝처럼 부담스러워지기 시작했다. 그러니까 나 같은 사람에게는 별책부록을 하나 더 얹어주는 것보다는 차라리 그 제작비만큼 가격을 낮춰주는 게 나았다. 하지만 본부장이 지금 듣고 싶은 이야기는 나의 쇼핑 이력이 아닐 것이다. 그는 그저 본인이 만들고 싶은 별책부록의 특성을 내 입을 통해 듣고 싶을 따름이었다. 내가 적절한 답을 찾지 못한 채 본부장의 눈을 피하던 와중에 팀장이 화제를 돌리는 질문을 던졌다.

"그런데 본부장님 부록이 있으면 아무래도 단가가 올라갈 수밖에 없을 텐데요. 제작비가 그만큼 상승하게 되니까요."

"아마 그렇겠지요. 하지만 책값이 경쟁사보다 많이 비싸져서는 안 되겠지요. 비슷한 가격이면 부록이 있는 전집을 선호하겠지만, 그렇지 않다면 굳이 우리 책을 살 필요가 없을 테니까요. 그 부분에 대해서도 여러 방법을 찾아봐야 할 겁니다."

본부장이 미소를 지으며 답했다. 그는 늘 이렇게 온화하고 친절한 말투였다. 그러나 말처럼 쉬운 문제가 아니었다. 팀장의 표정이 점점 일그러져갔다.

"본부장님, 한가지만 더 여쭤봐도 될까요?"

"그럼요, 팀장님. 저는 늘 모든 질문을 환영합니다."

"제가 알기로는 전집 콘텐츠는 키즈본부 소관이지만, 부록 관련해서는 뉴미디어본부에서 진행한다고, 그렇게 아는데요. 전집 관련한 어플을 개발한다고 들었습니다. 사실 어플로 콘텐츠를 제공하면 별책부록이 따로 필요 없을 것 같은데, 이런 식으로 저희 팀으로 추가 업무가 넘어오게 된 이유가 뭔지 궁금합니다."

본부장의 눈썹이 순간적으로 움찔하며 눈빛이 날카롭게 변했다. 그러나 이내 그는 평소에 그가 보이던 대외적인 얼굴로 돌아와 부드럽게, 아니 실은 매우 느끼한 목소리로 대화를 이어나갔다.

"팀장님이 말씀하셨듯이 전집 콘텐츠는 키즈본부 소관입니다. 그러니 여기에서 모든 것을 진행하는 게 맞겠지요? 어플 개발은 당분간 보류하기로, 그렇게 결정되었습니다. 우리는 우리가 해야 할 일에만 집중하면 됩니다. 본책보다 더 매력적인 부록, 그게 바로 지금 우리 앞에 놓인 과제입니다."

이러닝(e-learning) 관련 사업을 담당하는 뉴미디어본부의 김본부장과 키즈콘텐츠미디어본부의 하본부장이 회사 내에서 알력이 심하다는 것은 공공연한 소문이었다. 뉴미디어본부에서 엎어진 아이템을 우리가 이어받아 하기로 했다는 것까지 알게 되자 나는 다가올 연말이 점점 더 끔찍하게 느껴졌다. 본부장이 우리를 얼마나 괴롭힐지 생각하니 모골이 송연해졌다. 그 순간 참았던 요의가 스트레스와 함께 아랫배를 찔러댔다. 더이상은 참기 어려워진 상황이라 양해를 구하고 화장실에 다녀오려고 일어서려던 참에 본부장이 "조연희씨"라며 나에게 또다시 말을 걸려고 했다. 그때 다행히 본부장의 핸드폰에서 구원의 전화벨이 울렸다. 본부장이 벌떡 일어나 전화를 받았다.

"네, 상무님. 하재성입니다. 네네. 알겠습니다. 지금 즉시 들어가겠습니다."

본부장이 허공에다 구십도로 허리를 굽혀 인사를 하면서 전화를 끊었다. 상무의 급한 호출 덕에 본부장과의 회의는 두시간 만에 겨우 마무리될 수 있었다.

회의실에서 나와 전화기를 확인했다. 장미가 남긴 메시지가 있었다. 일어난 지 한시간도 안 된 모양이었다.

이제 간다. 어젠 고마웠어. 생각해봤는데, 네 말대로 연기력이 제일 중요해. 개인기 그딴 건 하나도 안 중요한 거 같아. 설마 개인기 없다고 떨어뜨리고 그런 거면 제작자나 연출자가 이상한 거겠지. 그런 걸로 상처 안 받을래. 잘 쉬다 간다. 찬장에서 라면 하나 꺼내 먹었어. 김치는 너무 쉬어서 못 먹겠더라. 버리려다 말았어. 안녕, 좋은 하루!

어쩌면 배우에게 개인기는 별책부록 같은 걸까. 두시간 넘게 회의에서 별책부록에 대해 인이 박이도록 들은 탓인지 무언가를 팔려면 덤이 있어야 한다는 생각이 문득 들었다. 장미에게 아니라고, 내가 틀렸다고, 개인기도 중요한 거 같다고, 왜냐하면 모두들 너무나 치열하니까. 비슷비슷한 신인배우들 가운데 뭐라도 하나 더 가진 애를 뽑고 싶어 하지 않겠느냐고, 너에게 탐나는 역은 다른 배우들 역시 욕심나는 배역일 테니 그러니까 추가적으로 어필할 수 있는 건 뭐든지 하라고 답장을 하려다가 그냥 메시지 창을 닫아버렸다. 이미 장미는 최선을 다하고 있는데, 추가로 무엇을 더 하란 말인가. 오디션에서 최선의 연기를 펼친 배우에게 더 보여줄 게 없느냐고 묻는 사람들이 나쁘다는 생각이 들었다.

점심을 먹고 사무실로 들어와 나는 장미에게 답장을 보냈다.

다리는 좀 괜찮아? 오디션 잘됐으면 좋겠다. 이번에 잘 안 되더라도 너무 낙담하지는 말고…… 그리고 김치는 오래되긴 했는데 찌개 끓여 먹거나 볶아 먹으면 맛있어. 다음에 놀러 오면 내가 김치찌개 끓여줄게. 너도 좋은 하루. ^^

다행히 그날 오후에는 본부장이 회의실로 부르지 않았다. 팀장은 내게 시중에 유통되는 어린이책 전집의 별책 부록을 조사해 보고서를 올리라고 지시했다.

굳이 만나는 사이

부재를 통해 존재를 증명하는 사람이 있다. 뉴욕에 있다는 권의 애인이 내게는 그런 존재였다. 권에게 십오년 넘게 사귄 오래된 연인이 있다는 사실을 성대리에게 전해 듣고 따져 물었을 때, 그는 아무것도 숨길 게 없다는 듯 다른 여자의 존재를 쉽게 시인했다. 권은 일년에 한번 정도 그녀를 만난다고 했다. 한번은 권이 뉴욕에 가고, 한번은 그 여자가 서울에 오는 방식으로. 때로는 그보다 더 자주 간 적도 있었다. 패션 화보를 많이 찍던 시절에는 분기별로 뉴욕에 가기도 했다. 그때마다 그녀를 만난 건 아니라고도 했다. 나는 그녀와 미래를 약속한 사이냐고 물었다. 나 역시 권과 그 어떤 미래도 약속하지 않았으면서 그런 질문을 할 권리가 있는지 모르겠다. 하지만 궁금했다.

"아니, 아무것도 약속한 건 없어. 앞으로도 계속 그 친구는 뉴욕, 나는 서울에서 지내게 될 테니까. 무엇보다 둘다 결혼 같은 데 전혀 취미가 없거든. 둘 중 하나가 결혼했더라면 우리 관계가 십오년이나 지속될 수 없었겠지."

"힘든 연애를 십오년이나 지속하는 이유는 뭐야? 그만큼 사랑해?"

"아니, 힘들지 않아서 지속할 수 있는 거야. 장거리 연애를 이런 식으로 지속하는 이유라면…… 글쎄? 굳이 헤어질 이유가 없어서?"

권이 피식 웃으면서 답했다. 나는 내 앞에서 다른 여자 이야기를 아무렇지 않게 하는 권의 얼굴을 보면서 부아가 치밀어올랐다. 벌겋게 달아오른 내 표정에도 아랑곳하지 않던 권은 잠시 생각에 잠긴 듯하더니 계속 말을 이어나갔다.

"처음에는 금방 다시 뉴욕에 돌아갈 수 있을 줄 알았어. 한국에서 돈 좀 벌고, 그러고 나서 다시 뉴욕에 가서 공부할 거라고 그렇게 결심했으니까. 다시 돌아갈 거니까 기다려달라고 했었지. 하지만 이제 그건 서로 힘들다는 거 알아. 그런데 그곳에 그 친구가 있다는 게 나한테는 그냥 큰 위로가 돼. 여기에 없고 그곳에 있는 사람이라는 게. 실제로는 그럴 수 없겠지만, 내가 당장이라도 마음만 먹으면 그 사람을 보러 언제든지 뉴욕에 갈 수 있다는 것만으로도 이 지긋지긋한 서울을 견디는 데 위로가 되거든. 그건 아마 그 친구도 마찬가지일 거야. 그 친구는 뉴욕이 좋아서라기보다는 한국이 싫어서 떠난 사람인데, 나를 핑계로 아주 가끔 서울에 돌아올 수 있으니까."

권은 뉴욕에 있는 그 여자를 '그 친구'라고 불렀다. 그친구는 물론 어떤 누구와도 미래를 약속할 생각이 없다고도 말했다. 내가 당장 권과 결혼을 원하는 것은 아니었다. 나 역시 결혼이라는 제도로 누군가와 함께하는 삶을 원한다는 생각을 해본 적은 없었다. 하지만 권이 결혼 따위에는 관심이 없다고 했을 때, 그 누구와의 미래도 꿈꾸지 않는다고 말했을 때는 가슴이 저릿하게 아파왔다.

"그러면 나는? 나랑은 왜 만난 건데? 당신에게 나는 대체 뭔데? 나도 마찬가지인 건가, 굳이 헤어질 이유가 없어서?"

권은 빙긋 웃으며 되물었다.

"나야말로 궁금해. 너는 나를 왜 만나니? 나처럼 나이도 많고, 미래도 불투명한 사람을. 게다가 다른 애인까지 있다는데도 계속 이렇게."

순간 말문이 막혔다. 굳이, 헤어질 이유가 없어서 뉴욕에 있는 애인과 결별하지 않았다는 권의 말은 아무리 생각해도 비겁하다. 하지만 이미 헤어져야 하는 이유를 충분히 알면서도 그와 헤어지지 못하는 나 또한 나약하고 비겁하기는 마찬가지였다.

나는 대체 권을 왜 좋아하는 걸까. 바로 대답할 말이 떠오르지 않아 다시 그를 탓했다.

"당신이 먼저, 그러니까 당신이 먼저 나를 꾀었잖아."

발끈한 내가 그를 노려보며 말했다. 권은 동의하지 않았다. 권과 어쩌다가 여기까지 왔는지 솔직히 나도 정확히 기억나지 않았다.

팀장에게 하루 종일 깨지다가 이러다가는 내 몸이 가루가 되는 게 아닐까 하는 생각을 하며 집으로 돌아가던 어느 밤, 버스를 타고 가다가 이대로 버스가 고가도로 아래로 꼬꾸라졌으면 좋겠다는 생각마저 들던 퇴근길이었다. 창밖에는 추적추적 비가 내렸고, 나는 집에 돌아가는 버스 뒷자리에 앉아 훌쩍훌쩍 울고 있다가 권의 전화를 받았다. 권은 내게 다음 날 오전으로 예정된 야외촬영 취소 건으로 전화를 걸었다고 했다. 전국적으로 비가 많이 올 예정이라는 일기예보에 아무래도 촬영이 어렵겠다고 말하는 권에게 나는 목이 멘 목소리로 답했다.

"네, 알겠습니다. 실장님."

"연희씨 지금 퇴근해요?"

"네."

"비 많이 오는데, 늦게까지 고생이네요. 우산은 있어요?"

"아니요…… 아, 괜찮아요. 정류장에서 집 금방이에요."

울고 있었다는 것을 들키고 싶지 않아서 빨리 전화를 끊으려는데 권이 계속 말을 시켰다. 본인도 스튜디오에 있다가 이제 퇴근하는 길이라며 일이 많은 건 좋은 거라는 둥 묻지도 않은 잡다한 이야기를 한참 늘어놓다가 마지막에 던진 한마디가 나를 툭 건드렸다.

"연희씨, 있잖아요. 연희씨 되게 잘하고 있어요. 그러니까 힘내요."

잘하고 있다는 그 말 한마디가 왜 그렇게까지 서럽게 느껴졌는지 모르겠다. 그동안 억눌러온 서러움이 폭발한 것처럼 눈물이 쏟아졌다. 나는 어린아이처럼 엉엉 울었다. 앞자리에 앉은 다른 승객들이 나를 힐끔 돌아보았다.

그날 밤 권은 빗속을 뚫고 차를 몰아 나를 보러 왔다. 권은 내게 큰일이라도 생긴 줄 알았다고 했다.

"그런 울음소리를 듣고 어떻게 모른 척할 수가 있었겠어. 나는 너무 걱정돼서 찾아갔던 거야."

"아니, 그냥 동료일 뿐인데 무슨 오지랖이야? 그건 분명히 의도가 있는 거였어."

"너 그날 밤 나 붙들고 새벽까지 술 마시면서 신세 한탄했던 거 기억 안 나? 죽고 싶다고, 네가 세상에서 필요 없는 존재 같아서 사라지고 싶다고 난리쳤잖아. 난 정말 별 뜻 없었어. 그냥 네가 너무 안쓰러웠어. 네가 걱정되고 마음 쓰이다가 어느 순간부터 예뻐 보였어. 뉴욕에 있는 그 친구 얘기 미리 못한 건 미안해. 그렇다고 너에 대한 마음이 진심이 아닌 건 아니야."

권은 원래 다정다감하다. 특히 여자에게 더 그렇다. 그날 밤 엉엉 울던 여자가 내가 아니었더라도 권은 아마 달려왔을 것이다. 그런 생각을 하면 기분이 더 가라앉았다. 하지만 나 역시 그날 밤 내게 달려와준 사람이 권이 아니었더라도, 누군가에게 내 약한 마음을 의지할 수밖에 없었을 것이다. 당시 권은 나를 안쓰럽게 여겨준 유일한 사람이었다.

나는 그날을 계기로 시작된 권과의 만남이 운명적인 요소를 지닌다고 생각했다. 권에게 다른 애인이 있다는 것을 알고 난 다음에야, 내 연애를 미화하고 싶은 욕구가 운명과 우연이라는 그럴듯한 포장지를 찾고 있었다는 걸 깨달았다. 나와 권 모두 실은 아주 수동적인 사람에 불과했는지도 모른다. 그냥 어쩌다보니, 가장 가까이 있는 누군가에게 의지하고 싶었던 것일 뿐이다. 반드시 그 사람이어야 할 이유도 없었다. 외롭고 힘들었기 때문에, 그 자리에 존재하는 아무나 끌어안고 싶었는지도.

대학 시절 우연히 연극에 빠져들게 되었다는 나에게

그저 쉽게 매혹되는 사람이지 연극을 진심으로 갈구하는 건 아닌 거라고, 그랬다면 연극을 이렇게 쉽게 포기할 수 없었을 거라고, 비난하듯 말하던 장미의 얼굴이 떠올랐다. 장미는 내가 댄스 동아리나 록밴드에 들어갔더라도 그 생활에 빠져들게 되었을 거라며 비꼬듯 말하기도 했다. 학생회관 앞에 개설된 동아리 홍보 부스 앞을 지나가다가 우연히 선배들에게 잡혀 동아리 가입원서를 작성하고, 원서를 냈기 때문에 당연히 동아리방에 출석해야 하는 줄 알던 어리버리한 신입생이었던 나와는 달리, 장미는 본인이 제 발로 연극 동아리를 찾아온 야무진 아이였다. 장미는 우리 동아리가 얼마나 전통 있는 극회인지를 이미 알았고, 선배들이 과거에 어떤 공연을 해왔는지도 잘 알았다. 어릴 때부터 배우가 꿈이었고 학창 시절부터 연극 동아리 활동을 해왔다는 장미는 연극판에 대해 아는 것도 많고 연기에 대한 열정도 남달랐다. 하지만 그때만 해도, 어쩌다가 발을 담그게 된 어중이떠중이와 본인은 시작부터 다르다고 뻐기듯 말하는 장미의 말에 나는 동의할 수 없었다. 오히려 우연한 계기로 연극을 접하고 빠져든 나의 운명이 범상치 않게 느껴졌다. 내가 아니라 마치 무대가 나를 선택한 것처럼 생각되는 순간도 있었다. 무엇보다 내 연기가 장미보다 낫다는 자신감이 있었다. 그런데 이제 와서 장미의 말이 묘하게 마음을 뒤흔들었다. 나는 무언가를 열렬하게 사랑하는 사람이라기보다는 그저 쉽게 매혹되는 사람에 가까웠던 걸까. 그냥 눈앞에 펼쳐진 것을 사랑하기란 어쩌면 아주 쉬운 일에 불과할지도 모른다. 꿈이든 사랑이든 원하는 것을 지키고 키워나가기 위해서는, 운명을 넘어서는 확고한 의지가 필요했다.

가장 큰 문제는 내가 권과의 관계를 지속하는 게 확고한 의지나 사랑 때문도 아니라는 것이다. 권을 그만 만나야 한다고 생각하면서도 회사생활이 힘들어질 때면 또 그에게 전화를 걸고 싶었다. 그리고 회사생활의 고비는 너무 자주 있었다. 다혈질인 팀장은 하루가 멀다 하고 불같이 화를 냈고, 성대리는 쓴 커피를 들이켤 때보다 더 자주 속을 뒤집어놓았고, 본부장의 회의실에 불려갈 때마다 인내심의 극한이 어디까지인지를 헤아려야 했다. 권은 이런저런 이야기를 털어놓을 수 있는, 말이 통하는 유일한 사람이었다. 소연 언니나 장미는 아무리 설명해도 나의 답답함을 이해하지 못했다. 팀장을, 성대리를, 본부장의 캐릭터를 알아야 이해할 수 있는 이야기가 너무 많았다. 그들을 아는 사람만이 그들을 이해하지 못하는 나를 이해해줄 수 있었다.

고민 끝에 소연 언니에게 권에 대한 이야기를 털어놓았을 때, 언니는 권이 나쁜 사람 같지는 않다고 말했다. 하지만 권은 결코 좋은 남자가 될 수 없었다. 나를 속였고, 권에게 나는 최우선이 아니었다. 그것이 나를 힘들게 했다. 내가 그에게 계속 끌려다니기만 한다는 생각을 지울 수 없었다.

언니는 나를 바라보며 빙긋 웃었다.

"그게 사내연애의 장점이지. 굳이 화젯거리를 찾지 않아도 공통분모가 너무 많잖아."

"사내연애는 아닌데요? 말하자면 거래처?"

"한 팀으로 같이 일하는 사람이니까. 사내연애나 마찬가지라는 소리야. 연희야, 내가 보기엔 네가 그 사람한테 힘을 많이 얻고 있는 것처럼 보여."

"그건 맞아요. 그 사람 아니었더라면 회사생활 버티기 힘들었을 거야. 하지만 이런 식으로 계속 얼굴 보는 것도 너무 괴로워요. 차라리 회사를 그만두고 싶을 만큼."

"회사를 왜 그만둬? 그렇게 괴로우면 당분간 그냥 만나. 보고 싶으면 보고. 기대고 싶으면 기대면서. 어차피 애인은 뉴욕에 있다며? 엄밀하게 말해 유부남도 아니고, 신경 쓸 필요가 뭐 있어?"

"다른 애인을 두고서도 나를 계속 만나는 건, 진심이 아닌 거잖아요. 한국에 들어온 뒤로 지난 십년간 늘 이런 식으로 다른 누군가를 만나왔다는 것도 너무 끔찍해요."

"사람 마음은 그렇게 무 자르듯 자를 수 있는 게 아니야. 그리고 네가 그렇게 마음을 다해 좋아할 정도면 그 사람도 네게 진심을 보여줬던 거야. 아니면 네가 이렇게 그 사람을 믿고 의지할 수도 없었겠지."

"내가 생각해도 이런 자신이 너무 바보 같아요. 그 사람 없이 잘해나갈 수 있을지 자신도 없고……"

"그러니까 자신이 생긴 다음에 헤어져도 늦지 않다니까. 너한테는 그 사람이 필요해."

"하지만 이런 관계가 무슨 의미가 있을까요?"

"힘든 회사생활을 버티게 한다는 의미가 있지. 신입사원에게는 그거만큼 중요한 게 없어. 버티는 거."

"언니, 요즘은 이렇게 버티는 게 무슨 의미가 있나 싶어요. 연애 문제를 떠나서…… 매일매일 자존감이 하락하고 정체성이 사라지는 것 같은 더러운 기분을 느끼면서 이 회사에서 버텨야 하는 이유 말이에요."

"그럼에도, 버티는 건 중요해. 왜냐하면 여기서 버티지 못하면 다른 데서 다시 신입부터 시작해야 하기 때문이지."

소연 언니가 쿡, 하고 웃으며 답했다. 언니다운 조언이었다.

저만 빼고 소연 언니와 둘만 만났다는 사실을 안 뒤 장미는 불같이 화를 냈다. 마감이 코앞으로 다가와 바쁘다고 해도 장미는 아랑곳하지 않고 다시 셋이 모일 약속을 잡으라고 성화였다. 카카오톡 채팅방에서 여러번 채근하는 장미에게 나는 알겠다는 대답 대신 눈물 이모티콘만 보냈다. 장미의 연락은 지치지 않고 계속됐다. 계약, 의뢰, 교정, 제작 등의 단계를 거치면서 뭔가를 생산하고 있는 나와는 달리 장미는 이렇다 할 성과 없이 지지부진한 나날을 보내고 있었다. 소극장에서 공연될 연극에서 아주 작은 역할을 맡게 되었다고 해서 잘됐다고 축하해줬더니, 연습을 시작한 지 얼마 되지 않아 또 불만을 쏟아냈다.

"야, 넌 그게 말이 된다고 생각해? 그 상황에서 갑자기 포옹을 하면서 눈물을 짜내라는 게 맞느냐는 거야, 십년 만에 아버지를 만났는데 그 리액션이 자연스럽냐고!"

늦은 밤, 술에 취한 목소리로 혀가 잔뜩 꼬인 채 연출이 연기 지도를 이상하게 한다며 흥분하는 장미의 말에 나는 그녀가 원하는 리액션을 보여줄 수 없었다. 분명 며칠 전에 들었던 것 같긴 한데, 장미가 요즘 연습 중인 연극이 무엇인지 장미가 맡은 역할이 무엇인지도 기억이 나지 않았다. 통화가 끝나기도 전에 전화기를 머리맡에 둔 채 그냥 잠이 들어버리는 일이 허다했다.

　장미는 내게 전화할 때마다 보고 싶다고, 언제 시간 되느냐고 물었지만 그때마다 나는 바쁜 일 끝나면 보자고 건성으로 대답했다. 매일 이어지는 야근과 특근으로 몸이 두개라도 남아나질 않는다는 말은 엄살이 아니었다. 마감이 다가올수록 체력의 한계에 다다르는 느낌이었다. 늦은 시각 집으로 찾아오겠다는 장미에게 다음에 보자고 딱 잘라 말한 건 피곤한 몸도 몸이지만, 마음도 아끼고 싶었기 때문이었다. 나는 장미를 만날 때마다 마음 한구석이 마모되는 느낌이었다. 장미의 일이 잘되면 잘되는 대로, 그렇지 않으면 그렇지 않은 대로 마음이 쓰였다. 장미는 내가 떠나온, 이제 다시 눈 돌릴 수 없는 세계를 끊임없이 환기시켰다. 소극장, 연습, 뒤풀이, 배우들 간의 견제와 질시 같은 것들에 대해 더는 듣고 싶지 않았다.

　당분간 규칙적인 출퇴근과 정해진 날짜에 입금되는 월급, 일정에 맞춰 가시적으로 생산되는 결과물, 그리고 수치로 드러나는 판매량 같은 것들에 집중하고 싶었다. 내가 속한 이 세계에서도 보람과 재미라는 게 어쩌면 존재하는지도 모르겠다는 생각이 드는 시점이었다. 이런 과정을 남들은 적응이라고 표현하는 모양이었다. 나는 점점 신입사원1이라는 역할에 동화되었다. 만약 무대에서 연기할 수 없다면, 그것이 삶이라 하더라고 연기하라던 스타니슬 랍스키의 말을 떠올리며 약간의 위안을 얻기도 했다.

"지금 네가 하는 일도 충분히 예술이 될 수 있어. 내 일도 마찬가지고."

권이 건네준 말 한마디가 내게 큰 위로가 되었다. 그의 말대로 이것 또한 예술의 일환이라고 볼 수 있을지, 아니면 점점 더 예술과 멀어지는 삶의 경로를 걷고 있는 것인지는 혼란스러웠다. 하지만 그를 만나면 헐벗은 마음이 조금 채워지는 기분이 들었다. 그와 만나 회사 사람들이 내게 했던 말과 행동을 그대로 흉내 내어 전하면 그는 내 성대모사가 소름 끼치게 똑같다며 눈물을 흘리면서 웃곤 했다. 그가 발을 구르면서 웃어댈 때면 별일이 아니었구나, 이렇게 웃고 넘길 일이었다는 생각에 안심이 되면서 조금 너그러워졌다. 때로는 그가 감정적으로 더 깊이 이입해 같이 화내고 욕해주던 순간도 있었다. 업무적으로 난처한 상황에 처했을 때 어떻게 대처해야 하는지 사회 선배의 입장에서 조언해주기도 했다. 그와 함께 울고 웃으면서 내 몸에 쌓인 독을 털어내는 기분이 들곤 했다. 권 때문에 힘들다고 하면서도 계속 그를 보게 되는 이유였다. 마감 핑계를 대면서 친구들의 연락은 모두 피하던 와중에도 틈틈이 그를 만났던 걸, 장미에게는 꼭 비밀로 해야 한다.

별의별 일

별책은 책인가 책이 아닌가. 나는 회의실 테이블 끄트머리에 앉아 회의 내용이 정리된 A4용지 가장자리에 별을 그리면서 멍한 표정으로 시간을 때우고 있었다. 영업부, 마케팅부까지 모두 참석한 회의 시간이었다. 여러 사람이 모이면 의견 또한 많아지기 마련이고, 그에 비례해 회의 시간은 하염없이 길어졌다. 오늘도 별책부록에 대한 결론이 나기는 어렵겠다는 생각이 들었다. 그간 낱권으로 판매됐던 『마녀 나나의 문화유산 답사』 시리즈를 전집으로 출간하고, 별책부록을 제작하기로 하면서 우리 팀은 본부장의 특별관리를 받는 팀이 되어버렸다. 별책부록을 제작하는 목적은 판매와 홍보에 있기 때문에 영업부와 마케팅부의 의견도 중요했다. 그렇다고 해도 편집부 소관인데 마케팅부 쪽의 관심과 간섭이 과하다는 생각이 들었나. 내가 팀장이라면 차라리 마케팅부에서 맡아서 제작하라는 말이 저절로 나올 것 같은데, 정작 팀장은 다른 부서 실무자들의 의견을 묵묵히 듣고 빠짐없이 메모했다.

별책부록을 기획하는 과정에서 말도 안 되는 요구를 가장 많이 하는 이는 본부장이었다. 그는 심하게 혀를 굴리며 '리저너블(reasonable)한 가격'이란 단어를 여러번 반복해서 말했다. 소비자들이 납득할 수 있는 리저너블한 가격이 가장 중요하다면서, 부록 때문에 소비자들의 부담이 가중되는 일은 없어야 한다는 말을 회의 때마다 강조했다. 책값을 올리지 않으면서 별책부록을 제공하겠다는 계획 자체가 불가능한 시도였다. 결국은 책에 투자할 비용이 별책부록의 제작비로 쓰일 수밖에 없었다. 그마저도 최대한 저렴하게, 단가를 낮추고, 또 낮춰야만 가능한 일이었다. 여러 업체에서 샘플을 받았고, 미팅도 셀 수 없이 이루어졌다. 문제는 본부장이 생각하는 리저너블과 협력업체의 리저너블이 서로 다르다는 데 있었는데, 그때마다 본부장은 업체 담당자들이 리저너블하지 못하다고 비난했다. 자신의 논리만이 옳고 합리적이라는 고집을 온화한 얼굴로 끝까지 밀어붙이는 본부장에게 질려 대부분의 업체가 미팅 한두번에 나가떨어지기 일쑤였고, 그때마다 나와 성대리는 새로운 업체를 찾느라 야근을 해야 하는 비합리적인 나날이 이어졌다. 좀처럼 힘든 티를 내지 않는 팀장조차도 본부장실에 불려 갔다 온 뒤로 머리가 아프다며 책상에 한참 엎드려 있었다.

"팀장님, 두통약 드릴까요? 타이레놀 있는데."

낮은 목소리로 속삭이듯 팀장에게 물었다. 팀장이 고개를 들어 나를 쳐다봤다. 팀장은 팔에 눌려서 벌건 이마를 움찔거리며 내게 물었다.

"아니, 약은 됐고…… 너, 담배 없지?"

"담배요? 팀장님 피우시게요? 전에 끊으셨다고……"

"요즘 진짜 미치겠는 게 끊은 지 오년도 넘은 담배 생각이 왜 이렇게 간절하냐. 없으면 됐다. 너 담배 안 피우는 거 알아. 우리 팀 애들은 다 모범생들이라 담배 한대 얻어 피울 수도 없네. 어렵게 끊은 거니까 참을 때까지 참아봐야겠어."

오년간 유지됐던 팀장의 금연 결심이 깨진 것은 그로부터 이틀도 지나지 않아서였다. 팀장은 그간 담배를 참아온 한풀이를 하는 사람처럼 헤비스모커가 됐다. 성대리는 스트레스로 인한 불면증이 심해 수면제를 처방받는다고 했다. 그 둘에 비하면 나의 생리불순, 뾰루지, 변비는 별일에 속하지도 않는 사소한 일이었다.

지난한 과정 끝에 자석퍼즐을 별책부록으로 정하고, 본부상의 마음에 드는 업체까지 찾아 계약을 성사시켰을 때는 우리가 원래 만들어 팔려고 했던 것이 책인지 퍼즐인지조차 분간이 되지 않을 정도로 혼이 나간 상태였다. 나는 차라리 굿즈나 사은품 발주 경험이 많은 마케팅부에서 별책부록을 맡는 게 낫지 않느냐고 팀장에게 물었다가 호되게 욕을 먹었다. 굿즈가 아니라 별책부록이기 때문에 편집부의 일이라는 것이다. 나는 굿즈와 부록의 차이를 말해보라는 팀장의 질문에 제대로 대답하지 못해서 그 정도도 모르면서 어떻게 출판사에 다니는 거냐며 또다시 눈물이 쏙 빠지도록 혼이 났다. 나는 괜한 소리를 해서 죄송하다며, 편집부의 업무가 너무 과중한 것 같아서 마케팅부에서 맡아줬으면 하는 마음이 컸다고 기어들어가는 목소리로 말했다.

"일이 많긴 뭐가 많아? 내가 너만 할 때는 집에도 못 가고 철야하면서 회사에서 침낭 뒤집어쓰고 쪽잠 자는 게 일상이었어."

팀장은 나를 윽박지르기만 했을 뿐 굿즈와 별책부록의 차이를 정확하게 설명해주지는 않았다.

지도 형태의 자석퍼즐로 별책부록이 정해진 다음에도 본부장이 원하는 부록이 정확히 어떤 모양과 형태를 지닌 것인지 파악해나가기란 난해한 퍼즐을 맞추는 것처럼 골치 아픈 일이었다. 부록의 콘셉트와 아이템, 업체까지 다

정해지면서 앞으로는 별다른 문제가 없겠다고 안도했다가 본부장이 또다시 별것 아닌 일로 꼬투리를 잡아 일이 지연되기를 반복했다. 그렇게 바쁜 와중에도 우리는 별책부록 제작을 맡은 업체와 회의를 할 때마다 회식까지 해야 했다. 본부장은 협력 업체와의 회식을 좋아했다. 우리와 별책부록 납품 계약을 체결한 회사는 사장을 포함해 직원이 세명밖에 되지 않는 영세한 완구회사였다. 국내에서 제작되는 제품으로는 도저히 단가를 맞출 수 없는 조건이었기 때문에, 중국 공장을 통해 물건을 들여오는 협력 업체를 찾아볼 수밖에 없었다. 어렵사리 이루어진 계약을 팀장의 표현대로 요약한다면, '가격을 매우 심하게 후려쳐서' 이루어진 일이었다. 완구 업체 사장은 본부장이 원하는 수준까지 가격을 후려치기는 부담이 컸기에, 대신 본부장을 융숭하게 대접하면서 마음을 후리는 전략을 택했다.

"흥, 보나마나 뻔하지. 제법 받아드셨을 거야. 더러운 자식, 고상한 척이나 하지를 말든지."

화장실에 들어오자마자 성대리는 빈 칸에 다른 사람들이 없는지 일일이 문을 열어 확인하면서 욕지거리를 내뱉었다.

"뭘 받아요?"

"뭐긴 뭐야. 돈 처받았겠지. 본부장이 어떤 새끼인데, 밥이나 술 얻어먹는 정도로 계약이 됐겠어? 연희씨 정말 몰라? 본부장 이 바닥에서 촌지 밝히는 걸로 유명하잖아. 권실장네 스튜디오랑 계약할 때도 그거 때문에 시끄러웠잖아. 아, 자기는 입사하기 전이라 그 얘기는 모르나?"

나는 고개를 저었다. 성대리는 새로운 화제를 꺼내놓을 때마다 놀란 표정을 짓는 내 반응에 신이 난 듯 사무실에 들어갈 생각은 하지 않고 계속 떠들어댔다.

"그것도 말하자면 긴데…… 간단히 말해보자면 말이야. 본부장이 은근히 요구를 했는데, 그쪽 스튜디오에서 말귀를 못 알아들어서…… 말귀를 못 알아들은 건지 계속 모르는 척을 했던 건지, 아무튼 그래서 계약서 도장 찍기 직전에 본부장이 갑자기 꼬투리를 잡아서 계약이 틀어질 뻔했어. 결국은 거기 스튜디오 대표가 얼마 찔러 넣어 줬을걸. 권실장을 포함해 포토그래퍼들은 그거 알고 나중에 우리 일 안 한다고 난리였고…… 결국은 다 하게 됐지만 말이야. 까놓고 말해서 어쩌겠어? 본부장이 갑이고, 걔네가 을이잖아."

처음 듣는 이야기였다. 권에게 주로 불평불만을 늘어놓는 사람은 나였다. 권은 내 이야기를 듣고 조언을 잘해주는 편이긴 했지만, 자기 일과 관련된 화제에 대해서는 말을 아꼈다. 지나는 말로 본부장은 얼굴만 봐도 밥맛이 떨어질 정도로 재수가 없는 스타일이라고 한 적은 있다. 하지만 어쩌다 회사에서 본부장과 마주칠 때면 언제 그런 말을 했냐는 듯 화기애애한 분위기를 연출해왔고, 본부장 역시 권에 대해서는 늘 호의적이었다. 권이 앞에 있든 없든 권실장이 찍은 사진에는 특별함이 있다고 늘 추켜세웠다.

"연희씨 지난주에 지방촬영 갔던 날 우리 또 그 업체랑 회의하고 회식했잖아. 그날 얼마나 본부장이 꼴사나웠는지 몰라. 그날따라 실무자들이 안 나오고 그쪽 사장 혼자만 우리 회사에 들어온 날이었거든. 밥 먹고 술 마시고 있는데 계속 나랑 팀장더러 일찍 들어가라는 거야. 둘이서만 어디 가려고 한 눈치였어. 나 원래 회식 때 오래 남아 있는 거 싫어하는 거 알지? 그런데 가라고 등 떠미니까 괜히 심통이 나면서 집에 가기가 싫어지더라? 모른 척하고 끝까지 남아 있었지. 한시였나 두시까지 자리 지키고 앉아서, 그 진상 아재들이 어떻게 나오는지 두고 보자 하는 마음이었어."

"팀장님도요? 팀장님도 그런 거 알고 끝까지 남았던 걸까요?"

"당연히 알지, 아무리 팀장이 둔탱이라도 그런 눈치는

있어. 팀장이야 원래 회식 때 늘 끝까지 있기야 하지만 그래도 본부장이 그렇게 가라고 했는데 버티고 있기가 쉬웠겠어? 팀장 원래 본부장이 시키는 대로 잘하잖아. 근데 그날은 우리 팀장도 본부장이 그렇게 눈치 주는데도 했던 얘기를 하고 또 하면서 집에 안 가더라고. 결국은 그날 본부장이 집에서 전화받고 먼저 일어났잖아. 그날 밤 집에 가는 택시 안에서는 그게 왠지 고소하면서도 되게 뿌듯하더라고. 내 손으로 작은 정의를 실현한 느낌이었어. 그런데 다음 날 일어나니까 숙취 때문에 머리 아프고 몸은 힘들어 죽겠고, 내가 대체 뭘 한 거야 하면서 후회가 되더라. 어떻게 하루 못 가게 했다고 걔네들이 그 뒤로 룸살롱을 안 가겠니? 아유, 이 더러운 조직 내가 진짜 뜨고 만다!"

성대리는 세면대 앞에 서서 거울에 비친 자신의 얼굴에 대고 다짐하듯 말했다.

"선배, 회사 옮기시게요?"

내가 조심스럽게 묻자, 성대리는 나를 힐끗 쳐다보며 실소를 지었다.

"옮기긴, 옮겨봤자 그게 그거야. 어차피 진상들은 지뢰처럼 퍼져 있다니까. 다닐 때까지 다니다가 결혼하고 관둬야지. 솔직히 나는 일에 큰 욕심 없어. 일이 종교고, 회사가 하느님인 팀장이 이런 소리 들으면 날 잡아먹으려 들겠지만, 여기서 성공하고 싶은 마음은 손톱만큼도 없거든."

성대리는 대단한 비밀이라도 되는 듯 심각한 표정으로 목소리를 낮춰 말했다. 성대리가 회사 일에 큰 뜻이 없다는 건 그녀 주변의 모두가 아는 사실이었다. 나는 여성이 결혼 후 회사를 그만두는 건 구시대적 악습이라고 생각하지만 성대리의 꿈만큼은 진심으로 응원하고 싶어졌다. 아무쪼록 성대리가 어서 회사를 떠나주는 것이 모두에게 좋은 일이 될 것 같았다.

그 순간 팀 카톡방에 팀장의 메시지가 떴다. 얘기가 이렇게 길어진 줄 몰랐는데, 성대리와 내가 자리를 비운 지 삼십분이나 지난 모양이었다.

너희는 화장실 간다더니 똥통에 빠졌냐, 왜 아직도 사무실 안 들어오고 있어?

메시지를 보자마자 나와 성대리는 약속이나 한 듯이 빠르게 사무실 쪽으로 종종걸음 쳤다.

지금 가는 길이에요, 팀장님. ㅠㅠ 저 속이 너무 안 좋아서요.

성대리는 사무실을 향해 경보 선수처럼 바쁘게 걸어가

는 와중에 잽싸게 메시지를 쳐서 날렸다. 그러면서도 입으로는 팀장의 험담을 빠르게 쏟아냈다.

"정작 팀장 본인은 담배 피우러 나갔다 하면 한참씩 자리 비우잖아. 우리가 이렇게 화장실 가서 잠깐 수다 떠는 시간보다 지가 담배 피우느라 나가 있는 시간이 더 길다는 건 전혀 생각도 못하나봐. 내로남불이 따로 없다니까!"

손발과 입이 따로 움직이는 성대리를 보며 피식 웃음이 나왔다.

별책부록이 확정되면 다른 일은 수월해질 거라고 생각했는데 다시 책 진행 일정을 맞추기 위해 숨 가쁘게 달려야 했다. 그래도 본부장과 덜 마주하게 된 것이 위안거리라면 위안이었다. 팀장은 별책부록 때문에 미뤄진 본책 진행 상황을 하나하나 체크하면서 책임을 추궁하고 문제점을 지적했다. 수년에 걸쳐 출간된 책 여러권을 모아 전집으로 만드는 일이라 고칠 게 별로 없다고 생각했는데, 교정지에서 수정사항이 계속 눈에 띄었다. 일을 하면 할수록 줄기는커녕 더 늘어나는 느낌이었다. 팀장의 입에서 험한 말이 나오는 빈도도 더 높아졌다. 그럼에도 팀에서는 이전과는 다른 활기가 돌았다. 적어도 팀장은 본부장처럼 뜬구름 잡는 소리는 하지 않았다.

인쇄를 열흘 앞두고 우리가 준비하는 전집 시리즈의

홈쇼핑 진출 소식에 키즈콘텐츠미디어본부 전체가 들뜬 분위기가 됐다. 팀장은 시큰둥한 표정을 지으면서도 입가에서 웃음이 비어져 나오는 것을 숨기지 못했다. 홈쇼핑 판매는 확정된 사안이고 방송 시간 편성을 두고 마케팅팀에서 막판 협상 중이라고 했다. 크리스마스 시즌에 맞춰 방송 일정을 조율 중이며, 계획대로만 된다면 서점 판매와는 차원이 다른 판매량을 기대해봄직했다. 판매액에 따른 성과금도 지급될 거라는 본부장의 말에 성대리는 비명까지 지르면서 기뻐했다. 나는 홈쇼핑에 진출하면 또 업무 폭탄 하나가 더 투하되는 게 아닌지 걱정부터 들었다가, 성대리가 아이처럼 좋아하는 모습을 보면서 이건 정말 순수하게 기뻐해야 할 일이라는 걸 깨달았다. 같이 고생하면서 정이 든 건지 나는 예전만큼 성대리가 밉지 않았다. 성대리는 텍스트를 보는 능력이나 교정 실력은 경력에 비해 모자랐지만, 색감이나 디자인에 대한 감각이 좋은 편이었다. 시각적 요소는 어린이책에서 굉장히 중요한 부분이었고, 성대리에게도 배울 점이 있었다. 홈쇼핑 진출은 일 못한다고 팀장이 자주 험담을 해댔던 마케팅팀 신과장의 성과였다. 매번 잘할 수도 없지만, 매번 못할 수도 없는 것이 회사 일이었다. 나는 입사 후 가장 큰 기획에 참여하면서 회사 일이 업 앤 다운, 플러스 마이너

스의 플로우를 타면서 진행된다는 것을 조금씩 배워나갔다. 누군가는 잘하고, 다른 누군가는 못할 때도 있고, 사공이 많아서 배가 산으로 갈 때도 있지만 결국은 목표를 향해 나아가게 되는 것이 조직의 특성이라는 걸 몸소 깨달아갔다.

밥값의 무게

약속을 잡자는 장미의 연락을 여러번 뿌리친 터라 점심시간에 잠깐 얼굴이라도 보자며 회사 앞에 찾아오겠다는 것까지 막기는 어려웠다. 마침 팀장과 성대리가 외부업체와 미팅을 하러 나가는 날이라 점심시간을 평소보다 조금 더 여유롭게 쓸 수 있었다. 회사 근처의 몇 안 되는 맛집을 머릿속으로 헤아려보며, 장미와 먹을 메뉴를 고민하던 내게 팀장이 차키를 건넸다.

"나 없는 동안 세차 좀 해놔. 삼거리 카센터 옆에 손세차장 알지?"

"오늘 미팅 가실 때 차 안 쓰세요?"

"평일 낮에 강남까지 차 가지고 가봐야 길만 복잡하지. 성대리랑 같이 지하철 타고 갈 거야. 시트에 먼지 많으니까 신경 써달라고 말해줘."

어쩔 수 없이 미리 생각해둔 맛집 대신 세차장 근처 식

당으로 가게 생겼다. 나는 팀장의 차를 몰고 나와 회사 정
문 앞에서 핸드폰을 들여다보고 있는 장미를 향해 클랙슨
을 울렸다.

"장미야, 타."

장미는 눈이 동그랗게 커진 채 물었다.

"이야, 조연희! 너 차 샀어? 대박이다!"

"아니야, 그런 거. 일단 타. 시간 별로 없어."

장미를 태운 채 나는 회사에서 십분 거리에 있는 팀장
의 단골 세차장으로 차를 몰았다. 점심시간 동안 세차를
맡긴 사람들이 많아, 한시간 넘게 걸릴 것 같다는 세차장
직원에게 나는 괜찮다고 말하며 세차비를 치렀다. 장미는
내 옆에서 팔짱을 낀 채 고개를 갸우뚱거렸다.

나는 길 건너에 있는 소머리국밥집으로 장미를 데리고
들어갔다. 근처의 직장인들이 점령한 국밥집은 이미 만석
이었다. 자리를 찾지 못해 쭈뼛거리고 서 있자 국밥집 아
주머니는 우리의 손을 잡아끌어, 4인용 테이블에 마주 앉
은 두명의 남자들 옆에 앉혔다.

"죄송합니다, 손님. 여기 아가씨들이랑 좀 같이 앉으셔
도 되죠? 점심시간이라 자리가 없어서 말이에요."

넥타이를 맨 중년 남성들이 손에 숟가락을 든 채로 고
개를 끄덕였다. 자리에 앉아 수저를 놓는 사이 국밥이 나

왔다. 국밥을 휘저으며 장미가 투덜거렸다.

"이게 뭐냐? 회사 앞에 오면 맛있는 거 사준다더니 겨우 국밥이야? 여기 너무 시끄러워서 제대로 이야기나 할 수 있겠어?"

"미안, 다시 또 차 찾으러 와야 해서 멀리 가기가 좀 그래. 이거 먹고, 얘기는 커피 마시러 가서 좀 하자."

"아니, 차 세차를 왜 너한테 맡기는 거야? 너네 팀장이란 사람이야말로 개념을 이 국밥처럼 말아 먹은 거 아니야? 시킨다고 하는 너도 이상해. 너는 자존심도 없니? 네가 그 사람 부하 직원이지 몸종은 아니잖아! 요즘 세상에 직장 내 갑질이라니, 이럴 게 아니라 너 당장 국민신문고에 신고해!"

"저, 저기. 장미야 목소리 좀 낮춰. 여기 회사 근처라서……"

나는 테이블 주변에 회사 사람들이 없는지 식당을 한번 둘러보며 입술 앞에 검지를 갖다 댔다.

국밥집에서 나와 대로 쪽으로 말없이 걸어갔다. 장미가 어디로 가는 거냐고 묻자 나는 갈색 커피빈 간판을 가리켰다. 커피빈은 줄이 길게 늘어서 있는 이 동네의 다른 카페와는 달리 한산했다. 짧은 시간 안에 점심 식사와 커피를 동시에 해결하고 들어가야 하는 직장인들이 굳이 비싼 커피빈을 찾을 이유는 없었다. 회사 사람들과 점심시간에 자주 찾는 카페도 삼천원 정도에 커피를 마실 수 있는 테이크아웃 전문점이었다. 나는 아이스캐러멜마끼아또를, 장미는 아이스바닐라라떼를 주문했다. 치즈케이크까지 하나 주문했더니 점심 값보다 커피 값이 더 나왔다. 우리 회사 앞으로 왔으니 커피까지 내가 대접하려고 마음먹었으면서도, 점심밥을 얻어먹은 장미가 빈말로라도 커피 값을 내겠다고 하지 않는 게 얄미웠다. 진동벨이 울리자 나는 반사적으로 벌떡 일어나 커피를 받아 왔다. 장미는 내가 커피컵에 빨대를 꽂아 제 앞에 놓아줄 때까지 손가락 하나 까딱하지 않고 줄곧 심각한 표정만 짓고 있었다.

"나 이백만원만 빌려주라."

장미가 빨대에 입을 대고 차가운 커피를 쭉 한번 들이켠 다음 내뱉은 말이었다. 전후 사정 설명도 없이 다짜고짜 돈을 내놓으라는 장미의 요구가 당황스러웠다. 이백만원이라고 처음 말을 꺼냈다가, 다시 삼백만원이라고 말할 때에도 억양이나 표정에 변화가 없었다. 방금 전 주문 카운터 앞에서 "카페라떼, 아니 바닐라라떼"라고 말할 때처럼 가벼운 말투였다.

"장미야, 이백이라니…… 내가 그런 돈이 어디 있어?"

"그래? 그럼 백만원이라도…… 나 이번에 정말 좋은 배역을 어렵게 따냈거든. 브로드웨이에서 수입한 연극인데,

제작사도 유명한 곳이고 연출이랑 스태프들도 엄청 빵빵해. 제법 비중 있는 조연인데 연습 일정이 굉장히 타이트해. 당분간 공연 연습하는 동안에는 아르바이트 다닐 여유가 없어서 그래. 월세랑 생활비는 해결해야 하잖아. 티켓 파워가 센 배우가 주연을 맡았거든. 절대 적자 나거나 망할 공연은 아니야. 많진 않아도 출연료도 정산될 거야. 안 되면 정말 빡세게 알바라도 해서 갚을게. 금방 갚을 수 있어."

장미는 몇달 전 자취방도 보증금이 낮은 곳으로 옮겨서 더이상 돈 나올 곳이 없다고 했다. 나는 말없이 커피에 빨대를 꽂아 길게 들이켰다. 달고 차가운 기운이 빨대를 타고 올라 입속을, 그리고 머릿속을 휘저었다.

나는 울상을 지으며 말했다.

"있잖아. 장미야, 나도 여유가 없어. 너 이백만원 빌려달랬지? 근데 나 통장에 찍히는 월급이 이백만원이 안 돼. 한달 꼬박 일해도 그 돈 못 번다고."

"그래? 너 연봉이 이천오백만원 정도 된다면서. 그럼 한달에 이백 넘게 받는 거 아니야?"

"아니야, 거기서 이것저것 떼고 나면 실수령액은 이백만원에 못 미쳐. 너는 내 형편 알면서, 왜 하필 나한테 이런 부탁을……"

나는 눈을 바닥에 내리깐 채 이제 커피도 남지 않고 동그랗고 작은 얼음알갱이만 남은 잔 바닥을 빨대로 휘저으면서 말했다. 부탁을 하는 사람은 장미인데, 왜 내가 장미의 눈치를 보게 되는 건지 난감하다는 생각을 하면서도 장미와 제대로 눈을 마주칠 수 없었다.

"장미야 그러지 말고, 알바 계속하는 게 어때? 너 그동안 알바하면서 오디션도 보고, 극단 연습도 나가고 그랬었잖아. 호프집 서빙 알바, 그때 하던 거 지금도 계속하고 있는 거지?"

"이번 경우는 좀 달라. 스케줄이 너무 타이트해…… 더군다나 나 다른 선배랑 더블캐스팅이야. 주연은 몰라도 조연까지 더블캐스팅한 이유가 뭐겠어? 조금 모자라거나 눈 밖에 난다 싶으면 얼마든지 잘릴 수 있다는 뜻인 거잖아. 연습 시작하면, 내 연습 없는 날도 매일매일 나갈 생각이야. 그렇게라도 눈도장을 찍어야지. 이번이 진짜 마지막 기회라는 생각이 들어. 그리고 나 알바 관둔 지 일주일 됐어."

장미는 늘 이런 식이었다. 대책을 세워놓기 전에 일부터 저질러버리곤 했다. 나를 만나러 와서도 사정을 설명하기 전에 대뜸 돈 빌려달라는 말부터 했듯이. 같이 동아리 활동을 할 때부터 그랬다. 순간 나는 과거의 일까지 겹처 떠오르면서 조금씩 짜증이 치밀어올랐다.

"아니, 사장 새끼가 친한 척 굴면서 은근슬쩍 계속 만지잖아. 기분 더럽게. 안 그래도 연습 스케줄 때문에 고민하던 참이었는데 차라리 잘됐다 싶어서 다른 손님들 앞에서 망신 한번 당하게 해주고 관둬버렸어. 그걸 어떻게 참고 있냐."

나는 한숨을 쉬었다. 장미는 예전부터 못 참는 게 많았다. 동아리에서 마초처럼 구는 남자 선배들 앞에서 참지 않았고, 학내에서 발생한 청소노동자 해고 반대 투쟁에도 적극적으로 참여했다. 정의롭고 남의 눈치를 보지 않는 장미가 나는 좋았다. 하지만 장미 때문에 피곤한 일도 적지 않았다. 동아리 지원금 배분이 정당하게 이뤄지지 않았다며 동아리협회 회장에게 따지고 들다가, 결과적으로 지원금도 깎이고 다음 학기 정기공연 때 학생회관 대관에 불이익을 받기도 했다.

자신이 좋아하는 일에 대책 없이 달려들고, 싫어하는 일은 또 대책 없이 밀어내버리는 장미의 용기가 부럽고 가상하다고 박수쳐주기에는 내가 이미 사회의 물이 들어버린 걸까. 어쩌면 이런 기질의 차이가 우리의 삶을 다른 방향으로 인도하는지도 모르겠다. 장미의 눈에는 팀장의 세차나 대신해주는 내 모습이 오히려 한심해 보일 것이다. 개인의 자유와 정체성을 억압하는 조직, 부하 직원을 사적으로 부리는 권위적인 상사, 가식적인 인간관계……… 내가 회사를 다니면서 견디고 있는 일상은 장미처럼 자유로운 영혼에게는 가장 견딜 수 없는 폭력이나 다름없었다. 나 역시 자유로운 삶이 좋다는 걸 모르는 건 아니었다. 하지만 내가 더 견딜 수 없는 것은 불안이었다. 변기와 샤워실이 딸린 원룸에서 쫓겨나 고시원을 전전하는 생활, 연체된 공과금 고지서, 누군가에게 아쉬운 소리를 해야 하는 상황. 나는 내가 견딜 수 없는 것들의 목록을 떠올려보았다. 확실히 장미와는 달랐다. 장미는 그런 것들에 개의치 않았으니까. 앙상한 호주머니 앞에서도 초연할 수 있는 태도는 가난한 배우에게 연기력보다 더 중요한 재능일지도 모른다.

"소연 언니한테도 까였는데, 너까지 그러지는 말아주라."

"소연 언니한테도 얘기했어? 언니는 뭐래?"

"단칼에 거절하더라고. 친한 사이일수록 돈거래 하는 거 아니래. 거래 아니고 투자로 봐주면 안 되냐니까 자기는 도박은 안 한다던데? 아, 진짜 어쩌지? 연희야 너 진짜 돈 없어?"

소연 언니다운 거절이었다. 나는 머릿속으로 통장의 잔고를 셈해보았다. 무리를 해보면, 이백만원까지는 융통할 수 있을 것 같기도 했다. 하지만 장미를 위해서 선뜻 그런 무리를 하는 게 내키지 않았다. 힘들게 번 돈이었다. 돌려받을 수 있을 것 같지도 않았다. 이런 생각을 하는 것이 쩨쩨하게 느껴지기도 했지만 어쩔 수 없었다. 장미에게 무슨 핑계를 대면서 거절을 해야 할까 고민하다가 어렵게 입을 뗐다.

"장미야, 난 못 도와줄 거 같다. 솔직히 난 그 공연 그렇게까지 해서 매달려야 하는 일인지도 모르겠어."

"그렇게까지 해서라니?"

"너도 이제 성인인데 적어도 기본적인 앞가림은 본인이 직접 하고 살아야지. 생활비 버느라 연습까지 못 나갈 형편인 거면 안 하는 게 맞는 거라고 생각해. 좋은 기회이긴 한데, 능력 밖의 일이라면 포기하는 게 맞지 않아?"

"맞고 안 맞는 게 어디 있어? 좋은 기회이고, 하고 싶은 일이라면 도전해보는 게 맞는 거지. 생활비 걱정 없이 연습에만 매달릴 수 있는 배우가 몇이나 있다고 생각해? 금수저 아니면 배우 지망생 할 자격도 없다는 거야? 너 말을 되게 이상하게 한다?"

"그래, 맞고 안 맞고는 난 몰라. 그런데 하고 싶은 일이라고 다 할 수 있는 건 아니라는 것 정도는 알아. 넌 어떻게 하고 싶은 것만 하고 살려고 들어?"

이번에는 장미의 눈을 피하지 않고 말했다. 팀장의 세차를 도맡는 걸 보고 자존심도 없냐고 힐난하던 장미에게, 나도 조금은 되갚아주고 싶은 마음도 있었다. 솔직히 화가 났다. 장미에게 그런 말을 듣는 것이 자존심이 상했다. 돈을 빌리러 온 주제에, 끝까지 당당하고 거리낌 없는 장미가 얄미웠다. 자신이 택한 길만 아름답고 현실과 타협한 나는 비굴하다는 듯 내 삶을, 내 일을 한 수 아래로 보는 태도가 느껴져서 아니꼬웠다.

"야, 됐어. 도와주기 싫으면 그만이지. 무슨 훈계까지 하려고 드냐?"

장미가 불쾌한 표정을 지으며 말했다. 나는 장미에게 차갑게 쏘아붙였다.

"그래 난 너 도와주기 싫어. 내가 왜 널 도와줘야 하니? 네가 선택한 일이잖아."

네가 견디지 못하는 것들을 견디면서 버는 돈이라고, 그래서 나는 네가 그 돈을 우습게 아는 게 모욕적이라는 말까지는 차마 하지 못했다.

장미와 헤어져 세차장으로 걸어갔다. 우리 사이가 이거밖에 안 되는 거였냐며 성난 사람처럼 굴던 장미의 목소리가 귓전에 맴돌았다. 나는 돈을 맡겨두기라도 한 것처럼 구는 장미에게 화가 났다. 왜 그렇게까지 눈치 보면서 구질구질하게 사느냐고 했던 말도 비수처럼 꽂혔다. 본인의 일은 얼마나 고상하고 대단하기에. 나 역시 장미의 도전을, 장미가 하고자 하는 일을 제대로 응원해주지 못했으면서, 내 일에 대해 부정적으로 평가하는 장미의 말만 곱씹고 또 곱씹었다.

그런 생각을 하는 사이 세차장에 도착했다. 입구에 들어서 내가 차번호를 말하자, 세차장 남자는 필요 이상으로 허리를 깊이 숙여 인사를 하면서 차키를 건넸다. 이 세차장에 올 때마다 나보다 스무살은 더 많아 보이는 늙수그레한 남자에게 인사를 받았다. 처음에는 민망하기 짝이 없었는데 여러번 오다보니 조금씩 익숙해지는 것도 같았다. 팀장은 그 중년 남자가 세차장 사장이라고 했다. 세차장의 고객 응대가 너무 과해서 민망하다는 내게 팀장은 "원래 남의 돈 받아먹으려면 그 정도의 정성은 필요한 거야. 밥 먹고살기가 쉬운 줄 아니?"라고 말했다. 그때 속으로 팀장의 말이 천박하다고 생각했다. 하지만 세차장 남자의 인사가 점점 익숙해지는 것처럼 나 역시 팀장의 논리를 내면화하고 있다는 무서운 생각도 들었다. 나도 장미에게 갑질을 하고 싶었던 걸까. 장미가 오죽하면 나를 찾아왔을까 하는 걱정보다도 돈을 꾸러 온 장미가 지나치게 당당하게 구는 것에 대한 불쾌감이 앞섰다는 사실이 마음에 걸렸다. 반짝거리는 팀장의 차를 몰고 회사로 돌아가면서, 마음은 점점 뿌옇게 흐려지는 기분이었다. 지금이라도 장미에게 전화해 백만원이라도 빌려주겠다고 해야 할까. 차를 세우고 핸드폰을 만지작거리면서 잠깐 고민했다. 하지만 이내 마음을 접었다. 좀 전에 내가 너무 심하게 군 것 같다는 생각이 들었지만 굳이 장미에게 먼저 연락해 마음을 풀어주고, 돈도 다시 빌려주겠다며 나서고 싶지는 않았다.

감정 교육

　홈쇼핑 방송에서 쓸 광고 사진 촬영 날, 권의 스튜디오가 가득 찰 만큼 많은 사람들이 모였다. 우리 팀 전체와 본부장뿐 아니라 영업부와 마케팅부 직원들, 완구 업체 사장, 그리고 아역배우 모델들과 매니저, 부모들까지 뒤섞여 아수라장이 따로 없었다. 실제로 촬영에 도움이 되는 사람은 몇명 없는 상황에서 왔다갔다 거들먹거리며 참견과 훈수를 두는 사람들만 가득해 나와 성대리는 여러번 진땀을 흘렸다. 팀장은 팀장대로 신경이 날카로워져서 스튜디오가 울릴 정도로 날카롭게 고함을 질러댔다.

　"야, 이 머저리 같은 자식아! 제품 배열 다시 해. 2번이랑 3번 책 겹쳐지면서 2번 표지가 제대로 안보이잖아. 부채꼴 모양으로 책표지가 전체적으로 다 보이게 다시 배치하란 말이야! 성대리 너는 여기 놀러 왔니? 빨리빨리 움직여. 어린이 모델 분장은 이제 다 끝난 거야?"

팀장은 다른 팀이나 협력 업체 사람들도 있는 자리에서도 아랑곳하지 않고, 목에 핏대를 세우며 우리에게 험한 말을 쏟아냈다. 급기야 어린이 모델 중에서 울먹이는 아이도 보였다. 모델 에이전시의 매니저가 아이를 달래려 달려가다가 전선에 걸려 넘어지는 사고까지 발생했다.

갈수록 험악해지는 분위기를 누그러뜨린 것은 권이었다. 권은 악을 쓰듯 소리를 지르는 팀장에게 조용히 다가가 부드러운 목소리로 말했다.

"팀장님, 지금 너무 예민하신 거 같아요. 촬영장 분위기가 화기애애해야 사진도 밝게 잘 나오죠. 팀장님 소리 지를 때마다 제가 깜짝깜짝 놀라서 손이 떨린다니까요. 제가 좀 새가슴이라……"

권이 무섭다는 시늉을 하며 울상을 짓자, 팀장이 당황한 기색을 보이며 말했다.

"아니, 나는 권실장한테 그런 게 아니라……"

"알죠, 알죠. 제가 팀장님 마음을 모르겠어요? 누님 걱정돼서 그러죠. 이렇게 스트레스 받으면 팀장님 건강에도 해로워요."

눈웃음을 지으며 달래는 권의 목소리에 팀장의 목소리 톤이 조금 낮아졌다. 권은 중구난방으로 날뛰고 있는 아이들을 불러 모아 각자의 위치를 정해주고 포즈 시범을 보여주었다. 별책부록인 퍼즐을 가지고 노는 모습도 자연스럽게 연출해 찍었다. 나는 권의 지시대로 여러가지 소품의 배치를 바꿔가며 촬영을 도왔다. 혹시 실수를 할까봐 정신이 곤두선 나를 보면서 권이 사람들 눈을 피해 찡긋 윙크를 했다. 잘하고 있다는 권의 눈짓에 경직된 얼굴 근육이 조금이나마 풀리는 기분이 들었다. 권의 노련한 진행이 아니었더라면 촬영은 훨씬 더 지체되고 어려워졌을 것이다.

촬영이 끝난 후 모인 저녁 식사 자리에서는 전집 시리즈의 성공을 기원하는 덕담과 술잔이 함께 돌았다. 별책부록 제작 업체 대표인 박사장은 맥주와 소주를 섞은 폭탄주를 만들어 권과 회사 사람들에게 돌리면서 너스레를 떨었다.

"마녀 나나 시리즈의 대박을 기원하며! 우리 다 같이 한잔하시죠. 특히 오늘 권실장님이 정말 수고 많으셨습니다. 제가 아까 화면으로 살짝 봤는데, 사진이 정말 좋아요. 완전 베테랑이십니다."

박사장이 권을 계속 추켜세우자 본부장이 살짝 불편한 기색을 보였다. 본부장은 언제나 모든 자리에서 본인이 가장 주목받고, 인정받기를 원했다. 자신이 한 일이 있든 없든 상관없이 항상 본부장이 가장 중심에 있어야 했다. 지금처럼 다른 부서 직원들까지 모인 자리에서는 더더욱 그러고 싶을 것이다. 본인이 잔을 돌리기도 전에 박사장이 건배를 제의한 것도 내심 거슬렸을 것이다. 그러나 가장 점잖고, 교양 있는 역할도 해야 하기에 그런 티를 대놓고 낼 수도 없었다. 눈치 빠른 권이 가당치도 않다는 반응을 보이며 두 손으로 본부장을 가리켰다.

"수고는 뭘요! 저야 차려놓은 밥상을 그저 찍은 것뿐이지요. 기획이 좋으니 사진이 잘 나오는 건 당연한 거 아니겠습니까. 안 그렇습니까, 본부장님. 이렇게 책과 부록을 세트로 예쁘게 만들어 내놓을 기획을 직접 하시다니 정말 대단하십니다."

권의 말이 끝나자마자 본부장의 입가에서 웃음이 비어져 나왔다.

"아니 제가 뭘요…… 우리 직원들이 열심히 해준 덕분이지요. 여기 키즈1팀 팀장님이 정말 고생 많았습니다. 이제 영업부에서 잘 팔 일만 남았어요. 그런 의미에서 우리 건배 한번 할까요? 아니, 폭탄주 그런 거 무식하게 하지 말고. 그냥 자기가 원하는 술로 먹고 싶은 만큼 따라서 건배합시다."

회식 분위기는 화목하게 무르익어갔다. 내 옆에 앉은

성대리는 귓속말로 "권실장 하는 거 좀 봐. 완전 늙은 여우야"라고 속삭였다. 의식하지 않으려 해도, 집게를 들고 고기를 구우면서 환하게 웃고 있는 권의 얼굴에 나도 모르게 계속 시선이 갔다. 팀장은 권의 옆자리에 앉아 평소보다 더 크게 웃으며 떠들었다. 팀장이 웃을 때마다 권의 어깨와 팔을 스치듯 툭툭 건드렸다. 권 역시 환하게 미소를 지으며 팀장의 앞접시에 고기를 잘라 놓아주었다.

"근데, 두분 무슨 사이세요? 아까부터 심상치 않아 보여요."

박사장이 팀장과 권을 가리키며 짓궂은 표정으로 물었다. 팀장은 아무 사이도 아니라는 말을 하면서 필요 이상으로 어깨를 흔들었다. 그러면서도 팀장은 계속 권의 눈치를 봤다.

"같이 일하는 동료 사이죠. 제가 존경하는 누님이기도 합니다."

"아, 그럼 연상연하 커플이시군요. 요즘은 연상연하가 유행이랍디다."

"커플은 아니고, 좋은 업무 파트너죠. 서로 일적으로 코드가 잘 맞아요."

권이 털털하게 웃으면서 말했다. 웃으며 받아넘기자 박사장은 자신의 농이 통했다고 생각하는지 본격적으로 그

둘을 엮으려 들었다.

"처음엔 다들 그렇게 시작하는 거죠. 두 분 참 잘 어울려서 그러는 겁니다. 두 분 다 뭐랄까. 듬직해 보이는 인상이라고 할까, 하하. 아, 요즘은 그렇게 일적으로 의지하는 사이를 오피스 스파우즈라고 한다면서요? 그러니까, 집에 와이프는 따로 있으면서 오피스 와이프도 있고…… 그렇다던데. 아무튼 권실장님 참 부럽습니다. 우리 회사엔 시꺼먼 남자들뿐이라 이렇게 꽃밭에서 일하는 게 부러워요."

"오피스 와이프요? 아이고, 집에도 와이프가 없는데 회사에서라도 와이프 생기면 좋죠. 박사장님, 팀장님 우리 다 같이 한잔씩 하시죠. 제가 따르겠습니다."

권이 그저 박사장의 장단에 맞춰줬을 뿐인데 순간 팀장의 볼이 발갛게 달아올랐다. 그건 뜨거운 불판이나 술기운 때문에 얼굴이 붉어지는 것과는 조금 다른 기운이었다. 박사장은 한술 더 떠서 자리에서 일어나 건배 제의를 했다.

"오늘 모두 고생 많으셨습니다. 특히 천팀장님 그리고 권작가님. 음, 그러니까 천권 커플을 위하여!"

박사장의 덜 떨어진 농담에 테이블에 둘러앉은 사람들이 와하하 웃음을 터뜨렸다. 나 혼자만 건배 제의에 응하지 않은 채 벌컥벌컥 술을 들이켰다.

회식이 끝나고 근처 술집에서 따로 만난 자리에서 나는 아까부터 권에게 참고 있던 짜증을 쏟아냈다.

"당신은 정말 앞뒤가 달라. 본부장도 팀장도 만날 그렇게 싫다더니 어쩜 그렇게 입안의 혀처럼 비위를 잘 맞추니? 뭐? 천권 커플? 천팀장이랑 작업 천권을 채우시겠다고? 그런 농담이 재미있어?"

까칠하게 쏘아붙이는 나를 권은 처음에는 장난스럽게 달래려고 했다.

"에이, 웃자고 한 말인데 뭘 그래. 그러면 연희야, 너랑 나랑은 조권이야. 우와, 그건 진짜 못 채우겠지?"

"아니. 나 이제는 당신이랑은 한권도 더 작업하기 싫어. 가까이 할수록 나만 우스워지잖아. 처음부터 시작을 말았어야 했는데, 애인이 있는 것도 숨기고…… 당신은 거짓말쟁이야. 진짜 속을 알 수가 없어."

"그럼 어쩌겠어. 그 사람들이 갑이고, 이게 내 일인데. 그냥 기분 좋으라고 맞춰준 거야. 연희야 그런데 정말 너한테는 나 진심이야. 그 친구 이야기 미리 안 한 건 미안해. 그렇지만…… 그래 미안하다. 내가 잘못했어."

권이 피로하다는 듯 양손으로 제 얼굴을 감쌌다.

"아니, 당신은 진심 같은 거 없는 사람이야. 그런 걸 알

면 나한테 못 이래. 적어도 내 앞에서 팀장한테 추파나 던
지는 그런 짓은 하면 안 되는 거 아냐?"

내가 격앙된 목소리로 따져 묻자, 권의 목소리도 덩달
아 높아졌다.

"그러면 나더러 어쩌라고. 그러면 그냥 네 말대로 너만
진심이고 나는 쓰레기인 걸로 쳐. 그런 논리라면 네가 더
좋았던 거 아니야? 너는 진심으로 나를 열렬히 좋아했고,
나는 그저 너를 노는 상대로만 생각했던 거라면. 우리가
만나는 동안 네가 더 행복한 거잖아. 내가 너 싫다는데 억
지로 뭘 어떻게 했니? 내가 여러번 이야기했지. 관두고 싶
으면 얼마든지 관둬도 된다고 했잖아."

"내가 제일 싫어하는 게 사람 감정 이용하는 거야. 당신
은 늘 사람들 감정을 이용해. 나한테도 그랬고, 일하면서
팀장 감정 이용한 거 모를 줄 알아?"

"사람 감정 이용하는 게 뭐가 문제인데?"

권이 내게 되물었다. 아무런 감정의 동요도 없는 얼굴
이었다. 나는 아무 대답도 하지 못한 채 그를 바라봤다.

"연희야, 적어도 내가 사람 감정으로 나쁜 짓 했다고 생
각하지 않아. 사람 감정을 이용하면 왜 안 되는 거지? 나
는 일할 때 상대방에게 호감을 갖고 대하면서 서로의 감
정을 배려하는 게 중요하다고 생각하는데. 서로 감정 상

해가며 일한 결과물이 좋을 리가 없어."

감정을 이용하는 게 나쁘다는 전제 자체를 뒤집는 질문에 나는 순간 조금 당황했다.

"감정은 그 자체로 소중한 거라고, 사람 진심을 이용하는 건 나쁜 짓이지."

"아니, 감정을 이용하는 건 나쁜 게 아니야. 문제는 이용가치도 없는 감정이지. 이용가치 없는 인간이 되는 거, 어디에서도 너를 필요로 하지 않는다는 거. 그게 최악이라고. 아직도 모르겠어? 일터에서 누군가 네 감정을 이용하고 싶어 한다면 그건 너한테 얻을 게 있다는 거야. 그때야말로 사람의 감정이 가치를 발하게 되는 거라고. 가장 비참한 건 아무도 네 감정에 신경 써주지 않는 상황인 거지, 네 감정을 살피고 이용하려는 상황이 아니야."

권의 궤변에 점점 말려들었다. 내가 떨리는 목소리로 되물었다.

"그러면, 이용가치가 없는 사람은? 그런 사람에게도 감정이 있어."

"알아, 하지만 그런 사람들의 감정은 하나도 중요하지 않아. 아까 회식 때 못 봤어? 그 자리에서 가장 중요한 건 본부장의 기분이야. 더 적나라하게 말하자면, 거기에서 가장 중요하지 않은 건 조연희씨의 감정이고."

그의 말이 맞았다. 나는 그 자리에서 하찮은 사람이었고, 그래서 내 감정 역시 그곳에서는 조금도 중요하지 않았다. 모든 사람은 평등하고, 개개인의 감정 모두가 소중하다는 것은 어린이들이 보는 동화책에서나 존재하는 아름다운 이야기일지도 모른다. 아니, 동화에서도 주인공의 마음이 가장 중요했다. 주인공과 대척하는 악인들의 심정은 실제로 어땠을지 우리는 알지 못한다.

"연희 네가 항상 풀 죽어 있고, 걸핏하면 울고, 그런 모습이 신경 쓰였어. 좀 돕고 싶었어. 나한테 힘을 얻어서 일을 더 잘하게 된다면 모두에게 좋은 거니까. 그걸 이용가치라고 해도 좋아. 서로에게 좋은 일이라고 생각했어. 나도 너와 여기까지 오게 된 이유는 모르겠어. 하지만 오래가지 않을 거라고 생각해. 넌 그저 사회초년생으로 살아남기 너무 힘들어서 나한테 기대고 싶었을 뿐이니까. 어차피 감정이라는 건 계속 움직여. 오래가지 않아. 그래서 너한테 충고하는 거야. 너무 감정에 연연해하지 말고, 네 커리어를 쌓으라고. 감정이나 관계는 변해. 그런 허약한 것들이 너를 지켜줄 수는 없어."

그 말은 결국 우리 관계는 앞으로 변할 거라는, 권이 내 곁을 지켜줄 수 없을 거라는 말로 들렸다. 수시로 오르락내리락하는 내 감정을 받아주면서, 이 허약한 관계를 그는 왜 이어나가고 있는 걸까. 어쩌면 그가 기다리는 것은 내가 더이상 어떤 미움도 쏟아낼 수 없을 정도로 그에 대한 감정을 소진시키는 순간일지도 모른다. 그런 생각이 들 때면 더 비참해졌다. 끝낼 수 있는 칼자루를 내가 쥐고 있는 듯한 모양새였지만 실제로 내가 결정할 수 있는 건 아무것도 없었다. 감정이란 그 자체로 소중한 거라고 목소리를 높였지만, 나는 이 누추한 감정을 혐오했다. 그가 죽도록 미웠다가도 보지 못하면 죽을 것 같다는 감정에 시달렸다. 나는 권의 감정을 조금도 이용할 수 없었다. 그의 이용가치가 없기 때문이 아니다. 내 감정조차 제대로 다룰 줄 몰랐기에 타인의 감정을 움직이는 데까지 마음을 쏠 수 없는 것이다.

연극 연습 3. 고도를 기다리며

　대학 입학 후 두번째 가을을 맞으면서 나는 학교생활
의 재미가 조금 시들해지는 기분이었다. 동아리가 활력을
잃은 탓이었다. 동아리에 남은 동기는 나와 장미 둘뿐이
었다. 새내기 시절 함께 연극 동아리에서 활동했던 동기
가 여섯명이나 됐지만, 군대에 가거나 어학연수를 떠나느
라 휴학을 한 아이들이 여럿이었다. 학교를 계속 다니더
라도 더이상 동아리방에 나오지 않고, 극회 사람들을 슬
금슬금 피해 다니는 동기도 있었다. 사람들로 북적거리던
신학기와는 달리 동아리방은 텅 빈 경우가 많았다. 나는
공강 시간에 혼자 동아리방을 지키며 불도 켜지 않은 채
누군가 문을 열고 들어오기만을 기다리곤 했다. '고도'를
기다리는 블라디미르처럼 목을 길게 빼고 소파에 걸터앉
아 연극 대사를 읊어보기도 했다. 가을 정기공연 작품 「고
도를 기다리며」 초연이 얼마 남지 않은 시점이었다. 여름

방학 내내 연습에 매달렸던 작품「고도를 기다리며」에서 느껴지는 우울한 정서가 우리를 지배하고 있는 것 같기도 했다.

가을 정기공연에서 나와 장미는 블라디미르와 에스트라공을 맡아 무대에 섰다. 우리는 남장을 위해 중절모를 썼고, 낡은 양복을 걸쳤다. 조명을 담당하기로 했던 소연 언니가 개강을 앞두고 배우로 공연 연습에 다시 투입되었다. 럭키 역할을 맡은 후배가 갑자기 잠적해버렸기 때문이다. 동선을 빨리 숙지하지 못해서 연출에게 여러번 혼이 났던 후배였다. 후배는 전화를 받지 않았고, 학교에도 나오지 않았다. 새로 배우를 구하기 어려운 상황이었다. 자격증 준비를 하느라 휴학계를 내놓은 소연 언니를 어렵사리 설득할 수 있었던 데는 장미의 공이 컸다.

"언니, 마지막으로 딱 한번만, 다시 무대에 서보는 게 어때요? 우리랑 이렇게 공연하는 기회 앞으로 없을 거란 말이에요. 언니 복학하면 이제 취업 준비하느라 바빠서 동아리 못 나올 거고, 이대로 은퇴하는 건 너무 아쉽잖아. 어쩌면 이건 언니 인생에서 마지막 예술 활동일지도 모른다고요!"

막무가내로 출연을 종용하는 장미 앞에서 곤란한 표정을 시으면서도 언니는 우리의 부탁을 거절하지 못했다.

못 이기는 척 공연에 합류했지만 소연 언니는 연습에 열성적이었다. 나는 그런 언니를 보면서 언니 역시 연극 무대를 많이 사랑하는 사람이라는 걸 느낄 수 있었다. 언니가 공연 준비에 함께하면서 우리의 연습 과정은 좀더 학구적으로 변했다. 출연 배우들과 연출, 스태프들은 연기 연습을 하다가도 중간에 멈춘 채 고도가 과연 무엇을 의미하는지에 대해 격렬하게 토론했다. 그러나 원작자인 베케트조차 모른다고 한 고도의 정체를 우리가 정확히 파악할 수 있을 리 없었다. 심지어 베케트는 "고도가 누구인지 알았다면 작품 속에 썼을 것"이라고까지 말하지 않았던가.

우리는 고도에 대해 모르는 것이 당연하다는 생각을 하면서도 원작자를 넘어서는 해석을 연극에 담고 싶다는 야심 또한 버릴 수 없었다. 하지만 고도에 대한 각자의 해석이 달랐고, 우리가 해석한 고도가 무엇인지를 공연에서 분명히 보여줘야 한다는 의견과 고도는 사람인지 아닌지조차 불분명한 대상이므로 모호한 그대로 그 어떤 해석도 강요하지 말아야 한다는 의견이 팽팽히 맞섰다. 운동권 성향이 강했던 연출 선배는 고도를 좀더 구체화해서 보여주어야 한다고 하면서 당시 학내 이슈였던 반값 등록금을 고도로 상징하는 것은 어떻겠냐는 의견을 내기도 했으나,

소연 언니의 극렬한 반대로 뜻을 접어야 했다. 포조 역할을 맡은 신학과 선배는 고도가 예수를 상징한다고, 종교적 구원이라는 의미를 빼고서는 이 희곡을 설명할 수 없다는 주장을 펼치기도 했다. 추상적인 의미 차원에서 고도에 접근하자는 의견과 우리 나름의 의미를 찾아서 관객 앞에 내어야 한다는 의견이 맞서는 가운데, 얘기를 나누면 나눌수록 미궁에 빠지는 기분이 들었다. 각자가 생각하는 고도의 의미가 모두 달랐기에 우리는 아무것도 합의하지 못했다. 그러는 사이 공연 날짜가 다가왔고, 우리는 결국 고도가 무엇을 상징하는지 끝까지 알아내지 못한 채로 관객을 맞을 준비를 했다.

대본을 수십번 읽고 토론을 거듭한 나조차도 이해하기 힘든 작품을 준비하면서 나는 관객들이 「고도를 기다리며」를 너무 지루해하지는 않을까 걱정이 앞섰다. 그러나 막상 공연이 시작되자 관객들은 예상치 못한 부분에서 웃음을 터뜨렸다. 어쩔 줄 모르고 나무 주위를 빙빙 도는 블라디미르와 에스트라공의 행동이 관객들에게는 웃음의 포인트가 되리라는 것을 예상하지 못했던 나는 처음에는 당황스러웠지만, 움직일 때마다 킥킥거리는 관객의 반응에 신이 나서 더 웃기고 싶다는 욕망에 사로잡혔다. 무대에서 나는 연습 때보다 더 우스꽝스러운 몸짓과 표정을 보였다. 극이 진행될수록 감정이 점점 고조됐다. 모자를 벗었다가 다시 썼다가 냄새를 맡는 부분과 바지를 추켜세우는 부분에서 관객들이 특히 많이 웃었다. 특히 첫 공연에는 내 지인들이 많이 왔는데, 평소와는 달리 깨 방정을 떠는 연기를 보면서 발을 구르면서 웃어댔다. 나는 그들에게 화답하는 마음으로 더욱 능청을 떨어댔다. 그 순간만큼은 최대한 우습고 하찮은 사람이 되고 싶었다.

관객들의 뜨거운 박수를 받으며 공연을 마쳤다. 장미는 관객들이 환호하는 커튼콜 때는 밝게 웃으며 손을 흔들어놓고, 무대에서 내려온 다음에는 내게 화를 냈다. 인간 존재를 깊이 고민하게 만드는 부조리극을 공연해보겠다는 의도를 뭉개버리고 삼류 코미디극으로 만들어버렸다며 내 연기를 탓했다.

"난 그냥 하던 대로 했어. 관객들이 그렇게까지 웃을 줄은 몰랐지. 계속 자지러지게 웃는 걸 나더러 어떡하라고?"

무대에서 내려와 얼굴에 붙은 콧수염을 떼면서 나는 심드렁하게 말했다. 오랜만에 즐겁게 공연을 마쳤는데 장미가 공연히 트집을 잡는다는 생각마저 들었다.

"분위기에 휩쓸려서 평소보다 오버했잖아. 쿵쿵거리는 애드리브도 과했어. 이건 슬랩스틱 코미디가 아니야. 괜한 개그 욕심 부리지 말란 말이야."

"지루해서 조는 것보다는 낫지 뭘 그래? 관객 반응 좋으니까 난 신나던데? 그게 연극하는 재미 아니겠어?"

"극에 대한 해석이 잘못됐잖아. 우리가 준비한 대로, 해석한 대로 보여줄 필요가 있는 부조리극이란 말이야. 배우가 무대를 장악해야지 관객한테 끌려다니는 게 말이 돼? 관객 반응에 휩쓸려서 작품의 의도를 해치면 안 되는 거라고."

"이 작품의 의도가 뭔데? 나는 지금도 여전히 모르겠거든. 어차피 이 연극은 해석이 자유로운 작품이야. 고도가 무엇인지조차 합의하지 못했잖아. 유머가 있다고 해서 의미가 전달되지 못하는 것도 아니라고 생각해. 누가 옳고 그르고의 문제가 아니란 말이야."

우리는 분장을 지우면서 마치 블라디미르와 에스트라공처럼 서로를 무시하는 말을 툭툭 뱉어냈다. 포조 역을 맡은 선배와 럭키를 맡은 소연 언니가 옆에서 말리면서 중단되었기에 망정이지, 더 심한 말이 오갈 기세였다.

장미는 첫 공연이 끝난 뒤 저녁도 먹지 않고 집에 가버렸다. 다음 날 분장실에서 만나서도 우리는 별 대화를 나누지 않고 데면데면 굴었다. 둘째 날 공연에서도 나는 무대에 오르자마자 망가지는 것을 불사하고 우스꽝스럽게 굴었다. 관객들이 웃음을 터뜨렸고, 그 웃음에 부응하기 위한 열연을 펼쳤다. 전날에 나를 비난하던 장미마저도 관객의 반응에 초연하지 못했다. 장미는 조금씩 내 말투와 연기 톤에 맞춰주다가 나중에는 내게 질세라 더 우스운 몸짓과 과장된 말투로 나의 대사를 맞받아쳤다. 관객석에서 더 큰 웃음소리가 들려왔다. 서로 자신이 좀더 주목받고 싶은 욕심에 몸 개그가 과열되는 느낌이었지만, 중간에 멈출 수도 없었다. 장미까지 개그에 가세하자 관객들의 반응은 더 뜨거워졌다. 공연이 끝난 직후 장미와 나는 상기된 얼굴로 커튼콜에 화답했다. 셋째 날 마지막 공연에서 장미와 나는 환상의 개그 콤비 같은 열연을 펼쳤다. 관객들은 기립박수를 쳐주었다. 하지만 무대에서 내려오면서 내 기분은 한없이 가라앉았다. 무대에서는 신이 났지만, 정작 공연이 끝난 후 만족스럽다는 느낌이 들지 않았다. 연습 때와는 전혀 다른 연기를 펼쳤고 우리가 의도한 것과 다른 결과였다는 생각이 머릿속을 떠나지 않았다.

　장미의 말대로 관객들의 반응에 끌려가면서 내가 극을 망쳐버린 건 아닌지 찜찜한 마음이 들었다. 하지만 망친 공연이라고 하기에는 반응이 너무 좋지 않았는가. 연극은 관객과 함께 완성해가는 예술 장르이다. 오죽하면 연극의 삼대 요소로 무대, 배우, 관객을 꼽겠는가. 희곡, 그러니까 대본은 앞의 세가지보다는 부차적인 문제였다. 연극의 사대 요소라고 할 때 희곡이 포함되었으니까. 공연에 참여한 다른 동료들의 반응도 나쁘지 않았다. 연출 선배는 공연 중간에 우려스러운 부분도 있었지만, 난해한 대본을 연기하면서 관객들 호응을 잘 이끌어냈다며 우리를 칭찬했다. 장미는 공연의 성패에 대해 더이상 아무런 말도 하지 않았다. 두 주연배우의 호연에 대한 칭찬이 계속 이어지고 있는 뒤풀이 자리에서 흥을 깨기 싫었을 것이다.

「고도를 기다리며」는 희극일까 비극일까. 공연을 준비하면서 내내 고민했던 문제였다. 그러나 정작 공연은 내 고민과는 전혀 다른 방향으로 흘러갔다. 우리는 한바탕 소극(笑劇)을 치러낸 후였고, 그에 대해 누구도 부정적인 평가를 얹지 않았다. 이미 지나간 공연에 대해 흠집을 내고 싶지 않은 마음이 컸을 것이다.

장미가 나에게 먼저 다가와 술잔을 내밀었다.

"연희야 고생했어. 어떻게든 공연은 끝나고, 막은 내리게 마련이야, 그치?"

나는 조금 멋쩍은 표정을 지으며 장미의 잔을 받았다.

"우리, 잘한 걸까. 공연이 끝나면 후련하다기보다는 아쉽고 불안해서. 공연 전보다 더 마음이 복잡해지는 거 같아."

장미는 내 어깨를 툭툭 치며 부러 과장된 표정을 지었다.

"됐어, 이 자식아. 이제 그냥 잊어. 끝난 거 생각해봤자 이미 공연은 끝난 거니까. 다음번에 잘하면 되지. 연극이 참 좋은 건, 기회가 다시 온다는 것입니다. 아, 오늘은 정말 꽝이었어. 내일은, 모레는, 더 잘해야지. 이렇게 생각할 수 있거든요!"

장미는 본인이 가장 좋아하는 영국의 배우 주디 덴치가 영화감독 앤드류 쥬커만과의 인터뷰에서 했던 말을 따라하면서 웃었다. 나는 연극에서 중요한 것 하나는 동료 배우들을 대하는 태도라던 주디의 말을 떠올리면서 희미하게 웃었다.

"더이상 기회가 없는 나는 어떡하니? 오늘부로 은퇴를 선언한 한 배우도 있단다."

살짝 취한 듯 눈동자가 풀린 채 소연 언니가 우리가 있는 곳으로 다가왔다.

"언니, 지난번 「하녀들」 공연 끝나고 은퇴 선언했다가 번복한 거잖아요. 또 번복해도 돼요. 언니가 다음 공연에도 참여하면 내가 주연 양보할게요!"

장미가 장난스럽게 웃으며 말했다. 언니는 기겁을 하는 표정을 지으며 거절 의사를 밝혔다.

"언니 정말 고생 많았어요. 그리고 같이 해줘서 고마워요. 바쁜 거 뻔히 알면서 부탁해서 미안하고요."

소연 언니는 우리의 코미디에 휘말리지 않은 채 오롯이 럭키로서 진지하게 무대에 임했다. 그래서 언니의 연기가 더 처연하게 느껴졌다. 여태 보아왔던 언니의 연기 중 가장 최고의 무대였다고, 나는 언니의 손을 잡으면서 말했다. 언니는 내 손을 쓰다듬으며 엷게 웃었다. 하지만 다른 선배들처럼 우리에게 잘했다거나 연기가 좋았다는 말을 해주지는 않았다.

"언니는 고도가 뭘 상징한다고 생각했어요?"

"음, 그건 사람마다 다른 거니까. 나는 럭키 역 맡으면서 고도가 이미 왔다 갔다고 생각했어. 근데 바보 같은 디디와 고고는 고도가 누군지 알아보지 못하고, 아직도 계속 고도를 기다리고 있는 거라고. 그래서 럭키는 아무런 희망도 없이 무기력하게 포조에게 질질 끌려다닐 수밖에 없었던 거고. 그냥 내 해석이야. 이 희곡이 재미있는 건 그런 거잖아. 너무 앙상해서 많은 여백을 독자가 채워놓을 수 있다는 거."

소연 언니가 감상에 젖은 표정으로 말했다. 디디와 고고는 블라디미르와 에스트라공의 애칭이었다. 그때서야 소연 언니, 아니 체념에 차 있던 럭키가 무대 위에서 지은 표정의 의미가 더 절절하게 와닿았다. 그럼에도 나는 언니의 해석에 동의하기는 어려웠다. 나는 블라디미르가 적어도 고도가 무엇인지, 누구인지는 알고 기다리고 있는 사람이라고 생각했다. 다만 그것을 관객들에게 분명하게 말해주지 않았을 뿐이라고, 고도가 무엇인지 알지도 모른 채 그렇게 간절하게 기다리고 열망할 수는 없는 노릇이라고, 내가 맡은 역할이 그렇게까지 무지한 존재는 아닐 거라는 확신이 있었다.

"언니, 저는 디디가 고도가 무엇인지 알고 기다리는 사람으로 생각하고 연기했어요. 중간중간에 대사로 힌트를 주기도 하고요. 그러니까 고도가 나타난다면 디디는 단번에 알아볼 수 있는 사람이에요. 그렇지 않다면 굳이 그렇게까지 기다릴 이유가 없다고 생각해요."

언니는 대답 없이 미소를 지으며 술잔을 홀짝였다. 내 의견도 일리가 있다는 뜻 같았다. 장미는 또다른 의견을 내놓았다.

"나는 연희 너랑 생각이 좀 다른데, 우리가 연기한 디디와 고도라면 고도가 정확히 무엇인지 몰라도 기다릴 수 있다고 생각해. 오히려 뭔지 잘 모르니까 그렇게 간절하게, 하염없이 기다릴 수 있었을 수도. 그러니까 내 말은, 어떤 대상의 실체를 정확히 알아야만 그것을 원할 수 있는 건 아니라고 생각하거든."

다른 사람들도 한마디씩 거들기 시작하면서 우리는 대본 리딩을 하던 시절로 다시 돌아간 것처럼 작품에 대해 서로 치열하게 이야기를 주고받았다. 공연이 끝난 뒤에도 작품 이야기를 밤이 새도록 이어나가는 것이 조금도 지겹지 않았다. 동이 터올 때까지 술을 마시면서도 지칠 줄 모르는 극회 사람들을 보며, 고고와 디디가 좀처럼 나타날 기미가 없는 고도를 끝까지 기다릴 수 있었던 건 서로가 서로의 곁을 지켜줬기 때문이라는 생각이 들었다. 무의미한 대화라도 주고받으며, 함께 고도를 기다리는 사람이 있었기에 기다림의 시간을 견딜 수 있었던 거라고.

"얘들아, 해 떴다. 이제 집에 가자. 나 이제 당분간 동아리도 발길 끊을 거야. 열심히 취업 준비해야지."

학생극장 바닥에 어지럽게 널린 종이컵과 접시를 치우면서 소연 언니는 불쑥 취업이야기를 꺼냈다. 밤새 술을 마시면서 가득 찼던 낭만의 기운이 순식간에 깨진 기분이었다.

"언니, 갑자기 취업 얘기는 왜 해요! 갑자기 술맛이 확 가시잖아요."

장미가 붉게 충혈된 눈을 크게 치켜뜨며 소리쳤다. 언니가 피식 웃으며 말했다.

"술맛 떨어지라고 한 말이야. 이제 그만들 마셔. 이제

가을 정기공연은 끝났습니다. 모두들 현실로 돌아갈 때입니다. 오늘부터 저의 고도는 취업입니다."

언니는 장난스러우면서도 다짐에 찬 말투로 말했다.

"언니 그거 알아요? 언니는 희곡 이야기할 때 가장 눈이 빛난다는 거. 저는 언니가 대학원 갈 줄 알았어요. 공부가 어울리거든, 언니 같은 사람은."

나는 남은 술을 버리려는 언니에게서 술병을 낚아채면서 말했다. 언니는 눈을 내리깔고 상념에 잠긴 얼굴로 내게 되물었다.

"연희야, 너는 블라디미르랑 어울리니?"

"네? 저, 안 어울렸나요?"

"너는 그냥 그 배역을 맡았을 뿐이고, 최선을 다해 블라디미르를 연기했을 뿐이야. 그러니까 우선 맡은 역에 최선을 다하는 게 중요하다고 봐. 진짜 어울리는지 아닌지는 해보기 전까지는 모르는 거야."

고도는 왜 아직도 오지 않은 걸까. 아니면 정말 언니의 말대로 왔다갔는데 아무도 몰랐던 걸까. 장미와 나는 고도를 기다리는 것 외에는 아무것도 생각할 수 없었던 블라디미르와 에스트라공처럼 연극 외에 다른 것에는 별 관심이 없었다. 우리는 기다리던 고도를 만날 수 없다면 목을 매는 게 낫다고 생각했던 연극 속 주인공이라도 된 것처럼 굴었다. 그런 태도에는 서로 질세라 오버된 몸 개그를 펼쳤던 것처럼 경쟁적인 면도 있었다. 나는 나와 비슷한 장미가 좋으면서도 싫었다. 남들과 다른 삶의 가치를 지닌 장미를 좋아하면서도 언제나 나보다 더 튀어 보이려구는 게 마뜩잖았다.

우리는 매사에 빈틈없는 소연 언니가 대단하다고 말하면서도 속으로는 답답하다고 생각했다. 고도는 좀더 고차원적인 것이어야 한다고 생각했고, 취업 따위가 인생의 고도가 되어서는 안 된다고 여겼다. 하지만 소연 언니가 목을 맸던 취업 역시 고도를 희구하는 것 못지않게 힘든 일이라는 걸 나는 뒤늦게 취업 준비에 뛰어들면서 알게 됐다. 구직에 성공하기도 쉽지 않을뿐더러 직장생활을 지속하기에도 엄청난 에너지가 필요했다. 남다른 삶을 선택하는 것에도 대단한 용기가 필요하지만, 남과 엇비슷한 같은 삶을 살기 위해서도 엄청난 노력이 필요하다는 것을 그때는 몰랐다. 고도가 무엇인지 정확히 몰랐기에 고도에 대해 쉽게 떠들어댔던 것처럼, 스물한살의 나는 세상을 잘 몰랐기에 인생에 대한 기대를 쉽게 부풀리곤 했다.

리콜(Recall)

방송국 스튜디오의 조명이 차례대로 켜지고, ON AIR 사인에 빨간 불이 들어왔다. 홈쇼핑 채널 화면의 판매액이 올라갈수록 팀장의 광대가 솟아올랐다. 볼살에 파묻혀서 그동안 제대로 보이지도 않았던 광대뼈가 얼굴을 뚫고 튀어나올 정도로 팀장은 좋아서 어쩔 줄 몰랐다. 매진임박이라는 글자가 화면에 뜨자 어린아이처럼 발을 동동 구르며 좋아했다. 목표액을 훌쩍 넘긴 매출을 기록하면서 방송이 마무리되자 나 역시 묘한 기분이 들었다. 내가 판매에 나섰던 것도 아닌데 한편의 공연을 치른 느낌마저 들었다. 온몸에 힘이 쭉 빠지면서도 뇌 속은 흥분으로 솟구쳤다.

내가 그녀를 안 이후로 팀장이 이렇게까지 기분이 좋았던 적이 없었다. 팀장은 방송이 끝나고 권까지 불러 회식을 했다. 취할 대로 취한 팀장은 아스팔트 위에서 앞으로는 날아오를 일만 남았다며 고래고래 소리를 질렀다. 날아오르기는커녕 비틀거리며 걷다가 땅바닥에 풀썩 쓰러진 팀장을 일으키려 권이 달려갔지만, 역부족이었다. 나와 권이 양팔을 한쪽씩 잡아 겨우 일으킨 팀장을 택시에 태워 집으로 보내는 것으로 그날의 축하연은 막을 내렸다.

그렇게 과음을 하고도 다음 날 팀장은 정시에 출근했다. 숙취와 피로에 찌든 얼굴로 바쁘게 회의 자료를 준비해 본부장과 함께 상무 집무실로 가면서 속이 좋지 않다며 힘든 기색을 내보였다. 그러나 오후 한시를 넘겨 사무실에 들어온 팀장의 얼굴은 오전과는 사뭇 다르게 밝은 표정이었다. 보고 후 곽상무와 점심 식사까지 하고 들어온 팀장의 얼굴에서는 평소와는 다른 화색이 돌았다. 싱글벙글거리며 사무실로 들어오는 팀장에게 성대리가 눈웃음을 치며 물었다.

"어머, 우리 팀장님 해장 좋은 걸로 하셨나보다. 아침에 속 안 좋아 죽겠다고 하시더니 갑자기 얼굴이 피었어요. 점심시간에 비타민 링거라도 맞고 오신 거 아니에요?"

"비타민은 무슨, 그냥 복국 먹었어."

"복국이요? 생각보단 약하네요. 한우나 코스요리 정도는 먹고 늘어오실 줄 알았거든요. 그렇게 매출을 많이 내도 겨우 복국 한그릇인가요?"

"코스는 맞았어. 특복 코스요리."

"우와, 역시! 상무님 크게 쏘셨네요. 우리 팀장님 이제 상무님과 코스요리 겸상하는 급으로 올라간 건가요? 저까지 신나요! 얘기 좀더 해주세요. 상무님이 팀장님한테 또 뭐라고 하셨어요?"

성대리는 일이 하기 싫은지 계속 팀장에게 말을 시켰다. 평소 때의 팀장이라면, 성대리에게 귀찮게 굴지 말고 일이나 하라고 했을 텐데 오늘만큼은 한껏 너그러웠다. 팀장이 입가에 웃음을 머금으며 상무와의 식사 자리를 곱씹었다.

"곽상무 말이야, 나는 그동안 그 인간이 로봇이 아닐까 의심했거든? 감정 변화 없고 말도 딱딱하기 그지없잖아. 오늘 그 상무가 껄껄 웃으면서 침이 마르도록 내 칭찬을 하더라고. 그뿐이 아니야, 좋아서 어쩔 줄을 모르면서 내 손을 잡고 흔드는 거야. 너무 잘했다고, 내가 해낼 줄 알았다고! 심지어 하본부장이 옆에서 질투를 할 정도였어. 내가 고생한 거 위에서 모르는 줄 알았는데 다 알고 있더라고."

팀장은 감격스러운 표정을 지으며 자리에 앉아 오후 업무를 시작했다. 오늘따라 팀장의 키보드 소리가 경쾌하게 들려왔다. 맞은편에 앉은 성대리가 내게 메신저로 말을 걸어왔다. 성대리의 키보드 소리는 평소보다 저돌적이었다.

칭찬은 고래도 춤추게 한다더니 고래만 한 팀장도 어깨춤이 절로 나오는 듯. ㅎㅎ 지금 팀장 기분 되게 좋아 보이지?

네, 저도 기분 좋아요. 이 정도면 우리 대박 낸 거죠?

그래 봤자 회사 좋은 일만 시키는 거지. 연희씨 오늘 야근할 거야? 오늘은 우리 정시 퇴근 좀 하자. 팀장 기분도 좋아 보여서 일찍 가도 괜찮을 거 같아. 그동안 홈쇼핑 준비하느라 계속 야근했더니 죽겠어.

저는 아무래도 오늘도 야근각이에요…… 홈쇼핑 준비하느라 그동안 다른 일을 거의 못해서요. 워크북 시리즈도 해야 하고. ㅠㅠ 오늘 오후에 교정지 나온다고 했거든요.

할 말을 잊었다……

선배는 진짜 가셔도 될 거 같아요. 팀장님 기분 좋아서 뭐라고 안 하실 듯요.

그치? 나 그동안 계속 야근이었잖아. 당분간 칼퇴해도 괜찮
겠지?

성대리는 내가 상사라도 되는 양 여러번 물으며 정시
퇴근을 허락받으려 들었다. 퇴근 시간 한시간 전부터 성
대리는 화장실을 들락날락거리며 양치를 하고, 화장을 새
로 하더니 여섯시 정각이 되자마자 핸드백을 들고 용수철
처럼 사무실을 튀어 나갔다. 팀장은 그런 성대리를 보며
어이없다는 표정을 짓기는 했지만, 싫은 소리를 하지는
않았다.

저녁을 먹고 와서 나는 팀장에게 디자인 수정사항이
반영된 워크북 교정지를 내밀었다. 팀장은 교정지를 꼼꼼
히 살핀 후 내게 물었다.

"오른쪽 상단에 빨간색 도형 사이즈가 커졌네. 이거 누
가 바꾸라고 한 거야?"

팀장이 따지는 말투로 물었다. 나는 눈치를 보며 대답
했다.

"제가요…… 그렇게 하는 게 시각적으로 시원해 보이
는 것 같아서, 디자인팀에 말해서 수정했어요."

"네가? 진짜 막내 네가 이렇게 한 거라고?"

"수정한 건 디자인팀 선배고, 의뢰는 제가……"

나는 또 뭔가 잘못된 건가 싶어서 다시 기어들어가는 목소리로 말했다.

"아주 잘했어! 이제야 제법 일머리가 돌아가네."

팀장이 목청을 보이면서 크게 웃었다. 나는 혼이 날줄 알고 쭈뼛거리고 있다가 칭찬을 받자 얼떨떨한 기분이 들었다.

"막내 너 몇달 사이 일이 많이 늘었어. 빡세게 키워낸 보람이 있어!"

상무의 칭찬을 듣더니 심적으로 변화가 생긴 걸까. 갑자기 온화하게 구는 팀장 앞에서 나는 어떤 표정을 지어야 할지 몰라 얼빠진 얼굴로 서 있었다. 그러면서도 기분은 한껏 달떴다. 팀장의 칭찬은 연극 무대에서 박수를 받을 때와는 분명 다른 것이었지만, 앞으로 더 잘해보고 싶은 마음을 품게 만든다는 점에서는 같았다.

나는 업무를 하면서 하루에도 몇번씩 연극 무대를 떠올렸다. 재능도, 취미도 없는 회사 일보다는 좋아하는 일을 해야 하는 건 아닐까 하는 고민을 하기도 했다. 나는 연극 무대를 좋아했다. 그리고 재능이 있다는 말을 여러번 들었다. 내 연기에 긍정적인 반응을 보이는 사람들에게 힘을 얻었다. 장미는 내가 남의 시선에 너무 휘둘린다고, 세간의 평가에 집착해서는 자기 연기를 할 수 없다는 충고까지 한 적이 있다. 그렇지만 연기를 잘한다는 칭찬을 듣지 않았더라면, 프로배우가 되어도 될 정도라고 주변에서 치켜세우지 않았더라면, 나는 감히 배우가 되겠다는 꿈을 꾸지 못했을 것이다. 회사생활도 마찬가지였다. 월급이 직장생활의 가장 큰 동력이긴 했지만 인정과 격려가 없다면 계속 버텨내기가 힘들었다.

팀장이 웃으면서 갑자기 면접 이야기를 꺼냈다.

"면접 때 너한테 내가 최고점 줬던 건 알고 있냐? 신입사원 배치 때도 너를 꼭 우리 팀에 배치해달라고 인사팀에 요청했어."

나로서는 처음 듣는 이야기였다. 실무진 면접 때 맨 끝자리에 앉아 내게 공격적인 질문만 퍼붓던 팀장의 얼굴만 기억날 뿐이었다. 내가 이번 면접에서 탈락하게 된다면, 왠지 저 사람 때문일 것 같다는 생각이 들게 했던 덩치 큰 여자가 바로 팀장이었다.

"이쪽 계통에 관련 경력이 하나도 없네. 인턴이나 하다못해 출판사 서포터즈 활동도…… 그렇다고 다른 쪽으로 경력이 있는 것도 아니고, 대학 때 뭐 했어요?"

"연극 동아리 활동을 했습니다."

면접 당시 팀장의 질문에 나는 당황했지만, 달리 할 말이 없어서 사실대로 얘기했다.

"동아리는 누구나 다 하는 거고, 다른 대외활동이나 자격증이나 해외연수 경험을 묻는 겁니다. 흠, 물론 우리 회사는 그런 정량적 평가보다는 정성적 평가, 사람을 보고 뽑습니다. 그래도 혹시 누락된 게 있나 해서 묻습니다. 요즘 이런 친구는 또 드물어서."

"네, 입사원서에 쓴 것 외에 다른 활동 이력은 없습니다."

"다른 건 왜 아무것도 안 했어요?"

팀장이 날카롭게 쳐다보며 추궁하듯 물었다. 나는 망설이다가 솔직하게 대답했다.

"저는 연극만 했습니다. 그냥 연극에 미쳐 있었던 것 같습니다."

팀장이 큰 소리로 껄껄거리며 웃었다. 옆에 있던 다른 면접관들도 피식 웃었다. 나는 비웃음을 산 기분이었고, 탈락이 확정됐다고 생각했다.

그 팀장이 내게 최고 점수를 줬고, 팀원 배치에서 나를 원했다는 건 지금에야 알았다.

"난 그냥 너처럼 백지 같은 애가 낫더라고. 괜히 이런저런 아카데미 좀 다니면서 배웠다고 까불거나, 잡스런 인턴 경력이 대단한 줄 아는 애들, 자기가 글 좀 쓴다고 뻐기는 애들은 이미 본인이 전문 편집인이 되셔서 오히려 일을 가르치기가 어려워. 사실 신입사원에게 입사 전 경력이나 이력은 전혀 중요하지 않거든. 나도 대학 때는 출판에는 전혀 관심 없었어, 그래도 지금은 업계 탑이잖니?"

"팀장님은 대학 때 뭐하셨어요? 동아리 같은 것도 하셨어요?"

"나도 너랑 비슷해. 책 만드는 거랑 별로 상관없는 거야."

"뭔데요?"

"풍물패."

"풍물패요?"

"내가 상쇠였어. 나 때만 해도 여학생한테 상쇠 안 맡기던 시절이었다. 근데 내가 실력으로 다 제압해버렸지. 나만큼 꽹과리를 힘 넘치게, 신명나게 치는 사람이 없었어. 시위 나갈 때 풍물패 상쇠 역할이 얼마나 중요한지 너 모르지?"

"시위요? 풍물패랑 시위가 무슨 상관이에요?"

팀장은 점점 알 수 없는 소리만 했다.

"야, 너는 문선대도 모르냐? 내가 96학번인데 말이야. 그해 삼월에 무슨 일이 있었는지 알기나 하냐. 나랑 동갑인 친구 노수석이 죽었어. 그 사건이 내 대학생활을 바꿔놓았지."

"그런 일이 있었는지는 몰랐어요. 친하셨어요, 그 친구 분이랑?"

"아니, 에휴…… 너는 어떻게 노수석도 모르냐? 나는 수석이 시위 진압 중에 죽고 나서야 알았어. 나는 재수를 해서 96년도에 신입생이었고, 노수석은 옆 학교 풍물패 2학년이었지. 살아 있었으면 아마 만날 일이 있었을 거야. 그리고 어쩌면 그날 시위에 나갔더라면 내가 그 친구처럼 됐을지도 모른다는 생각 때문에 너무 괴롭더라고. 대학 시절 내내 내가 미쳐 있었던 건 사실 꽹과리가 아니라 운동이었어. 운동이라고 말하면 요즘 애들은 못 알아들으려나? 데모 말이야, 데모. 데모가 뭐냐면 데모크라시의 준말인데……"

"저도 알아요, 그 정도는."

내가 볼멘소리로 말하자, 팀장이 흠흠 하고 헛기침을 했다.

"그래, 옛날 얘기는 그만하고 일이나 하자. 난 뭔가에 한번 미쳐봤던 사람이 일을 더 잘할 거라고 생각해. 내가 그랬으니까."

팀장이 감회에 젖은 표정으로 말했다. 팀장이 나를 인정해주는 건 고마웠지만, 자신과 내가 비슷하다고 말하는 건 그리 유쾌하시 않았다. 풍물패와 연극 동아리는 전혀 다른데, 뭐가 비슷하다는 건가. 팀장의 대학 시절과 신입사원 시절을 나의 지금과 비교하면서 가르치려고 드는 것만큼은 정말 사절하고 싶었다. 그리고 대학 때 학생운동을 그렇게 열심히 했으면 뭐하나, 회사에서 반민주 폭군이나 마찬가지이면서. 아마 연극으로는 방백으로 처리됐을 대사를 나는 속으로 꿀꺽 삼켰다.

새해가 밝았고, 나는 나이를 한살 더 먹었다. 신정이 지나고 출근해 시무식을 치른 오전에 팀장은 내게 이제 이년차 직장인이 되었으니 더욱 가열차게 밥값을 해야 한다고 말했다. 팀장 나름의 새해 인사를 건넨 거였다. 새해의 시작은 나쁘지 않았다. 내가 단독으로 진행한 워크북은 서점에 출시된 지 한달 만에 중쇄를 찍었다. 마녀 나나 시리즈도 순조로운 상승세를 이어가고 있었다. 10쇄까지 찍은 책이 모두 동나 11쇄와 12쇄를 한꺼번에 찍기도 했다.

전집의 2차 홈쇼핑 방송을 일주일 앞두고 한창 정신이 없던 와중이었다. 바빠서 한동안 열어보지도 않았던 우리 팀의 대표메일함에서 내가 이상한 메일 한통을 발견했다. 영어로 작성된 그 메일은 스팸메일함에 있던 것으로, 메일함을 정리하다가 우연히 보게 된 것이었다. 제품 출시 전 안전성검사를 의뢰했던 미국의 P기관에서 보내온 평가보고서였다. 원래 계획대로라면 발매 전 안전성검사를 완료하고 'P기관의 인증'이라는 문구와 함께 광고를 진행할 예정이었는데, 생각보다 답변서가 늦게 와서 기본적인 국내기관의 조건만 통과해 제품을 발매한 후 잊고 지냈다. 별책부록에서 신장장애를 유발하는 프탈레이트와 피부염과 호흡기장애를 유발하는 카드뮴이 기준치보다 삼백배 이상 발견됐다는 보고서 내용에 팀 분위기는 독성가스가 살포된 것처럼 심각해졌다.

본부장 주재의 긴급 회의가 소집됐다. 팀장은 지금이라도 별책부록 서비스를 중단해야 한다고, 그냥 책만 판매하자고 강하게 말했다.

"팀장님, 별책부록 없이 홈쇼핑을 어떻게 하나요? 당장 다음 주가 방송인데 다른 제품으로 별책부록을 대체할 시간도 턱없이 모자라지 않습니까."

"본부장님, 무슨 말씀이신지, 홈쇼핑이라뇨? 홈쇼핑 방송 취소해야 합니다. 당장 방송 취소하고, 대책 마련부터 시급한 상황입니다."

팀장의 언성이 점점 높아졌다. 본부장은 그런 팀장에게 눈짓을 하면서 목소리를 낮춰 말했다.

"이 보고서가 백프로 옳다는 증거도 없잖아요. 국내 검사는 모두 문제없이 통과한 제품이고요. 판매 중단은 이게 정말 신빙성이 있는 자료인지 아닌지 검토해본 다음에 결정해도 늦지 않아요."

"그러면 얼른 국내 다른 전문기관에 검사를 의뢰해보시죠. 하루가 급합니다."

팀장이 초조한 기색을 보이며 심각한 표정을 지었다.

"팀장님 신중할 필요가 있어요, 급하게 처리할 문제가 아니라는 뜻입니다."

본부장의 목소리는 부드럽고 온화했지만, 말투는 강압적이었다.

"그래도 상무님께는 보고를 해야 하지 않을까요? 이렇게 우리끼리만 알고 있어도 되는 걸까요?"

"팀장님, 지금 제가 한 말 이해를 못하신 겁니까? 우리끼리만 알고 있겠다는 게 아니라 좀더 면밀하게 검토를 해볼 필요가 있다는 말입니다."

"그러다가 늦어지면요? 문제가 있는 제품은 빨리 리콜을 하든 해서 회수를 해야 한다고 생각합니다."

"이미 시중에 나온 상품을 회수하는 게 보통 일이에요?"

"보통 일이 아니죠, 우선 상무님도 알고는 계셔야 합니다. 부장님이 말씀하기 곤란하시면 제가……"

"천팀장, 왜 이렇게 말귀를 못 알아들어요? 그리고 상무님이 알면 뭐가 달라질 거라고 생각해요? 위에서 지금

이걸 모를 거라고 생각하느냐고!"

본부장이 팀장을 매섭게 노려보며 버럭 소리를 질렀다. 이번에는 본인이 원하는 답을 얻을 때까지 기다리는 수고도 하지 않았다. 평소 권위적인 의사결정을 가장 싫어한다고 자주 말하던 본부장도 결국 결정적인 순간에는 권위의 봉을 휘둘러 아랫사람들을 제압했다. 같이 불려 들어간 다른 팀원들에게는 발언권조차 주어지지 않았다. 험악한 분위기 속에서 나와 성대리는 반대 의견은커녕 숨소리도 제대로 내기 어려웠다. 모두가 쉬쉬하는 가운데 홈쇼핑 2차 방송이 진행되었고, 판매는 성공적이었다. 하지만 이번에는 아무도 기뻐하지 않았다.

2차 방송 후 한달이 채 지나지 않아 우려하던 사태가 발생했다. 구매자들 중 구토와 발진 증상이 나타나는 아이들이 나타났다. 주로 돌 전후의 어린아이들로, 우리 책 독자들의 동생인 경우가 많았다. 그때라도 판매 중지를 결정하고 리콜 처분을 했더라면 이렇게 일이 일파만파로 커지지는 않았을 것이다. 처음에 회사는 사용설명서를 제대로 숙지하지 않은 소비자의 탓이 크다는 식으로 대응했다. 마녀 나나 전집은 초등 저학년을 대상으로 만들어진 시리즈였고, 별책부록인 자석 퍼즐 또한 사용연령이 7세 이상으로 표기되어 있는데 그걸 어린 영유아들에게 노출

시킨 부모에게 책임이 있다는 회사 측의 답변이 더 큰 화를 불러일으켰다. 피해 아동들의 부모들은 회사를 고발했고, 제품 성분 분석도 다시 의뢰했다. 얼마 지나지 않아 소비자단체의 성분 조사 결과가 발표되었다. 정밀검사 결과, 유해물질 포함 농도는 우리가 알고 있던 수준보다 더 높은 수치로, 기준치의 구백배를 기록했다. 기자들과 소비자들이 회사 앞에 몰려들었고, 우리 팀뿐만 아니라 회사 전체에 하루 종일 항의전화가 빗발쳤다. 특히 피해자가 어린 영유아라는 사실이 더 큰 공분을 샀다.

제품안정성에 문제가 있다는 보고를 받고도 방송과 판매를 결정한 사람이 바로 본부장이었지만, 정작 본부장본인은 전혀 모르는 일이었다며 방송사 카메라 앞에서 눈물을 흘렸다. 협력 업체에서 우리를 속인 거라고, 회사 역시 피해자라고 주장하는 본부장의 인터뷰가 전국적으로 방송되었다. 홈쇼핑 방송 채널 역시 비난의 화살을 피할수는 없었다. 홈쇼핑 회사에서는 마찬가지로 그들은 모르는 일이었다고, 모든 책임은 우리 회사에 있다는 보도자료를 발표했다. 사건 사고를 다루는 종편 방송에 출연한패널들은 있을 수 없는 일이라고, 있어서는 안 되는 일이벌어졌다며 분개했다. 피부 발진과 구토를 일으킨 어린아이의 사진과 영상이 방송을 통해 공개된 날, 회사 홈페이지는 트래픽 폭주로 다운됐다.

팀장은 본부장과 함께 임원실에 불려 다니며 대책 회의를 빙자한 비난을 견뎌야 했고, 나와 성대리는 전국 각지에서 걸려오는 이름 모를 독자들의 항의전화에 시달려야 했다. 욕을 먹기 위해 출근하고, 사과하기 위해 사무실을 지켜야 하는 나날들이었다.

억울한 마음이 들었다. 주어진 일을 잘해야 한다고 해서 나는 그저 시키는 대로 열심히 했을 뿐인데 전 국민에게 욕을 먹고 있었다. 한편으로 발진과 구토에 시달리는 아이들의 사진을 보면서 죄책감을 느꼈다. 회사는 모든 피해를 보상하겠다고 발표해놓고도, 별책부록의 부작용에 대한 인과관계를 피해자들이 증명해야 한다는 식이었다. 어디서부터 잘못된 걸까. 다시 돌아간다면, 그것들을 바로잡을 수 있을까. 물론 다시 돌아가는 것도, 이미 결정된 사안에 영향을 미치는 것도 불가능했다.

"연희야 네 잘못 아니니까 너무 괴로워하지 마. 너 때문에 생긴 일이 아니야."

권이 내 머리를 쓰다듬으며 말했다. 그의 말대로 나로 인해 빚어진 일은 아니었다. 나는 그 어떤 것에도 영향을 미칠 수 없을 정도로 무력하니까. 나는 아무런 힘이 없었고, 그만큼 무용했다. 아무 힘이 없기 때문에 그 어떤 것도 해할 수 없다고, 나는 늘 상처만 받는다고 생각했다.

하지만 그렇다고 해서 내가 무해한 걸까. 나는 내 자신이 무해하다고 생각했다. 이제와 보니 자신을 무력함에 가두는 것 또한 누군가에게 유해하기는 마찬가지였다. 나역시 그들과 같이 입을 다물어 유해물질의 판매에 기여한 유해한 인간이었다. 내가 울먹거리며 이야기하자 권은 그렇게 생각할 필요가 없다고 말했다.

"네가 아예 연관되지 않았다는 게 아니라, 직접적으로 책임져야 할 사람은 네가 아니라는 뜻이야. 그래야 할 사람은 따로 있어."

그 말에 또다시 위로받는 내 자신이 무능하고 초라하게만 느껴졌다. 또다시 자신을 무력함에 가두고 있었다. 위로해주면 위로받고, 상처주면 상처받고. 그 어떤 것도 스스로 선택할 수 없다고, 나는 현실 앞에서 무력한 존재라고 나 자신을 피해자의 자리에 상정해놓고 아무것도 바꾸려들지 않았다. 왜냐하면 아무것도 책임지고 싶지 않았으니까.

나한테 잘해주지 마

    본부장이 방송사 카메라 앞에서 자신은 전혀 몰랐던 일이었다는 인터뷰를 내보낸 후에도 비난여론은 쉽게 잠잠해지지 않았다. 팀이나 본부 차원에서 해결될 수 있는 일이 아니었다. 회장이 직접 나서야 한다는 목소리가 회사 곳곳에서 터져나왔다.

    며칠 후 대표이사 명의로 유감이 표명됐다. 보도자료에는 협력 업체 관리감독에 최선을 다했으나, 업체 측에서 안전성을 소홀히 했다는 데서 깊은 유감을 느끼며 해당 제품은 리콜 처리하겠다는 보도자료가 나갔다. 처음부터 죄송하다고 진심으로 사죄한다고 말할 수는 없었던 걸까. 덮어놓고 사과를 하기에는 책임을 모두 뒤집어쓰게 될 위험이 크다는 경영진의 판단이 있었을 것이다. 하지만 마치 강대국의 대통령이라도 된 것처럼 고압적으로 유감을 표명하는 홍보팀의 태도는 폭발 직전의 여론에 기름을 붓

는 격이었다. 우리 회사에서 만든 책들의 화형식이 소비
자단체를 통해 이뤄졌고, 항의전화의 빈도와 강도는 갈수
록 심해졌다. 사태가 더 심각해지고 나서야 초기 대응이
미흡했다는 인식을 하고 연일 비상 대책 회의가 이어졌다.

전국적으로 반품 요청이 빗발치고, 불매운동 움직임까
지 일기 시작해 사면초가 상태가 되자 경영진은 전 직원
이 대국민사과를 하기로 결정했다. 물론 직원들의 의견은
전혀 반영되지 않은 결정이었고, 대부분은 이 사태에 대
해 제대로 알지도 못하는 사람들이었다.

"아니, 대체 뭘 잘못한 게 있어야 사과를 하지."

흡연구역과 화장실, 옥상 등 회사 내 곳곳에서 삼삼오
오 모인 사람들이 심란한 표정을 지으며 불만을 터뜨렸
다. 당연히 사내에서 우리 팀을 보는 시선은 곱지 않았고,
성대리와 나는 구내식당은커녕 화장실에 가기도 눈치가
보이는 상황이었다. 파티션 안쪽에 깊이 몸을 박고 없는
듯, 물도 참으면서 하루를 버텼다. 회사로 걸려오는 항의
전화는 모두 우리 팀으로 연결됐다. 팀장은 나흘 째 회사
에 나오지 않고 있었다. 연락이 닿지 않는 협력 업체 사장
을 만나보겠다고 했지만, 그를 만난다고 해서 딱히 달라
질 게 없어 보였다.

대국민사과를 위해 전 직원이 검은 정장을 입고 회사

강당에 모였다. 회장과 임원들이 앞줄을 지키고 직원 전체가 대형을 만들어 서서 허리를 깊이 숙인 채 "죄송합니다"라는 인사를 몇번이고 반복했다. 카메라 플래시가 곳곳에서 터졌다. 혹여나 신문에 내 얼굴이 나올까봐 머리가 땅에 닿을 정도로 고개를 더 깊이 숙였다.

사과 기자회견은 그 자체가 거대한 퍼포먼스 같았다. 회장은 눈물을 글썽이며 피해자 보상과 재발 방지를 약속했다. 본부장은 무릎까지 꿇고 책임자로서 깊이 반성한다며 사과했다. 그 와중에 우리 회사 역시 협력 업체에 속은 피해자라는 첨언도 잊지 않았다. 본부장의 연기가 너무 감동적이었던 걸까. 고개를 숙인 몇몇 직원들 사이에서 흐느낌이 터져나왔다. 눈물을 흘리는 직원들이 전후좌우로 늘어났다. 직원들이 갑자기 왜 울기 시작했는지 도무지 이해할 수가 없었다. 회장님의 말씀에 감화되어 본인들에게 어떤 책임이 있다는 것을 통감하게 된 걸까. 아니면 이 상황이 너무 억울해서 우는 걸까. 그것도 아니면 혹시 회사가 망하게 될까봐 불안해서? 특별히 가정사에 문제가 있는 건 아닌지 걱정될 정도로 심하게 우는 직원도 있었다. 그날 모인 직원들의 태도는 극과 극으로 나뉘어 있었다. 훌쩍이거나 황당해하거나. 성대리는 전자에 속했다. 검은 성장을 입고 출근했을 때만 해도 이딴 일을 왜 벌이는지 모르겠다고 불평하던 그녀가 갑자기 자기도 모를 감정에 복받쳤는지, 내 옆에 서서 엉엉 울고 있었다. 후자 쪽에 가까웠던 나로서는 이런 이벤트에 끌려나온 것만으로도 마음이 불편한데 옆 사람이 우는 모습까지 봐야 한다니, 혼미해지는 정신을 어떻게든 부여잡으려고 애쓰며 주변을 둘러봤다. 일련의 사태를 진심으로 뉘우쳐서 참회의 눈물을 흘리는 이는 아무도 없었다. 이런 비극적인 이벤트에 동원된 본인의 운명에 대한 서러움과 앞으로 나빠질 회사 사정에 대한 두려움이 비장한 기자회견장의 분위기와 뒤섞이면서 집단적 눈물 연기라는 꼴불견이 연출됐을 따름이다. 우리는 그저 잠깐의 퍼포먼스에 동원된 단역배우일 뿐인데…… 나는 강당 전체를 휘감은 자기연민과 최루의 기운에 눈살을 찌푸렸다. "보잘것없는 배우를 만드는 것은 지나친 감성이다. 형편없는 배우들 대부분을 만드는 것은 보잘것없는 감성이다"라고 했던 드니 디드로의 말을 기억하면서.

배우 훈련 과정에서 시스템을 강조했던 스타니슬랍스키와는 달리 프랑스의 극작가이자 예술이론가인 드니 디드로는 배우의 차가운 이성을 강조했다. 배우는 열정에 빠져 연기하는 순간에도 자기 자신을 잃지 않으면서 스스로 관찰할 수 있는 침착하고 냉정한 머리를 갖고 있어야 한다는 그의 가르침을, 나는 기자회견이 끝나고 나서도 계속 떠올렸다. 오후에 예정된 감사팀 조사를 대비한 일종의 마인드컨트롤이기도 했다.

회의실로 나와 성대리를 부른 감사팀장은 긴장할 것 없다는 말을 하면서 녹음기를 작동시켰다. "녹음에 동의하십니까"라는 질문에 동의하지 않는다고 말해도 되는 걸까 고민하던 가운데 성대리가 먼저 떨리는 목소리로 "네"라고 대답해버렸다. 그저 있는 그대로 솔직하게 말해주면 된다고, 업체 선정 과정에서 어떤 문제가 있었는지에 대해 조사하는 과정이라고 감사팀장이 설명했다.

"하본부장 말로는 그 업체를 키즈1팀에서 강력하게 밀어서 결정했다던데 이유가 뭔가요? 특히 성대리가 가장 적극적이었다면서요?"

성대리가 기가 막힌다는 표정으로 되물었다.

"제가요? 제가 그 업체로 하자고 했다고요?"

최종 선택을 앞두고 열린 회의에서 성대리가 박사장의 업체 제품에 가장 큰 호의를 표한 것은 사실이었다. 하지만 그것은 본부장이 이미 정해놓은 답에 장단을 맞추는 것에 불과했다. 본부장이 박사장을 회의실에 불러놓고 같이 회의를 진행하면서 최종적으로 어떤 업체와 계약을 하는 게 좋을지 묻는데 그 앞에서 어떤 부하 직원이 반론을 내놓을 수 있었겠는가. 그때 팀장은 뚱한 표정으로 눈을 내리깔고 앉아 아무런 말도 하지 않고 있다가 회의가 끝날 무렵 마지못해 "그럼 그렇게 하시죠"라고 딱 한마디를 내뱉었다. 이미 결정된 사안이나 마찬가지였기에 더이상 토를 달지 않겠다는 의사표시였다.

"본부장 말로는, 성대리가 그쪽 업체 퍼즐이 디자인과 구성 면에서 제일 낫다고 아주 적극적으로 찬성했다고 하던데요?"

"그건, 본부장님이 그 업체랑 계약을 하고 싶어 했기 때문이에요. 저는 그저 본부장님이 좋아하시는 쪽으로 표를 던졌을 뿐이고요."

"하본부장이요? 그럼 본부장은 뭐라고 하면서 그 업체와의 계약을 종용했나요?"

"그건, 그러니까 그때 본부장님은……"

성대리는 말을 제대로 잇지 못하고 더듬거렸다. 나도 본부장이 정확히 뭐라고 했는지 기억이 나지 않았다. 그것은 그저 뉘앙스였고, 분명한 의견 표명은 아니었다. 하지만 그가 무엇을 원하는지는 그 회의실에 있는 모두가 알 수 있을 정도였다.

성대리는 점점 더 흥분하고 있었다. 그럴수록 감사팀장

은 그녀를 몰아붙였다. 정당한 이유 없이 그 업체와의 계약을 찬성했던 거냐고, 협력 업체 선정 과정에서 혹시 다른 요인이 개입하지는 않았느냐는 질문에 성대리는 뭔가 단단히 결심한 표정을 지으며 비장한 말투로 말을 꺼냈다.

"이런 이야기까지는 안 하고 싶었는데…… 본부장님이 그 업체와 계약한 이유, 저 알아요."

"그 이유가 뭐죠?"

"그 업체, 그러니까 박사장한테 촌지를 받았기 때문이에요. 본부장님 그런 걸로 옛날부터 유명하다고요."

감사팀장의 눈꼬리가 흠칫하면서 올라갔다. 그는 하고 있던 메모를 멈추고 손에 펜을 테이블 위에 내려놓았다. 그러고는 녹음기를 잠시 껐다. 감사팀장이 성대리의 눈을 똑바로 바라보면서 말했다.

"성윤지 대리, 그 말 책임질 수 있어요?"

"네?"

"본부장이 촌지 받았다는 증거 있냐고요. 성대리, 방금 그 발언 책임질 수 있느냐고 물은 겁니다."

"계속 책임, 책임 하시는데 저더러 무슨 책임이 있다는 거예요? 저나 여기 있는 조연희씨는 그냥 시키는 대로 한 것뿐이에요. 안 그래? 연희씨, 연희씨도 말해봐. 본부장이 협력 업체 사장한테 따또 섭대받고 그런 거 옆에서 들었잖아."

감사팀장이 눈을 가늘게 뜨고 나를 바라보았다.

"네, 조연희씨 아는 대로 솔직하게 말해주세요. 조연희씨가 보고 들은 것 위주로만요."

나는 우물쭈물하다가 답했다.

"네, 박사장님이랑 하본부장님이랑 밖에서 식사하시고 술도 마셨다고 그렇게 들었어요. 저희가 본 것도 여러번이고요."

"그거야 우리도 아는 사실이고, 하본부장과 업체 사장 사이에 불법적인 거래나 접대가 정말 있었나요? 그것에 대해 조연희씨가 아는 게 있나요?"

감사팀장이 불법적인 거래,라는 단어를 쓰자 나는 더 움츠러들었다. 실제로 그들 사이에 어떤 거래가 있었는지까지는 알 수 없었다.

나는 기어들어가는 목소리로 답했다.

"그건 저도 모르겠습니다."

감사팀 사무실에서 나와 꺼놓았던 핸드폰을 다시 켰을 때, 부재중통화 기록이 열통이나 와 있었다. 팀장이 건 전화가 세통이었고, 여섯통은 장미, 나머지 하나는 모르는 번호였다.

어떻게 된 일이야? 대국민사과라니. 나 오늘 인터넷뉴스 보고
알았어.

팀장이 남긴 메시지를 보자마자 바로 전화를 걸었다.

"팀장님, 어디세요? 왜 오늘 안 나오셨어요? 안 그래도
오늘 팀장님 안 보인다고 책임 피하는 거 아니냐고 저희
더러 대놓고 말하는 사람들도 있었어요."

팀장이 버럭 소리를 질렀다.

"야! 내가 할 소리야. 너희는 왜 나한테 얘기 안 했어?
본부장이 당분간 쉬라고, 기자들도 찾아오고 시끄러울 테
니 잠잠해질 동안만 피해 있으라고 했단 말이야."

"저기…… 본부장님이 팀장님 몸이 안 좋아서 당분간
못 나오신다고 그렇게 말씀하셨어요. 저 오늘 감사팀에
성대리님이랑 불려 갔다 왔는데, 일이 좀 이상하게 돌아
가는 것 같아요."

첫 단추부터 잘못 꿰어진 일이었고, 문제가 불거진 후
에도 일이 계속 이상한 방향으로 흘러가고 있다는 느낌이
들었다.

팀장이 초조한 기색을 보이며 물었다.

"해결은 되고 있는 거야? 본부장이 자기가 책임지고 해
결할 기라고 해놓고 연락이 없어서 너한테 전화해본 거야."

"회사에서도 지금 심각하게 생각하는 거 같고, 해결하려고 애쓰고 있긴 해요."

"내일은 나가볼게. 아무래도 본부장한테만 맡길 일이 아닌 거 같다. 나 없이 그 인간이 뭘 제대로 할 수 있겠어."

팀장은 언제나 자기가 없으면 회사가 망하기라도 할 것처럼 일에 매달렸다. 하지만 지금 그녀 없이도 사후처리가 그럭저럭 이뤄지고 있었다. 어찌됐든 일은 돌아가야 했고, 회사는 지금 어떤 방식으로든 일을 처리하려 하고 있었다.

사내에 돌고 있는 이상한 소문에 대해 말하려다가 입을 다물었다. 처음에 나는 업체 선정에 가장 크게 관여한 본부장이 당연히 이 일에 책임을 지게 될 줄 알았다. 하지만 며칠 사이에 분위기가 달라지고 있었다. 회사의 실세인 최전무가 동향에 대학 선후배 사이인 본부장이 무너지는 것을 그대로 보고 있지 않을 거라는 말들이 사내에서 떠돌았고, 본부장이 전무의 사무실을 들락거리는 횟수가 부쩍 늘어났다.

"젠장, 내가 회사에 어떻게 했는데…… 나한테 어떻게 이럴 수 있지."

분노에 차서 낮게 읊조리는 팀장의 목소리가 전화기를 타고 내 귀에 울렸다. 회사를 위해서라면, 회사에 도움이 되는 일이라면, 무엇이든 가리지 않고 열심이었던 팀장이었다. 상반기 본부장의 판단 착오로 키즈콘텐츠2팀에서 발생한 손해를 잘 팔리는 책을 통해 메워주었던 이도 팀장이었다. 짐이 곧 회사,라는 태도로 취미나 여가조차 즐길 시간 없이 일에 매달렸던 팀장도 결국은 부품에 불과했다는 생각에 씁쓸해졌다.

감사팀에 다녀온 후로 성대리는 잔뜩 독이 오른 얼굴로 앉아 골똘히 생각에 잠겨 있었다. 팀장과 통화했다는 말에도 아무런 대꾸가 없었다. 성대리가 다시 입을 연 건 퇴근 시간이 다 되어서였다. 그녀는 주섬주섬 가방을 챙기고 있는 내게 다가와 이야기 좀 하자고 말했고, 찬바람이 부는 옥상으로 나를 데리고 갔다.

"연희씨 어떻게 나한테 이럴 수 있어?"

"네?"

"아까 감사실에서 말이야, 내가 그렇게 궁지에 몰리는데 어떻게 나를 그렇게 모른 척할 수가 있어? 연희씨도 들었지? 본부장이 나한테 뒤집어씌우려고 하는 거, 근데 그걸 어떻게 가만히 보고만 있냐는 거야!"

본부장이 본인이 원하는 결론대로 회의를 유도한 건 사실이었지만, 그것은 명백하게 증명할 수 있는 문제가 아니었다. 반대로 성대리가 적극적으로 그 업체를 옹호한 것은 분명한 사실이었다. 성대리가 부르르 떨며 내게 따져 물었다. 이 상황에서 감정만 앞세우는 것은 일을 그르칠 뿐이라는 말을 하려다가 말았다. 대신 하나마나한 소리만 늘어놓을 수밖에 없었다.

"그런 거 아닐 거예요. 선배가 잘못하신 거 없잖아요. 저도 그 업체 블록이 제일 좋다고 말했고요."

성대리가 팔짱을 낀 채 나를 한참 노려보다가 말했다.

"조연희씨, 그렇게 안 봤는데 사람이 참 약삭빠르구나. 정말 실망이다. 내가 자기한테 어떻게 했는데 이럴 수 있나? 나는 그래도 팀에 하나밖에 후배라고 정성껏 챙겼는데…… 내가 잘해준 거 알기나 해?"

분하다는 듯 입술을 잘근 깨물고 있는 성대리를 보면서, 그간 그녀가 내게 잘해준 게 뭐가 있었는지 떠올려보았다. 올리브영 원 플러스 원 행사 기간에 구입한 립스틱 하나를 내게 선물이라고 주었던 일, 생일 때 스타벅스 기프티콘을 보내준 일, 팀장 없이 둘이 점심을 먹는 날 밥을 사주곤 했던 일들 등 그녀가 내게 베풀었던 소소한 호의들이 스쳐 지나갔다. 그러나 성대리는 내게 슬그머니 자기 일을 미루기 일쑤였고, 은근히 나를 견제하면서 팀장이나 본부장이 나를 조금이라도 더 예뻐한다 싶으면 괜스레 그들 앞에서 내 흠을 잡곤 했다. 나 역시 성대리에게 할 만큼은 했다고 생각했다. 성대리가 밥을 사면 커피를 샀고, 업무 시간 중에 편의점에 다녀올 일이 있으면 언제나 필요한 게 있냐고 먼저 물어보곤 했다. 성대리가 부탁한 업무를 거절한 일도 거의 없었다. 표면적으로 우리 관계는 아무 문제가 없었다. 하지만 나는 업무보다는 사내의 가십거리에 더 열을 올리는 성대리를 속으로 깔보고 있었고, 그녀 역시 이런 나의 태도가 아니꼬왔을 것이다.

"내가 이 얘기까지는 안 하려고 했는데 말이야. 내가 그동안 자기랑 권실장 사이 몰랐을 줄 알아? 연희씨 위해서, 그리고 괜히 남자 하나 때문에 팀워크 해치기 싫어서 내가 입 다물고 있었던 거야. 이런 얘길 내 입으로 꼭 직접 해야 하는 건가, 사람 마음을 몰라줘도 너무 몰라주네."

나는 성대리의 눈을 피하며 시큰둥한 표정을 짓다가 권의 이야기가 나오는 바람에 당황한 얼굴로 주변을 살폈다. 영하로 내려간 기온 탓인지 옥상에는 성대리와 나 둘밖에 없었다. 주위에 사람이 없어서 그나마 다행이었다.

"나도 처음엔 긴가민가했어. 그런데 갈수록 두 사람 못 숨기더라고. 말했잖아, 내가 그런 쪽으로 촉 좋다고. 걱정 마. 팀장은 모르니까."

대단한 선심이라도 쓰는 듯이 말하는 성대리의 태도에

나는 눈살을 찌푸렸다. 화가 치밀어올랐지만 최대한 감정을 억누른 채 또박또박 말을 이어나갔다.

"대리님, 저 잘못한 거 없는데요. 제가 왜 여기 불려 와 벌서는 것처럼 서 있어야 하는지도 모르겠어요."

"어머, 연희씨 무슨 말을 그렇게 해? 내가 언제 벌 세웠어? 내가 자기한테 그동안 얼마나 잘해줬는데 상황 어려워지니까 이렇게 태도 싹 바꾸는 게 서운하다는 말을 하고 있는 거야."

"잘해달라고 한 적 없어요. 저한테 잘해주지 마세요. 제 사생활에도 관심 꺼주시고요."

성대리가 손부채질을 하면서 기가 막힌다는 반응을 보였다.

"야, 너 진짜 무서운 애다. 너 어떻게 나한테 이럴 수 있니? 내가 그동안 너한테 어떻게 했는데! 내가 어떻게 회사생활했는지 다 알면서, 나한테 어떻게 이러지?"

나는 성대리를 어떻게 대했어야 하는 걸까. 그녀는 대체 나와 어떤 사이가 되길 원했던 걸까. 나는 그녀에게 바라는 게 아무것도 없었다. 선배로서 내게 도움을 주지는 못할지언정 그저 내 업무를 가중시키지만 않기를, 불필요한 감정싸움을 걸지 않기를 바랄 뿐이었다. 요구하지도 않은 호의를 베풀었으면, 내가 줄 수 없는 것을 요구할 권리가 있는 걸까. 내가 너한테, 회사한테 어떻게 했는데 어떻게 이런 반응을 보일 수 있냐는 질문은 애초부터 성립이 되지 않는다. 어떻게 행동할지를 결정하는 것은 자기 자신이지만, 그 결과가 어떻게 돌아올지는 본인이 결정할 수 있는 문제가 아니다.

나는 더이상 성대리와 아무 이야기도 하고 싶지 않았다. 어디를 가냐며 불러 세우는 소리에도 아랑곳하지 않은 채 옥상을 빠져나갔다. 당신이 날 어떻게 생각하든 이제 상관하지 않을 거라고 생각하면서. 해가 지면서 주변이 빠르게 어두워졌다.

연극놀이

아무래도 제대로 잠들기는 글렀다는 생각이 들었다. 나는 퇴근 후에도 손에서 핸드폰을 놓지 못하고 포털사이트에 접속해 회사 관련 뉴스와 댓글을 샅샅이 찾아 읽었다. 대국민사과에도 댓글에 담긴 사람들의 분노는 잦아들지 않았다. 굳이 찾아볼 필요가 없다고 생각하면서도 나는 댓글과 대댓글까지 찾아 읽으면서 온몸을 얻어맞은 것 같은 얼얼한 통증을 느꼈다. '그래봤자 너희들이 피해자보다 힘들진 않을 거잖아!'라는 댓글을 나는 빠르게 스킵하지 못하고 오래도록 들여다보았다. 눈알이 따갑고 시큰거렸다. 뉴스 창을 닫은 후 침대에 누워 억지로 잠을 청하려 해도 도통 잠이 오지 않았다. 극심한 두통만 밀려올 뿐이었다.

성대리가 그동안 우리 사이 다 알고 있었대. 팀 분위기 생각해서 입 다물고 있어준 거라고 고맙게 생각하라는데, 어떻게 생각해?

권에게 메시지를 보낸 지 한참 지났지만 아무런 답이 없었다. 전화를 해볼까 하다가 핸드폰을 머리맡에 올려놓았다. 억지로 잠을 청하며 벽 쪽으로 돌아눕는 순간, 전화벨이 울려 다시 벌떡 일어났다. 당연히 권이 걸어온 전화라고 생각했다. 그에게 전화를 할까 말까 하는 순간에 그가 귀신같이 알아채고 전화를 했을 거라 기대했는데, 발신자 이름을 보고 맥이 빠졌다. 장미였다.

"뭐 해?"

"잔다."

나는 실망한 목소리로 대답했다.

"거짓말, 자면서 어떻게 전화를 받나?"

"무슨 일이야? 지금 한시가 넘었어."

"우리 사이에 일이 있어야 전화를 하냐? 아까 낮에도 전화했었는데, 꺼져 있더라."

"감사팀 불려 가서 감사받았어. 나 어쩌면 회사 잘릴지도 몰라. 요즘 무지 힘들어."

"잘됐네, 너 만날 때려치우고 싶다고 노래를 불렀잖아."

"내가 때려치우고 싶다고 했지, 언제 잘리고 싶다고 했니?"

나도 모르게 퉁명스러운 말이 튀어나왔다. 다시 두통이 몰려왔다.

"너까지 나한테 그러지 마. 나 안 그래도 너무 우울하니까."

장미가 기죽은 목소리로 말했다. 그러고는 다음 주말에 초연 예정이었던 공연이 엎어졌다는 이야기를 하며 길게 한숨을 쉬었다.

"갑자기 무슨 일이야? 유명 연출자에 기획사도 빵빵해서 대박날 거라고 기대에 차 있었잖아."

"말하자면 길어, 악재도 이런 악재가 없다."

"응, 그렇구나. 얘기하기 싫으면 안 해도 괜찮아."

나는 더이상 묻지 않았다. 말하자면 길어진다는 얘기를 굳이 추궁해서 듣고 싶은 마음까지는 들지 않았다. 장미는 버럭 화를 냈다.

"내가 말하자면 길다고 했지, 얘기하기 싫다고 했냐? 너는 인터넷뉴스도 못 봤어? 지난주에 연출이 과거에 저지른 성폭력 건으로 미투 뉴스 터지면서 난리도 아니었어. 그래도 극단이랑 기획사에서는 이미 연습이 거의 다 진행됐으니 연출 퇴출시킨 다음 부연출 체제로 공연 강행하겠다는 의지가 강했거든. 그런데 어제 남자 주연배우 데이트폭력 문제까지 인터넷에 폭로되면서 도저히 공연을 할 수 없는 상황이 된 거야."

장미의 말을 들으니 낮에 본 인터넷뉴스가 떠올랐다. 상한가를 달리고 있는 남자배우 K의 데이트폭력 문제를 전 애인이 폭로하면서 포털사이트 상위권에 관련 기사가 여럿 게시됐다. K가 주연을 맡은 연극 공연도 잠정적으로 취소됐다는 보도도 보았지만, 그게 장미가 연습 중인 공연인 줄은 몰랐다.

"나 이번에 정말 열심히 준비했거든. 제법 비중 있는 조연이라서, 이거 잘하면 다음을 기약할 수도 있을 거라고 기대했어. 그런데 모든 게 다 물거품이 됐어. 잘못한 사람은 따로 있는데 정작 고통받는 사람은 나잖아. 난 요즘 집에 도시가스도 끊겼어. 보증금도 바닥나서 길거리에 나앉게 생겼다고."

장미가 울먹거리면서 말했다. 분통을 터뜨리는 장미의 말을 나는 아무 말 없이 한참 듣고만 있었다. 장미의 사정이 딱하다고 생각하면서도, 누군가를 위로해줄 기분이 아니었다. 사실 장미에게 필요한 것은 위로보다는 실질적인 도움이라는 생각도 들었다.

"장미야, 이런 날씨에 가스가 끊기면 어떡해? 당장 급한 공과금이랑 월세가 어느 정도야? 내가 조금 마련해볼게."

"됐어, 니디리 알아서 앞가림 잘하라고 훈계할 땐 언제고 갑자기 동정이니? 그런 뜻으로 말한 거 아니야. 그냥 너무 억울하고 힘들어서 전화한 거야. 나 왜 이렇게 재수가 없니? 왜 하필 지금 이 타이밍에⋯⋯"

장미는 말을 하려다가 멈췄다. 본인도 그런 말을 해서는 안 된다는 걸 알면서도 억울한 마음이 드는 건 어쩔 수 없었을 것이다.

"공연 기획사에서는 뭐래? 더블캐스팅이니까 다른 주연배우만 원톱으로 세워서 공연할 수도 있는 거잖아."

"망한 분위기야. 말이 더블캐스팅이지, K배우 나오는 공연만 매진이고 다른 배우 출연하는 회차는 아직 객석이 오십 프로도 안 찼거든. 환불 요청이 너무 많아서 공연도 잠정 중단된 거야. 이 사태 수습하고, 재정비해서 공연 올리려면 시간 한참 걸릴걸. 그러면 연습도 다시 해야 하고, 아예 새로 팀 구성해서 공연하는 거나 마찬가지일 텐데 그게 쉽겠어? 끝장났다고 봐야지. 난 정말 이번에 모든 걸 다 걸었는데, 나도 끝장이야."

나는 낮게 가라앉은 목소리로 장미에게 말했다.

"장미야, 나는 연극이 그래서 좋아. 늘 처음부터 다시 시작할 수 있어서."

"너 지금 그걸 말이라고 하냐? 말처럼 그렇게 간단한 게 아니야. 정말 심각해. 다 끝장나서 새로 시작하기도 어려울 정도라고."

"장미야, 나 회사 관두고 다시 연극할까?"

"참나, 불안하게 사는 거 싫다고 할 때는 언제고, 갑자기 왜 그래?"

"아니, 어차피 힘든 인생 하고 싶은 거 하면서 사는 게 낫지 않을까 하는 생각이 들어서. 무대도 그립고……"

"야, 됐어. 어차피 망한 인생 하고 싶은 거 하다가 죽자는 건 내 인생관이거든? 넌 나 따라하지 말고 그냥 거기 박혀 있어. 프로 무대는 학생 때 연극이랑 달라도 한참 달라. 내가 하는 거 보니 편하고, 쉬워 보이냐."

장미와 나는 서로 힘들다고 경쟁을 하듯 푸념을 늘어놓았다. 서로의 고통을 전시한다고 해서 나아지는 것은 아무것도 없었다. 그나마 나 혼자만 힘든 건 아니라는 게, 누구나 각자의 불행을 안고 산다는 게 우리가 나눌 수 있는 위로라면 위로였다.

한참 불평불만을 늘어놓다가 내가 부러운 마음을 담아 말했다.

"그래도 너는 네가 하고 싶은 일 하는 거잖아. 좋아하는 일이니까 씩씩하게 참고 견디는 거고."

잠시 대화가 끊겼다. 장미는 머뭇거리다가 침울한 목소리로 말했다.

"연희야, 나도 요즘 잘 모르겠어. 좋아하는 일을 하고 있다는 것만으로 모든 걸 참아야 하는 이유가 되는 건지…… 좋은 건 좋은 거고, 힘든 건 힘든 건데. 좋아하는 마음이 아무리 커도 고통스러운 상황이 해결되거나 나아지는 건 아니잖아. 이러다가 무대를 좋아하는 마음까지 다 소진해버리면 나중에 뭐가 남는 거지? 뭔가를 좋아하고 갈망하는 마음이 때로는 형벌 같아. 나는 벌을 받기 위해 이걸 하고 있는 게 아닌데."

"장미야, 나는 그런 뜻이 아니라……"

나는 말을 잇지 못하고 길게 한숨을 쉬었다. 내가 말을 멈춘 사이에 전화기 너머로 피식하고 장미가 헛웃음을 짓는 소리가 들려왔다.

"장미 여기 있거든요. 왜 말을 하다고 말아? 아, 재미없다. 우린 이런 얘기 말고 연극 얘기하자."

장미는 뜬금없이 우리가 대학 시절에 공연했던 연극 이야기를 꺼냈다.

"클레르 말이야, 왜 죽었을까. 난 그냥 부조리극이라서, 이유 없이 죽을 수도 있다고 생각했는데 그래도 사람이 이유 없이 죽지는 않을 거 같다는 생각이 요즘 계속 들더라."

「하녀들」 말하는 거야? 그때 우리 대본 리딩하면서 토론도 하지 않았었나? 마담을 죽이는 데 실패해서 그랬잖아. 원래 계획은 마담에게 독이 든 띠윌차를 먹이는 거였는데, 실패하자 클레르가 마담 역을 하는 연극놀이를 하면서 그 차를 마셨던 거라고…… 나는 그렇게 기억하는데, 맞지?"

장미가 큭큭거리며 웃었다.

"맞어! 띠윌차. 띠윌차라는 단어를 들은 건 대학 졸업 이후 처음인 듯? 띠윌차라니, 오랜만에 들으니까 되게 웃기다. 띠윌차를 가져오너라!"

장미는 마담의 말투를 흉내 내면서 키득거렸다. 아니 어쩌면 마담의 흉내를 내는 클레르의 목소리였는지도 모르겠다.

"너 혀가 막 꼬이는데? 취했어?"

"나 취한 거 하루이틀 보냐."

"작작 좀 마셔라."

"잔소리는 됐고, 연희야 우리도 연극놀이 할까? 클레르, 띠윌차를 따르거라!"

장미는 예전에 자신이 맡았던 클레르의 대사를 외쳤다. 하녀 클레르가 마담의 목소리를 내며 연극놀이를 하는 장면의 대사였다. 클레르의 언니 솔랑주는 클레르가 마담의 흉내를 내는 동안 클레르가 되어 시중을 든다. 극중극의 형식이었다.

"어서 띠월차를 따르라니까!"

"야, 됐다니까. 이런 장난에 맞춰줄 기분 아니야."

진지한 톤으로 연기를 하는 장미에게 나는 한숨을 쉬면서 말했다. 장미는 내 말에 아랑곳하지 않고 계속 마담 역에 심취한 클레르가 되어 띠월차를 가져오라고 소리만 질렀다.

피곤해 죽겠다. 그만하자.

나는 극중 솔랑주의 대사로 받아쳤다. 극중의 대사였지만 내 속마음을 담은 표현이기도 했다.

아! 천만에! 넌 내 하녀야, 그처럼 쉽게 도망칠 수 있을 것 같니? 바람과 함께 모의하고, 밤을 공범자로 삼는 건 너무나 쉬운 일이야.

장미는 혼자 더 격앙된 감정으로 극을 이어갔다. 나는 그런 장미가 짠하게 느껴졌다. 신기하게도 장미가 대사를 내뱉자 나도 이어질 대사가 흐릿하게 떠올랐다. 결국 장미가 제안한 연극놀이를 수락할 수밖에 없었다. 내 안에 있던 솔랑주가 장미, 아니 클레르에게 말했다.

클레르, 내가 얼마나 허약한지 몰라서 그러니? 내 얼굴이 얼마나 창백한지 안 보여?

클레르의 감정이 점점 고조됐다. 장미는 클레르가 되어 극을 절정으로 이끌었다.

겁쟁이, 시키는 대로 해. 이제 거의 다 왔어. 그러니까 우린 끝까지 가야 돼. 언닌 혼자 남아 우리 두 사람의 생애를 완수해야 돼. 무척 힘이 들 거야. 내가 유배지까지 언니와 함께 동행한다는 건 아무도 모를 거야. 특히 선고를 받을 때 내가 언니 속에 소중히 간직되고 있다는 사실을 잊지 마. 언니, 우린 아름답고 자유롭고 기쁠 거야. 이젠 단 일분도 허비할 시간이 없어……

긴 대사를 막힘없이 토해내는 장미의 기억력에 나는 혀를 내둘렀다.

"너 진짜 이거 외우고 있던 거 맞아? 지금 대본 보고 있는 거 아니지?"

장미는 대답 없이 거친 숨소리를 내며 웃기만 했다. 숨이 넘어갈 듯한 그녀의 웃음소리가 왠지 모르게 헛헛하게 들렸다.

"야, 조연희 난 네가 너무 좋아! 사랑한다, 친구야."

한바탕 웃고 난 후 밑도 끝도 없이 사랑고백을 내뱉는 걸로 보아 많이 취한 것 같았다. 자신의 말에 별 반응이 없자 장미가 다시 소리쳤다.

"듣고 있냐? 사랑한다고! 반응이 뭐 이렇게 시큰둥해? 나 혼자 짝사랑인 거야?"

"사랑은 무슨, 징그럽게."

장미의 말투는 끝까지 진지했다.

"우린 앙상블이 좋아. 나는 아직 조연희 이상의 상대배우를 만나지 못했어. 너 회사 잘리면 다시 같이 연극하자. 내가 극단 차릴까봐."

장미는 또 현실성 없는 대책을 늘어놓고 있었다. 나는 조금 화가 나려고 했다. 입사 이후 최대의 위기를 맞아 고통스러운 상황이었지만 장미의 힘든 상황을 모른 척하기 미안해 내 딴에는 최선을 다해 이야기를 들어줬다. 하지만 장미는 내 기분이 어떤지, 지금 어떤 상태에 처해 있는지 별 관심이 없어 보였다. 앙상블이란, 상대배우와의 교감이 아니던가. 장미는 남의 속도 모르면서 마치 내가 회사를 잘리는 게 기정사실이라도 된다는 듯 본인이 하고 싶은 말만 했다.

"그래 장미야. 나중 일은 나중에 생각하고 미안하지만 오늘은 이만 끊자. 아까 말했듯이 나도 많이 힘들어."

"끊지 마. 얘기 좀더 하다가 자. 이렇게 기분 꿀꿀할 때 연극 작품 이야기하면 좀 풀리지 않냐? 나는 그렇던데. 하녀들도 그래서 연극놀이에 빠져든 거잖아."

그래서 「하녀들」의 클레르와 솔랑주가 어떤 비참한 결말을 맞았는지 잊었느냐고 말을 하려다가 입을 다물었다. 장미가 무슨 뜻으로 이런 이야기를 하는지는 충분히 이해했다. 연극을 하는 순간의 희열은 어디서도 경험할 수 없을 정도로 강렬하다. 그러나 무대 아래로 내려오면 그만큼 더 허전하고 기운이 빠졌다. 그 간극이 무대를 떠나지 못하는 중독 상태로 이끌었다. 장미와 통화하면서 내가 연극 무대를 갈망한 마음과 증오했던 마음이 동시에 떠올랐다.

"그래, 알겠으니까 그만해. 하녀들도 잠은 잤을 거야. 진짜 끊을게."

전화를 끊으려는데 장미가 갑자기 울음을 터뜨렸다. 흐느끼는 숨소리조차 또렷한, 특유의 발성이 울음소리에서도 묻어났다. 이제 장미의 눈물조차도 지겹다는 생각이 들었다. 장미는 울면서 나를 비난했다. 힘든 일을 겪고 있는 친구에게 좋은 말은 못해줄 망정 언제나 찬물만 끼얹는다고 격앙된 목소리로 말하기도 했다. 그 순간 다시 장미를 달래주었어야 했다. 그것은 우리의 오래된 패턴이기도 했다. 하지만 나는 이 모든 패턴이 지긋지긋하게 느껴졌다. 차갑게 가라앉은 목소리로 장미에게 말했다.

"장미야, 나는 너를 참 많이 좋아했어. 나랑 많이 닮았다고 생각했거든. 근데 이제 그런 마음은 과거형이 되어버린 것 같아. 나는 네가 나한테 이러는 게 싫어. 왜냐하면 예전의 나 같아서. 어떤 사람이 싫어지고 피하고 싶어지는 건 그 사람이 내게 나쁘게 굴어서라고 생각했는데, 이제는 아니야. 그 사람이 나의 무언가를 계속 건드리기 때문에, 불편하게 만들기 때문에 싫은 거야. 나는 네가 불편해. 그러니까, 앙상블 어쩌고 그런 소리는 하지 마."

막상 장미에게 그동안 참았던 말을 털어놓기 시작하자 속마음보다 더 거친 말들이 튀어나왔다.

"연희야, 너 정말 너무한다. 너까지 나한테 왜 이러니. 이 상황에서 그게 할 소리야? 적어도 너는 나한테 이러면 안 되는 거야."

장미가 서럽게 흐느꼈다. 여태까지 하소연을 들어주고, 같이 걱정해줬는데도 장미는 이 순간 다른 누구보다 나에게 가장 서운하다며 울먹거렸다. 나는 더이상 아무 말도 하고 싶지 않았다.

"장미야, 당분간 나한테 연락하지 마. 이만 끊을게."

전화를 끊은 후 나는 새벽까지 잠들지 못했다. 침대에 누운 채 조금 전에 장미와 대사를 주고받았던 연극, 장 주네의 「하녀들」에 대해 한참 생각했다. 하녀들에 등장하는 두 하녀, 솔랑주와 클레르 자매는 마담이 없을 때면 마담의 흉내를 내며 연극놀이에 빠져든다. 마담을 흉내 내는 연극은 비천한 하녀의 신분을 잊게 만들어주었을까, 아니면 더 처절하게 현실의 고통을 일깨우는 역할을 했을까. 이 연극은 극중극의 형식으로 마무리된다. 클레르는 마담의 흉내를 내며 그 집에서 가장 값비싼 찻잔에 독이 든 띠월차를 담아 마셨다. 끝내 마담이 되지 못하고, 마담의 역할에 심취한 채 죽어간 클레르는 어쩌면 꿈꾸던 무언가가되지 못하고 죽음을 맞이하는 수많은 사람들을 상징하는지도 모르겠다. 여기까지 생각이 미쳤을 때, 세시 반이 넘은 시각이었다. 권에게 메시지를 한번 더 보내볼까 하다가 너무 늦은 시간이라 참기로 했다. 나는 억지로 잠을 청하려 몸을 여러번 뒤척였다. 그럴수록 머릿속은 더 복잡하게 뒤섞이는 느낌이었다.

장미와는 그후로 통화를 하거나 연락한 적이 없다. 하

루가 멀다 하고 연락을 해온 장미가 소식이 없는 게 내심 신경은 쓰였지만, 내가 먼저 장미를 찾아볼 생각은 하지 못했다.

그로부터 보름 후, 낯선 번호로 전화를 걸어온 남자가 내게 이상한 소리를 했다. 혜화파출소 소속 순경이라고 자신의 신분을 밝힌 그 남자는 김장미씨가 집에서 숨진 채 발견되었다고, 최근 장미의 상황에 대해 아는 바가 있느냐고 물었다.

나는 말을 더듬으며 되물었다.

"네? 자…… 장미가요? 장미가, 장미가, 그…… 그럴 리가 없는데요. 지금 무슨 말씀을, 그게 무슨 소리세요?"

숨진 채 발견,이라는 표현은 사회면 신문기사에서나 찾아볼 수 있는 표현이지 장미에게 어울리는 수식어가 아니었다. 장미는 인기척 없는 집의 현관문을 따고 들어간 방 안에서 느닷없이 발견될 사람이 아니었다. 언제 어디에서나 자신의 존재감을 뽐내지 못해 안달이었기에 굳이 찾으려 들지 않아도 가장 쉽게 눈에 띄었고, 남들보다 튀지 않으면 스스로 견디지 못하는 성격이었다. 그래서 누군가 발견하기 전에 먼저 나서서 자신을 알아봐달라고 손을 흔들고, 소리치던 사람이었다.

남자는 최근 발신통화 목록에서 나와 연락한 횟수가

가장 많아 내게 전화를 걸었다며 장미가 생전에 무슨 일로 힘들어했는지 아느냐고 물었다. 생전이라니, 그러니까 이제 장미는 이 생(生)에 존재하지 않는다는 건가. 그 남자에게 나는 눈물을 흘리며 거짓말하지 말라고 소리쳤다. 혹시 장미와 같이 일하는 극단의 동료가 아니냐고, 지금 나를 놀래주려고 연극놀이를 하는 거라면 당장 집어치우라며 욕을 내뱉었다. 도저히 믿을 수가 없었다.

청테이프로 만든 집

혜화동로터리에서 성북동 방향으로 이십분 넘게 가파른 언덕길을 오른 끝에 겨우 장미의 집을 찾았다. 장미의 방으로 가는 길에 찬바람이 세게 불었다. 나는 주머니에서 손을 빼내 옷깃을 여미다가 입술을 세게 깨물었다. 장미도 매일 이 길을 오르면서 날카로운 바람을 맞닥뜨려야 했겠지. 장미가 없는 장미의 집을 찾아가면서 나는 바람을 조금이나마 덜 맞으려 옷깃을 여몄다. 얼굴에 얼얼한 통증을 느끼면서 가슴이 먹먹해졌다. 옥탑방으로 향하는 좁고 가파른 철제계단을 오르는 발걸음이 무겁기만 했다.

장미가 학교 앞에 살던 보증금 천만원에 월세 사십만원짜리 원룸을 빼서 대학로로 거처를 옮기겠다고 했을 때에 나는 그와 비슷한 수준의 집을 찾을 거라고 생각했다. 하지만 장미는 점점 통장잔고가 바닥나고 있다고, 예전에 살던 수준에 맞춰 집을 구하는 것은 사치라고 말했다.

장미는 보증금 삼백만원에 월세 삼십오만원짜리 옥탑방에서 생을 마감했다. 이 금액에 구할 수 있는 방은 반지하나 고시원, 옥탑방밖에는 없었을 것이다. 좁고 어두운 곳을 싫어하는 장미에게는 그나마 옥탑방이 최선의 선택지였다.

"내가 좀더 신경 썼어야 하는데…… 나 사는 게 바빠서. 그래도 언니한테는 연락을 했어야지, 장미야."

푸석한 얼굴로 병원에 도착한 장미의 언니는 그 자리에 주저앉아 가슴을 쥐어뜯으며 울었다. 장미와 눈매가 닮고 장미보다 훨씬 더 깡마른 그녀의 손이 유난히 거칠어 보였다. 간호전문대를 졸업하자마자 집안의 가장 역할을 하고 있다는 언니 이야기를 장미에게서 들은 적이 있다. 부모님은 장미가 연극영화과에 진학하는 것을 반대하며 언니처럼 취업이 보장되는 학과에 진학하기를 원했다. 장미는 연극영화과 입시를 준비할 형편이 되지 않아 어쩔 수 없이 연기 전공은 포기했지만, 부모님 뜻대로 교대나 간호대에 진학할 생각은 추호도 없었다.

"나는 우리 언니처럼은 못 살아. 언니처럼 살 바엔 차라리 죽는 게 낫겠다고 고집을 피웠어."

장미가 언니에 대해 했던 말이 귓전에 맴돌았다. 내가 그 말에 고개를 끄덕이며 공감을 표했던 기억도 났다. 나는 그때 화를 냈어야 했다. 그런 말을 해서는 안 되는 거라고, 자신이 원하는 삶이 아니라고 해도 죽는 게 낫다는 말을 함부로 입 밖에 내면 안 되는 거라고, 장미에게 못된 생각을 하지 말라고 말해줬어야 했다.

영안실 앞 복도에서 만난 담당 형사는 부검이 필요하다고 말했다. 장미의 언니는 한동안 대답 없이 멍하게 서 있다가 입을 열었다.

"타살 의혹이 없다면서요, 굳이 그러고 싶지 않습니다. 가족들은 부검을 원하지 않습니다."

"그래도 혹시 모르니 조사하는 경찰 입장에서는…… 언니분은 의료인이시라면서 부검을 반대하는 건가요. 그 필요성을 아실 텐데요."

"제가 그 과정을 잘 알아서 그래요. 장미 몸에 칼 대지 않고, 예쁘게 보내주고 싶습니다."

언니는 울먹거리면서도 말투만은 단호했다.

언니는 내게 이곳을 지킬 테니 장미의 방에서 영정사진으로 쓸 만한 사진이 없는지 찾아봐달라고 부탁했다. 가족들은 경찰 조사가 마무리되는 대로 장미를 고향으로 옮겨 장례를 치를 생각이라고 했다.

장미를 처음 발견한 건 집주인 할머니였다. 장미의 머리맡에는 수면제 봉지와 소주병이 뒹굴고 있었다고 한다.

경찰은 장미가 다량의 수면제와 소주를 섞어 마시고 잠들었고, 다시 깨어나지 못한 걸로 보고 있다고 말했다. 사망한 지 사흘 정도 지났으며, 사인(死因)은 생활고를 비관한 배우 지망생의 자살로 본다고 조심스럽게 말했다. 육개월 넘게 월세가 밀린 상태였고, 집 안에는 쌀 한톨, 라면 한봉지조차 없었다. 나는 그럴 리가 없다고 고개를 저었다. 장미는 누구보다 삶에 대한 의지가 넘치는 아이였다. 장미의 방 안에서는 유서조차 발견되지 않았다. 장미가 스스로 극단적인 선택을 했을 리 없었다. 진짜 죽음을 각오한 사람은 절대로 약을 먹지 않는다는 이야기를 어디선가 들은 적이 있다. 약을 먹는다는 것은 실패 확률이 큰 방법이었다. 누군가 발견하고 위세척을 하고 나면 쉽게 깨어날 수 있는 그런 방법으로 죽음을 시도하는 사람들은 오히려 살고 싶다는 간절한 신호를 보내는 사람이라는 이야기가 이제 와서 계속 떠올랐다.

장미가 생활고에 시달렸고, 배우로서 일이 잘 풀리지 않아 고통스러워했던 것은 사실이었다. 하지만 그 정도 일 때문에 한 사람의 인생이 이렇게 비극적으로 끝날 수 있다는 사실을 나는 인정할 수 없었다. 어쩌면 힘들어서 죽고 싶다는 생각을 아주 잠시 했을지도 모른다. 하지만 그런 충동은 누구에게나 있을 법하지 않은가. 장미는 불면의 날이 이어지던 어느 늦은 밤 수면제와 소주를 먹고 깊이 잠들고 싶었을 뿐 영원히 잠을 자고 싶은 마음은 아니었을 거라고, 나는 생각했다. 로렌스 신부가 건넨 약을 먹으면 맥박이 멈추고 체온도 식어 아주 잠시 산 사람처럼 보이지 않을 테지만 42시간 후 깨어나 연인을 다시 만나 사랑을 나눌 수 있을 거라고 믿었던 줄리엣처럼, 장미는 한숨 자고 일어나 다시 오디션을 보고 새로운 일을 도모할 계획이었을 것이다. 하지만 뜻대로 흘러가지 않는 것이 비극의 본질이었다. 장미가 바로 발견되었더라면, 병원으로 옮겨져 응급조치를 받도록 했을 텐데. 장미를 빨리 발견하지 못하고, 숨진 채 발견되도록 만든 건 그동안 장미를 챙기지 못한 내 탓이라는 죄책감에 온몸이 짓눌리는 느낌이 들었다. 나는 장미의 방으로 오르는 옥탑방 계단에서 여러번 다리를 휘청거렸다.

옥탑방으로 들어가는 알루미늄문은 열려 있었다. 나는 고개를 숙여 폴리스라인 테이프로 막아놓은 입구를 조심스럽게 지나쳤다. 신발을 벗고 집 안으로 들어서자 한기가 더 강하게 느껴졌다. 발끝에서부터 전해지는 선뜩한 기운에 부르르 몸을 떨었다. 방 한칸에 작은 부엌이 딸린 1.5룸 구조의 좁은 옥탑방은 유난히 창문이 많았다. 커다란 창문이 여러개 달린 이 방은 방값에 비해 넓고 채광이 좋은 대신 외풍이 심했다. 밖에서 불어오는 찬바람에 창문이 달그락거렸다. 이 방에 있는 모든 유리창에는 비닐로 된 단열 에어캡이 붙어 있고, 창문 틈은 청테이프가 덕지덕지 붙은 채 둘러싸여 있었다. 자세히 보니 부엌창에는 세로로 절반이 나눠지는 모양으로 길게 실금이 가 있었고, 그 길을 따라서도 청테이프가 여러겹 붙어 있었다.

대학 시절 청테이프를 팔찌처럼 팔목에 감고 다니던 장미의 모습이 떠올랐다. 연극 동아리에 처음 들어왔을 때 선배들은 "대학생이라면 청테이프로 집을 지을 수 있어야 한다"고 말했다. 과장이 섞인 말이었지만, 특히 연극 동아리 생활에서 청테이프는 필수품으로 여겨졌다. 공연 포스터를 붙일 때에도, 공연 소품을 손볼 때에도 청테이프가 유용하게 쓰였다. 칼이 있어야만 자를 수 있는 박스테이프나 투명테이프와는 달리 청테이프는 손톱으로 쉽게 찢어 쓸 수 있으면서도 튼튼했다. 글씨체가 예뻐서 공연 홍보용 현수막을 도맡아 썼던 장미는 동아리방 바닥에 신문지를 깔아놓고, 청테이프로 흰 천을 고정시킨 후 공연 홍보 문구를 조심스럽게 써나갔다. 공연 전날 밤이면 후배들과 함께 지하철역부터 공연장이 있던 학생회관까지 화살표 모양으로 길 안내 표지를 만들었다. 청테이프를 팔뚝 정도의 길이로 잘라내 화살표 모양을 만든 후 인도 위에 이어 붙였다. 청테이프로 길바닥에 붙여놓은 표식를 밟으며 걷다보면 학생회관 4층 소극장 입구로 다다르게 됐다. 늦은 밤 한적한 아스팔트 길 위에서 낄낄대며 손톱으로 찢은 청테이프를 이어 붙이던 초가을의 냄새를 기억한다. 여름의 초록 내음이 채 가시지 않은 캠퍼스의 밤바람이 팔뚝에 스치던 느낌이 지금도 선연하다. 거기에 있던 누구도 이런 비극적인 결말을 예상하지 못했다. 우리는 앞으로 인생의 목적지도 청테이프로 만든 표식처럼 이렇게 쉽고 명징하게 찾을 수 있을 거라고 착각했다.

우리는 열심히 길바닥에 붙여놓은 청테이프를 떼려는 수고까지는 굳이 자처하지 않았다. 공연이 끝나고 이삼일이 지나도 보도블록에 붙어 있는 청테이프 자국을 보면서 뿌듯해하기까지 했다. 그러다가 일주일도 채 되지 않아 청테이프로 만든 화살표는 사라지고 말았다. 비에 씻겨 내려가거나 누군가의 발끝에 닿아서 떨어져나갔다. 청테이프로 만든 이정표는 그만큼 연약했다.

⊠⊠⊠⊠⊠

나는 장미가 청테이프로 막아놓은 창문을 바라보며 말문이 막혔다. 장미는 모든 창문을 에어캡으로 막고 그 가장자리를 청테이프로 두르는 것도 모자라 유리창에 엑스 자 표식으로 청테이프를 교차시켜 길게 붙여놓았다. 장미는 창틀에 친친 감겨진 청테이프로 겨우 찬바람을 막아둔 이 방에서 쓸쓸하게 죽어갔다. 청테이프로 집도 지을 수 있다던 농담이 이 집에 들어서자 너무도 잔인하고 살벌하게 와닿았다. 청테이프가 완벽하게 바람을 막아주는 것도 아니었다. 나는 덜컹거리는 창문 사이로 살을 후벼 파듯 들어오는 찬바람에 몸을 떨면서 꺽꺽 목 놓아 울었다.

　사진 찾았니? 부검 안 하기로 했어. 오늘 밤이면 평택으로 옮길 수 있대.

　무릎을 땅에 댄 채 한참동안 울음을 토해내다가 장미의 언니가 보낸 문자메시지를 받고 코를 훌쩍였다. 무슨 사진인지, 누가 평택으로 옮긴다는 건지, 주어가 생략된 메시지였다. 언니 역시 장미의 이름조차 쉽게 언급할 수 없을 정도로 슬픔에 잠겨 있는 것이다. 차가운 방바닥에 엎드려 진이 빠지도록 한참 울었더니 온몸이 굳어버려 자리에서 일어서기가 힘들었다. 나는 어깨를 들썩이면서 거의 기어 다니는 자세로 장미의 방 곳곳을 살폈다. 그러는 사이 해가 졌고, 사위가 어두워졌다. 장미의 방 곳곳에 붙어 있는 야광스티커가 그제야 눈에 들어왔다. 대학 시절부터 장미는 달과 별, 우주선 모양의 앙증맞은 야광스티커를 좋아했다. 연극 무대에서 조명이 꺼진 사이 동선을 바꾸고 가구를 옮기기 위해 배우들끼리만 아는 표식으로 무대 곳곳에 붙여놓던 작은 야광스티커를 소지품이나 학용품에도 붙이고 다녔다. 이 야광스티커가 우리끼리만 알고 있는 비밀스러운 암호 같아서 사랑스럽다고 하던 장미의 목소리가 귓전에 맴돌았다. 지금이라도 방문을 열고 들어와 지금 여기서 뭐 하고 있느냐고 웃으며 장미가 물어올 것만 같았다.

그때 핸드폰이 울렸다. 나는 눈물을 훔치고 황급하게 전화를 받았다. 권이었다.

"연희야, 어디야?"

"지금 장미 집에 왔어. 근데 여기 장미가 없어."

장미 이름을 내뱉자 또 목이 메어왔다.

"거길 혼자 간 거야? 오늘 하루 종일 연락 안 되더니…… 낮부터 지금 거기 가 있던 거야? 밥은 먹었어?"

"생각 없어."

"너 거기 혼자 있지 마. 나한테 장미 프로필사진 원본파일 있어. 내가 출력해갈 테니 우선 그 집에서 나와. 내가 어디로 가면 되니?"

나는 대답 없이 한손에 핸드폰을 든 채로 장미의 책상 곳곳을 살폈다. 별 모양의 야광스티커가 여러개 붙어 있는 책상서랍 맨 아래 칸에서 권이 찍어준 사진이 여러장 들어 있는 서류봉투가 나왔다. 사진 속에서 렌즈를 응시하고 있는 장미의 눈빛이 무척 외로워 보였다. 그때는 미처 몰랐다. 장미가 얼마나 외롭고, 힘든지…… 사진에 담겨 있는 장미의 얼굴을 나는 조심스럽게 쓰다듬었다.

"연희야, 내 말 듣고 있어? 전화 끊은 거 아니지? 연희야, 연희야, 연희야! 너 괜찮아?"

권이 애타게 내 이름을 불렀다. 나는 사진 속의 장미를 바라보며 말했다.

"장미가 뭐가 예쁘냐고 했던 말 취소야. 얘, 왜 이렇게 예쁜 거야? 사진이 잘 나온 건가. 이 사진 출력한 형태로는 처음 보는데, 권실장님이 찍은 김장미 배우 프로필 정말 예쁘네요."

"연희야, 제발 거기 혼자 있지 말고 나와. 내가 지금 출발해도 대학로까지 가려면 한시간은 넘게 걸려. 밖으로 나와서 근처에 카페라도 가 있어."

권의 말이 귀에 들어오지 않았다. 장미의 사진 위로 눈물방울이 떨어졌다. 그 순간 영정사진으로 쓸 사진에 얼룩이 져서는 안 된다는 생각에 옷소매로 사진을 빠르게 문질렀다.

"연희야, 왜 대답이 없어. 너 지금 뭐 하고 있어?"

나는 낮게 가라앉은 목소리로 권에게 말했다.

"사진 닦고 있어. 장미 영정사진."

"연희야……"

"당신이 장미한테 이런 용도로 사진 찍어준 거 아니잖아. 내가 이러라고 팔 아프게 반사판 들어준 거 아니란 말이야. 장미가 우리한테 이러면 안 되는 거지. 꼭 잘돼서 신세 갚을 거라고 큰소리 쳤잖아. 그래놓고 지금 이게 말이 돼?"

내가 흐느끼며 말했다. 권은 아무 대답도 하지 못한 채 길게 한숨을 쉬었다. 창밖에서 휘잉 하는 바람 소리가 들려왔다. 청테이프를 붙여놓은 창문이 또다시 덜컹거렸다.

대머리 여가수는 어디로 갔나

저녁이 되자 동아리 사람들이 잇따라 장례식장에 도착했다. 장례식장 구석진 테이블을 차지하고 둘러앉은 동아리 부원들은 하나같이 침통한 표정이었다. 방금 전 조문을 하면서 쏟아낸 격한 감정이 아직 수습되지 않은 듯 후배들은 서로 부둥켜안고 계속 흐느꼈다. 낮부터 너무 많이 울었던 탓인가. 자정이 가까워지면서 나는 더이상 눈물도 나오지 않았다.

"다들, 참 오랜만이네. 이렇게 보는 걸 반갑다고 할 수도 없고."

공연 때마다 연출을 도맡았던 정우 선배가 울고 있는 후배들의 어깨를 두드리며 음울한 목소리로 말했다. 대학 졸업 후 러시아로 연기연출 공부를 하러 떠났다고 들었는데, 선배가 건네는 명함을 보니 외주 프로덕션 PD가 된 듯했다. 유학까지 다녀와놓고 왜 방송 쪽으로 넘어가게 된 건지, 선배에게도 그간 얘기하지 못한 사연이 많았 겠다고 내심 생각했지만 이 자리에서 물어볼 일은 아니었 다. 선배는 삼일 내내 빈소를 지키는 일이 힘들지 않느냐 고 내게 물었고 나는 말없이 고개를 저었다.

분향소 안쪽 방에서 장미 어머니가 나왔다. 어머니는 초점을 잃은 눈으로 우리 쪽으로 다가왔다.

"저기, 장미 어머님."

내가 눈짓을 하자 모두가 자리에서 일어났다.

"어머님, 저희 장미 친구들입니다. 연극 동아리 선후배 들이에요."

선배가 꾸벅 고개를 숙여 인사를 했다. 어머니는 검은 옷을 입고 기립해 있는 젊은이들 하나하나를 찬찬히 바라 봤다. 어머니가 차분하게 가라앉은 목소리로 말했다.

"고맙습니다. 많이들 와주셨네. 감사해요, 우리 장미가 친구가 참 많네요."

"네, 어머니. 장미가 워낙에 성격도 좋고 밝고 활달해서 친구가 많았어요."

"그랬던가요. 밝고 활달했구나, 장미가."

순간 침묵이 흘렀다. 우리 중에서 그나마 붙임성 좋게 어머니에게 말을 붙이던 정우 선배도 더는 아무 말도 하 지 못하고 입을 다물었다.

328

"왜들 그러고 섰어? 다들 앉아요, 이왕 오신 김에 많이들 먹고 가요. 여기, 술이랑 수육 좀더 꺼내줘요. 떡도!"

어머니는 상조회사에서 나온 도우미 아주머니에게 손짓을 하며 말했다. 그러고는 천천히 장미의 영정사진 쪽으로 걸어갔다.

우리는 엉거주춤한 자세로 어머니의 뒷모습을 바라보다가 자리에 앉았다. 술과 고기, 안줏거리가 테이블에 깔렸다. 정우 선배가 후배들의 잔에 소주를 따라주었다.

"마시자, 내가 그렇게 오래 산 것도 아닌데 후배 장례식장에 다 와보네."

선배가 허탈한 웃음을 지으며 말했다. 모두 말없이 종이컵에 든 소주를 입안에 털어넣었다.

그때였다. 빈소 안쪽에서 바닥을 긁으며 통곡하는 소리가 들려왔다.

"으흐흐흐흐흐흑, 장미야. 장미야, 엄마를 두고 어디를 갔니."

어머니의 울음소리에 모두의 젓가락질이 멈췄다. 나는 죄인이라도 된 양 고개를 푹 숙였다.

핸드폰에서 진동음이 울렸다. 대신 조위금을 내달라고 부탁하는 다른 선배의 문자메시지였다. 낮부터 이런 문자나 전화 연락이 빈번하게 왔다. 내 연락처를 어떻게 알았는지 장미와 같이 일했던 극단 사람들도 내게 메시지를 보내와 조위금을 부탁했다. 삼만원, 오만원, 십만원씩…… 이틀 만에 장미 앞으로 전달을 부탁받은 돈은 이백만원이 넘었다. 로비로 나와 장례식장 ATM에서 돈을 찾는데, 착잡한 기분이 몰려왔다. 이 돈이 있었더라면 장미는 그런 바보 같은 선택을 하지 않았을까. 내가 장미가 도와달라고 했을 때 이백만원을 건네주었더라면, 장미는 지금처럼 되지 않았을지도 모른다는 죄책감이 계속 온몸을 조여왔다. 우리는 왜 살아 있는 장미를 살피지 못하고, 장미가 죽었다는 연락을 받고서야 이렇게 지갑을 열 수 있었던 걸까.

아무래도 가기 힘들 것 같아. 나 지금 마쳤어.

소연 언니의 메시지를 보자마자 빠르게 답장을 작성했다.

심야 고속버스 있어요, 언니. 지금이라도 오세요. 동아리 사람들 여러명 와 있어요. 정우 선배도요. 우리 밤새울 거예요.

아니, 안 될 거 같아. 나 내일 회사에서 중요한 시험이 있어. 거기까지 갔다 오는 건 무리야. 밤새우는 건 더더욱 안 돼. 미안한데 조위금 좀 부탁할게.

언니, 그게 지금 무슨 소리예요? 내일 아침에 장미 발인이에요. 장미가 여덟시간 후면 화장터로 떠난다고요.

소연 언니에게 보낼 답문을 치다보니, 갑자기 화가 치밀어올랐다. 장미가, 가장 친하게 지냈던 후배가, 지금 세상을 져버렸다는데 이게 할 소리인가. 나는 작성 중이던 메시지를 지우고, 밖으로 나가 언니에게 전화를 걸었다.

언니는 내일 회사에서 중요한 승진 시험이 있다고, 이 늦은 시각에 지방까지 다녀오는 것은 무리라는 말만 되풀이했다. 나는 화를 참지 못하고 소리를 질렀다.

"야, 이소연 당신이 그러고도 선배야? 장미가 죽었어. 사람이 죽었다고! 승진? 지금 그깟 게 중요하냐고. 언니는 장미가 죽었다는데도 승진 걱정이 앞서요?"

"미안하다."

언니가 길게 한숨을 쉬었다.

"됐고, 지금이라도 와요. 장미 가는 길 우리가 마지막으로 배웅해줘야지. 그렇지 않아도 너무 외롭게 떠났는데, 가는 길까지 외로우면 어떡해. 지금 빨리 와요."

"연희야, 미안해. 그런데 안 되겠어. 나 이번 시험 놓치면 창구 근무 일년 더 해야 해. 이 시험 합격해서 꼭 본사 상품개발직 발령 신청할 거야. 나도 장미가 이렇게 된 게 너무 슬퍼. 하지만 이 시험을 포기한다고 해서 달라지는 게 뭔데? 아무것도 없잖아. 장미한테는 내가 나중에 따로 인사할게. 내가 장미에게 미안한 게 많다. 이렇게 마지막까지 그 아이에게 내가 잘못을 하고 있어."

소연 언니의 목소리는 놀라울 정도로 높낮이 변화가 없었다. 조위금을 부탁하던 다른 친구들처럼 울먹이거나 목이 메지도 않았다. 나는 손톱만 한 동요도 보이지 않고 시종일관 차분한 말투인 언니에게 몹시 서운했다. 전화기를 붙든 손이 부들부들 떨릴 정도로 화가 났다.

"아니, 언니는 하나도 슬퍼하지 않고 있어요. 마치 장미가 이렇게 될 줄 알았다는 사람처럼. 그동안 언니한테 우리가 뭐였어요? 장미가 죽었다는데 지금 눈물 한방울도 안 흘리고 있잖아."

나는 고래고래 소리를 지르며 언니를 비난했다. 마치 화풀이를 할 대상을 찾아낸 듯이 언니를 성토하고 있었다. 소연 언니는 여전히 차분한 목소리로 말했다.

"계좌번호 남겨줘. 그리고 연희야, 나는 원래 다른 사람들 앞에서 절대 눈물을 보이거나 울지 않아. 네 앞에서 울지 않는다고 해서 슬퍼하지 않는 건 아니야."

"다 필요 없고, 난 언니가 진짜 슬픈지 안 슬픈지도 이
제 관심 없어. 언니가 내가 안 보는 데서 울었든 안 울었
든 내 알 바 아니고, 여기 와서 장미한테 조문부터 해. 그
아이에게 미안한 마음이 있다면 그게 도리고, 마지막 예
의지."

"억지 부리지 마, 연희야. 나도 정말 미안하게 생각해.
하지만 이건 정말 어쩔 수 없다."

나는 더는 대꾸하지 않고 전화를 끊어버렸다.

소연 언니와 전화 통화가 끝난 후에도 나는 한동안 장
례식장으로 돌아가지 못했다. 처음에는 너무 화가 나서
분을 삭이느라, 나중에는 장미 가족들의 울음소리를 맨
정신으로 듣고 있기가 힘들어서 들어갈 엄두가 나지 않
았다. 장례식장 안에서 창자가 끊어지는 듯한 울음소리가
비어져나왔다. 남들 앞에서는 절대 울지 않는다고 말하는
소연 언니가 오만하다고 생각했다. 어떤 슬픔은, 어떤 울
음은, 속수무책으로 통제 불가능하다. 너무나 중요한 승
진 시험을 앞두고 있어서가 아니라, 밤늦게 이곳에 찾아
오는 게 무리라고 여겨질 정도로 통제 가능한 수준으로만
슬펐던 거라고, 언니에게는 장미가 내가 딱 그 정도에 불
과했던 거라고, 그렇게 생각할 수밖에 없었다.

울음소리가 조금 잦아지고 나서야 다시 장례식장 안으로 들어갔다. 동아리 사람들은 술잔을 기울이며 대학 시절 이야기를 나누고 있었다. 술과 연극 그리고 치기와 허세로 점철되던 나날이었다. 모든 사건의 중심에는 장미가 있었다. 장미가 일으켰던 사건과 사고들, 장미가 끼어들면서 수습이 어려울 정도로 커져버린 일들, 우리는 옛 추억에 잠겨 각자 킥킥대기도 했다. 그러다가 침울하고 착잡한 기분이 몰려와 다시 눈물을 훌쩍였다.

"장미는 천상 배우였지. 타고난 캐릭터 자체가 주인공 같았다고나 할까. 불같은 성격에 어디서나 가장 눈에 띄었어. 연희가 맡은 배역마다 그대로 그 인물이 되면서 자연스럽게 녹아버리는 배우였다면, 장미는 그냥 장미가 지닌 캐릭터의 힘으로 모든 배역을 집어삼키는 힘이 있었어."

연출 선배가 가늘게 눈을 뜬 채 상념에 잠긴 표정으로 말했다. 한 학번 아래의 후배인 은정이 옆에서 맞장구를 쳤다.

"맞아요, 선배. 장미 언니랑 연희 언니 둘이 정말 환상의 라이벌이었는데, 연희 언니는 이제 연극을 안 하고, 장미 언니는 결국……"

은정이 말을 잇지 못하고 입술을 깨물었다. 연출 선배가 허공을 바라보며 말했다.

"됐다, 그만하자. 옛날 이야기해서 뭐하겠어. 아무 소용 없는 얘기야."

나는 고개를 들어 선배의 눈을 똑바로 바라보면서 말했다.

"아니에요, 선배 계속해요. 소용없는 옛날이야기 밤새 도록 해요. 그러고 싶어요. 우리 원래 소용없는 거 하던 사람들이었잖아요. 소용없는 연극으로 소용없는 인문 정신 타령하던 거, 그게 우리였잖아요. 우리라도 계속 장미 이야기해요. 장미가 소용없는 일만 하다가 간 거 아니라는 거, 우리는 기억해줍시다."

선배는 알겠다며 고개를 끄덕였다. 그러고는 또 아무 말이 없었다. 침묵을 깬 것은 후배 은정이었다.

"그래요. 우리 아침까지 공연 얘기하고, 장미 언니 얘기해요. 연희 언니, 기억나요? 우리 제일 망했던 연극. 그거는 지금 생각해도 흑역사인 거 같아."

분위기를 조금이라도 전환시켜보려는 듯 은정은 애써 밝은 척 꾸민 목소리로 물었다. 나는 쓸쓸한 웃음을 지으며 답했다.

"잊을 리가 있니, 이오네스코의 「대머리 여가수」. 그 공연 내 연출 데뷔작이었잖아."

연출을 주로 맡던 정우 선배가 휴학 후 갑자기 입대를

선언해버리면서 나는 3학년 1학기 정기공연에서 연출을 담당하게 되었고, 그로 인해 전에 없던 위염과 역류성 식도염까지 얻었다. 처음으로 연출을 맡으면서 이해하기 어려운 실험극에 덜컥 도전해버린 것이 문제였다. 「대머리 여가수」는 플롯이 아예 전무한 부조리극이었다. 등장인물들은 동문서답식의 대화만 내뱉으면서 언어의 혼란을 가중시켰다. 배우들은 물론, 연출자인 나조차도 각 등장인물들의 대화와 행동들을 제대로 이해하지 못했다. 후배들은 어려움을 호소했다. 대사가 이해되지 않으니 제대로 외워지지도 않았다. 공연 연습은 삐걱거림과 절룩거림의 연속이었다. 나는 배우들에게 부조리극은 '원래' 이해가 되지 않는 것이라며, 이해하려 들지 말고 혼란스러운 상황 그 자체를 보여주면서 증폭시키라고 주문했다.

그나마 연기다운 연기를 보여주고 있는 배우는 장미밖에 없었다. 장미 역시 이 극의 의미를 제대로 이해하지는 못한 것 같았다. 그러나 자신이 맡은 스미스 부인에 대해서만큼은 철저하게 연구했다. 스미스 부인은 차분하고, 이지적인 귀부인의 행색을 하고 무대에 등장했다. 장미는 평소보다 목소리 톤도 낮춰 마치 뉴스 앵커처럼 중후하면서도 신뢰감을 주는 어조로 남편 역의 상대배우에게 조근조근 말을 걸었다. 발성이 또렷하고 발음이 좋기로 유명한 장미가 또박또박 전달하는 대사는 귀에 쏙쏙 박혔다. 따져보면 말이 안 되는 대사인데도 넋을 놓고 듣게 됐다. 스미스 부인은 논리적으로 전혀 앞뒤가 맞지 않는 말들을 뱉어내는 여자였다. 모순되는 언어들을 대사 속에서 충돌시키는 것은 이오네스코 희곡의 특징이기도 했다. 스미스 부인은 죽은 바비 와트슨에게 아이가 없어 다행이라고 했다가 이어지는 대화에서는 아무렇지 않게 바비 와트슨의 두 아이는 누가 돌보게 되냐며 진심으로 걱정하는 모습을 보인다. 입을 열 때마다 말이 되지 않는 이야기만 늘어놓는 인물이었지만 장미가 천연덕스럽게 연기하는 스미스 부인의 궤변은 이상한 호소력이 있었다. 비논리적인 대사를 자신의 입말처럼 술술 내뱉는 대목에서 색다른 광기가 느껴졌다. 그러나 장미가 나오지 않는 부분에서는 대사 흐름이 툭툭 끊기며 무대의 공기가 어색해졌다. 다른 배우들은 대사의 모순과 비합리성을 지나치게 의식하며, 그것을 강조하고 싶어 했다. 나의 연출 역량이 부족한 탓이기도 했다.

장미의 열연에도 불구하고 공연은 실패로 끝났다. 공연이 끝난 후 관객들은 얼떨결에 박수를 치면서도 의아한 반응을 숨기지 못했다. 내부의 평가도 냉정했다. 공연에 참여한 배우와 스태프들은 공연 뒤풀이에서 시대를 앞서

간 연극이었다는 소감을 늘어놓으면서도, 그 누구도 잘했다는 반응을 하지는 않았다. 내게 앞으로 연출은 절대 맡지 말고 연기만 열심히 하라고 대놓고 말하는 이도 있었다. 그다음 주 학교 신문에는 '고집불통 인문주의자들의 소통 불능 연극'이라는 제목으로 혹평이 실렸다. 나는 너무 속이 상한 나머지 반론을 제기하고 싶은 심정이었다. 우리 극회는 소통을 의도하고 이 공연을 올린 게 아니라고, 오히려 소통이 불가능한 언어의 한계를 보여주려 했다는 반론을 학보사로 보내겠다는 나를 주변 사람들이 모두 말렸다. 어차피 지나간 일이라고, 지난 공연에 대해 왈가왈부하는 대신 다음 공연을 준비하는 데 에너지를 쓰는 게 더 낫다고 충고했다.

장미와 나는 서로 부둥켜안고 울었다. 열심히 하느라고 했는데, 결과가 좋지 않아 억울하고 분하면서도 부끄러웠다. 배우와 연출의 기량은 다른 영역이라는 걸 알면서도 함량 미달의 연출이었다는 평가에는 눈물이 났다. 우리는 한참 눈물을 쏟은 후에야 다음에는 더 잘할 수 있을 거라고, 그때는 진가를 제대로 보여주자며 의기투합해 서로의 등을 토닥였다. 속상했지만, 앞으로 만회할 기회는 얼마든지 있다고 생각했다. 나도, 장미도 앞으로 계속 무대를 떠나지 않고 살아갈 거라고 믿었으니까.

"장미야, 나는 내가 이러는 게 싫어. 왜냐하면 예전의 나 같아서."

장미에게 던진 모진 말이 되돌아와 내 가슴에 가시처럼 박혔다. 장미와 함께 보낼 시간이 이렇게 짧을 줄 알았다면 절대로 하지 않았을 말이었다. 나도 리콜 사태를 겪으면서 몸과 마음이 너무 피폐해진 상태였다. 회사 상황이 좀 정리되고 나아지면 장미에게 다시 연락하려고 했다. 매번 먼저 화해를 청했던 장미에게 이번에는 내가 미안하다고 할 생각이었다. 이제는 장미에게 사과하고 싶어도 사과할 수가 없다.

마지막 통화에서 장미는 억울한 심정을 토로했다. 장미는 계속 이유를 묻고 있었다. 왜 내게 이런 일이 생기는 거냐고, 왜 하필 내가 이런 일을 겪어야 하느냐고. 나는 장미의 얘기를 좀더 오래 들어주지 못한 것을 뒤늦게 후회했다. 다시 그날로 돌아간다면 장미에게 「하녀들」 대신 「대머리 여가수」 대본 리딩을 해보자고 말하고 싶었다. 우리가 읽어온 수많은 희곡처럼 우연과 비논리가 난무하는 게 삶이라고, 논리적으로 인과관계를 따질 게 아니라고, 세상은 원래 말이 안 되는 거라고, 그러니까 조금 더 힘을 내보자고 말해줬더라면 장미는 지금과는 다른 선택을 했을까.

내가 잠깐 생각에 잠겨 있는 사이에도 같은 테이블에 앉은 동아리 사람들은 지난 공연 얘기에 열을 올리느라 정신이 없었다.

"뭐야? 그럼 선배가 연출했으면 좀 달라졌을 거란 그 말이에요? 우리가 지금 흑역사 얘기하면서 괴로워하는데 혼자 잘난 척하는 거야?"

군대에 가느라 「대머리 여가수」 연출을 맡지 못한 게 못내 아쉽다고 정우 선배가 말하자 다른 후배들이 눈을 흘겼다.

"말하자면, 이오네스크는 반(反)연극을 시도한 거라고 할 수 있어. 기존의 연극에 반(反)하는 무대를 보여줌으로써 연극의 본질에 대한 질문을 했다고 할 수 있지. 이런 부분을 좀더 부각시키는 방향으로 대본을 해석했다면 다른 반응이 나왔을지도 모르겠다는 말을 한 거야."

"오올, 역시 러시아 유학파! 지금 우리 앞에서 자랑하는 건가요?"

취기가 오른 후배 하나가 장난스럽게 물었다. 선배가 손을 내저었다.

"아니, 그런 뜻이 아니라니까. 나는 그냥 너희들이 올린 「대머리 여가수」를 못 본 게 아쉽다는 말이었어."

"선배, 안 본 게 다행이에요. 선배가 그 공연 봤으면 나 연출 못했다고 얼마나 갈구겠어? 딱 하나 아쉬운 건 장미 연기 못 보여준 거. 장미가 연기한 스미스 부인은 정말 끝내줬는데.”

내가 소주를 입에 털어넣으며 씁쓸하게 웃었다. 술기운이 오르면서 들뜬 분위기가 장미 이야기가 나오자 가라앉았다. 내 눈치를 보는 후배들에게 그러지 말라며 술을 따라주었다.

“분위기 싸해지라고 한 말 아니야, 그냥 우리 놀던 대로 놀자. 연극, 반연극, 이런 말도 오랜만에 들으니까 반갑고 좋네. 선배, 기존 연극에 반하는 게 반연극이잖아. 그러면 인생에 반하는 선택은 반(反)인생인 건가? 그런 것도 인생이라고 할 수 있는 걸까?”

“야, 그런 게 어디 있냐? 인생은 인생이고, 연극은 연극인 거지. 반연극은 있어도 반인생은 없어. 이상한 소리 하지 말고 술이나 먹어, 인마.”

선배는 내 말이 무슨 뜻인지 알면서도 못 알아들은 척 딴청을 피웠다. 나는 소주를 한잔 더 들이켜고 나서 땅콩을 한줌 집어 먹었다. 입안이 까끌까끌했다.

술이 몇잔 더 돌자 다시 분위기는 와자지껄해졌다. 동아리 사람들은 밤새도록 장미 이야기를 하면서 울고 웃었다 동아리 공연에서 주연을 도맡았던 장미는 그날의 대화에서도 화제의 중심을 차지하면서 주인공 자리를 놓치지 않았다. 그날 밤 장미를 아끼는 많은 사람들이, 그녀를 위해 모여 있었다. 그러나 정작 장미를 만날 수는 없었다. 연극 「대머리 여가수」는 공연이 마칠 때까지 대머리 여가수가 끝내 등장하지 않는 부조리극이다. 그리고 장미의 장례식은 내가 경험한 가장 참혹한 부조리극이었다.

커튼콜은 사양할게요

장미의 장례가 끝난 후 나는 집으로 돌아와 이틀 동안 내리 잠만 잤다. 쉽게 잠들 수 없을 거라고 생각했는데, 무거운 몸을 침대에 눕히자마자 아주 길고 달게 잤다. 성대리에게서 전화가 여러통 왔지만 받지 않았다. 집에 일이 생겨 며칠 간 휴가를 써야겠으니 대신 휴가계를 올려달라는 문자메시지만 남겼을 뿐이었다.

서른시간 가까이 침대에만 머무르던 나를 자리에서 일어나게 만든 것은 팀장이 보낸 메시지 한통이었다.

나 퇴사하기로 했다. 키즈본부 전체 개편되면서 우리 팀도 해체될 거야. 너는 다른 팀으로 발령받을 거 같은데, 가고 싶은 팀 있으면 미리 인사팀 찾아가봐. 물론 결정은 회사가 하는 거지만.

팀장에게 바로 전화를 걸었다. 전화를 받은 팀장의 목

소리는 건조하고 무뚝뚝했다.

"팀장님 이게 어떻게 된 일이에요?"

"어떻게 되긴. 메시지 보낸 그대로야."

내가 아는 팀장은 이렇게 쉽게 물러나는 사람이 아니었다. 결국 팀장이 모든 책임을 지게 될 거라는 소문이 회사에서 돌았지만, 말도 안 되는 소리라고 생각했다. 나는 팀장의 능력을 믿었다. 이번 일을 주도한 사람이 본부장이라는 것은 우리 팀뿐 아니라 본부 전체에 공공연하게 알려진 사실이었다. 입바르고 똑똑한 팀장이 얼마든지 잘 잘못을 밝혀낼 수 있으리라 기대했다. 아니면 그 더러운 성질머리로 회사를 크게 뒤집어놓기라도 할 줄 알았다.

내가 놀란 기색을 보이자 팀장은 의외라는 반응을 보였다.

"왜 그런 반응이야? 너한테는 잘된 일 아니야? 너, 나 싫어했잖아. 다른 팀으로 가고 싶었던 차에 전화위복으로 생각되겠지."

정곡을 찌르는 듯한 팀장의 말에 나는 당황한 나머지 말까지 더듬거렸다.

"아니, 그, 그게…… 무슨 소리세요? 팀장님, 저도 조금씩 이제 일에…… 차츰차츰 일에 적응도 되고…… 어느 정도 재미도 느껴가면서…… 그러니까 제 말은, 꼭 다른 팀에 가고 싶어 했던 건 아니고요……"

"됐어. 그만해. 그래 알아. 막내야, 난 네가 항상 진심이라서, 그게 예뻐 보였어. 열심히 하고 싶은 마음, 잘하고 싶은 마음이 다 보여서. 심지어 나를 싫어하는 마음조차도 진심이었고. 그래도 나 이제 떠나니까 너무 많이 미워하지 마라. 내 밑에서 빡세게 배운 덕에 너 일 많이 늘었잖아. 넌 다른 팀 가서도 잘할 거야. 내가 잘 가르쳐놓았으니까."

난데없는 격려에 가슴 한편이 울리는 기분이었다. 팀장 앞에서 진심 따위 보여준 적 없다고 생각했다. 회사에서 나는 무대에 선 배우처럼 연기를 하는 거라고 마음을 다 잡았고, 그동안 속내를 잘 숨긴 줄 알았는데 팀장은 내가 진심을 다하는 모습이 보기 좋았다고 말했다. 팀장의 말대로 나는 팀장을 싫어했다. 소리를 지르거나 막말을 하는 등 감정적으로 학대하는 일이 잦았고, 업무와 무관한 개인 심부름을 시키기 일쑤였다. 신입사원1 역할을 맡은 내가 극을 이끌어가는 과정에서 팀장은 가장 험난한 장애물이었다. 주인공인 프로타고니스트를 고통에 허우적거리게 만드는 안타고니스트였던 팀장이 예기치 않은 순간에 퇴장하게 되자 나는 황망한 감정이 몰려왔다. 그리고 이제 와서 자기가 좋은 상사라도 되는 양, 어디 가서든 잘

할 수 있을 거라고 격려까지 하다니. 이런 결말을 원한 게 아니었다. 내가 극복하고 싶었던 안타고니스트는 나와는 무관하게 제거되어버렸다. 내 입장에서 악당으로 여겨졌던 팀장도 자신의 서사에서는 프로타고니스트였고, 그녀를 곤경에 빠뜨리는 안타고니스트는 따로 있었다는 사실에 맥이 빠졌다.

주말이 지나고, 일주일 만에 회사에 나왔을 때 팀장의 자리는 말끔하게 치워져 있었다. 사무실이 비어 있던 주말에 짐을 챙기러 다녀간 모양이었다. 언제나 구겨진 A4용지가 넘쳐나던 쓰레기통까지도 깨끗하게 비워졌다. 인사라도 하고 가지, 나는 작게 혼잣말을 중얼거렸다. 자신이 떠나는 모습을 보여주지 않은 것이 아마 팀장의 마지막 자존심이었을 것이다.

성대리도 이번 주까지만 출근하고, 다음 주부터는 새로운 직장으로 출근할 예정이라고 말했다. 아무래도 아동 쪽 콘텐츠와는 맞지 않는다며, 적성을 찾아 헬스 전문 웹진 에디터로 이직하기로 결심했다고 말하면서 부산스럽게 웃었다. 처음 들어보는 웹진이었고 포털에서 검색도 되지 않았다. 어떻게 그렇게 짧은 시간에 이직을 준비했느냐며 재주도 좋다고 말하는 다른 팀 사람들에게 성대리는 환한 얼굴로 답했다.

"아직 창간 준비 단계의 웹진이에요. 제가 가서 런칭하게 되는 거죠. 실은 예전부터 계속 스카우트 제의가 왔었는데 팀에서 제가 맡은 프로젝트도 있고 해서 쉽게 떠날 수가 없었어요. 본의는 아니지만, 이렇게 팀이 해체되고 나니 저도 떠나기에 한결 마음이 편해졌네요. 종이책보다는 온라인 쪽에 더 비전이 있는 게 사실이잖아요. 저는 앞으로 제 전문인 다이어트, 뷰티 코너를 담당하게 될 거에요. 혹시 좋은 아이템 있으면 종종 제보 바랄게요."

나는 성대리가 자리를 비운 사이 실업급여 신청 서류가 준비되었으니 찾아가라는 인사팀의 전화를 대신 받았다는 말을 하지 않았다. 회사에서 실업급여 관련 서류를 받아간다는 것은 그녀가 권고사직을 당했다는 의미였고, 이직이 결정됐다는 것 또한 거짓말이라는 뜻이었다.

성대리는 초라하게 떠나고 싶지 않은 거였다. 최대한 우아한 모양새로 회사를 떠나려 안간힘을 쓰고 있었고, 나는 그녀의 무대에 기꺼이 동참했다. 연극의 삼요소는 무대, 배우, 관객이라는 사실을 떠올리면서. 성대리는 마지막 무대에서 충실한 연기를 보여줬고, 나는 관객으로서 그녀의 아름다운 퇴장을 완성시켜주고 싶었다. 성대리는 축복과 격려를 받으며 회사를 떠났다. 같은 사무실을 쓰는 직원들 모두에게 인사를 청하며 악수를 나누었고, 동료들은 그녀를 송별하며 따스한 덕담을 건넸다. 나는 성대리의 짐을 나눠 들고 회사 앞 도로까지 함께 걸어 나가 그녀를 배웅했다.

택시에 타기 전 성대리는 나를 한번 꼭 안았다.

"연희씨, 잘 지내. 우리 조만간 만나서 밥 먹자."

나는 고개를 끄덕였다. 하지만 나도, 그녀도 알고 있었다. 우리가 다시 만나지 않을 거라는 걸.

권도 스튜디오를 그만뒀다. 그동안 대표와 계속 사이가 좋지 않았는데, 권이 우리 회사와 하던 일이 많아서 그만두라는 말을 함부로 못하고 있었던 모양이었다. 하지만 키즈콘텐츠1팀이 해체되면서 스튜디오와의 계약도 자연스럽게 해지되었다. 스튜디오 대표는 경기가 어려워지면서 지면 촬영을 포기하고, 웨딩 전문 촬영 업체로 전업을 계획하고 있었다. 더이상 스튜디오에 미련이 없어진 권은 석달 정도 뉴욕에 다녀오겠다고 했다. 한국에 돌아오면 연락하겠다는 권에게 나는 굳은 표정으로 말했다.

"아니, 연락하지 마. 그게 무슨 의미가 있겠어. 우린 사실상 아무 사이도 아니잖아."

"의미에 대해 생각하지 않는 게 인생이고, 연극의 본질이라며. 부조리극이야말로 연극의 정수라고 말하던 사람이 누군데?"

권의 말에 나는 할 말이 없어져서 씁쓸한 웃음을 지었다. 매번 이런 식으로 권에게 말려드는 내 자신이 한심하다는 생각도 들었다.

"이제 주정 부릴 사람 없어서 어쩌나. 너 힘들 때마다 나 붙들고 울고불고 난리였잖아."

"흥, 내가 언제. 그리고 앞으로는 술 마실 시간도 없어. 나 유럽문학콘텐츠팀으로 새로 발령받았어. 이제 퇴근하고 불어 공부해야 해. 학교 다닐 때 공부 안 한 거 이제 와서 후회하고 있어. 여기서 잘하면 어쩌면 내년쯤 파리로 출장 갈 수 있을지도 몰라."

"오, 자기계발까지! 조연희. 이제 진짜 좀 직장인 티가 나는데?"

"그래? 팀장이 들으면 좋아할 소리네. 맨날 나더러 학생처럼 굴지 말고 신입사원답게 보이라고 했는데. 팀장님 소식…… 들었지?"

"응, 천팀장 나한테 문자 왔더라. 그동안 고마웠다고, 급하게 퇴사하게 돼서 따로 환송회는 못할 거 같다면서 앞으로는 양다리 걸치지 말고 연애는 한번에 한 여자랑만 하긴 바란다던데 설마 그동안 내가 자기랑 양다리 걸치면서 연애했다고 생각하는 건가?"

권이 또 장난스럽게 말하며 웃었다. 나는 웃지 않은 채 그를 빤히 바라봤다. 한참 그를 바라보다가 오랫동안 참아온 말을 했다. 권에게 정식으로 헤어지자는 의사를 표했다.

"우리가 제대로 사귄 건 아니지만, 아니 그래서 이별이라도 제대로 했으면 해. 난 당신과 헤어지고 싶어."

"연희야, 나 실은 이번에 뉴욕 가서 그 친구랑 진짜 정리할 생각이야. 내가 그 친구랑 헤어지고 와서 너한테 진지하게 고백하면 그때 나랑 정식으로 사귀어줄래? 그때는 비밀연애 말고, 주변 사람들한테 온갖 티 다 내고 다니면서 연애하자."

"아니, 난 싫어."

나는 단호하게 고개를 저었다.

"헤어지고 오면 받아줄 거냐고 묻지 말고, 정리부터 하고 그때 다시 자신의 마음을 들여다봐. 받아줄 거냐고 물어보고 고백하는 거, 그런 식으로 한참 재고 따진 후에 들이대는 거, 그런 게 어른들의 연애라고 하는 말도 이제 안 믿어. 나에 대한 마음이 정말 간절하다면 받아줄 거냐고 미리 묻지 말고 그냥 정직하게 고백해. 대답은 그때 가서 할게."

나는 권에게 악수를 청하면서 우리 관계는 여기에서 일단락된 거라고 말했다. 새로운 무대에서 또다시 마주치게 될 수도 있겠지만, 현재의 관계를 이어가고 싶지 않다는 말도 덧붙였다. 권은 내 손을 세게 그러쥐며 희미하게 웃었다.

유럽문학콘텐츠팀으로 팀을 옮긴 후, 요즘 나는 새로운 팀에 적응하기 위해 안간힘을 쓰는 중이다. 이 팀에서는 어떤 캐릭터를 설정해야 할지 분위기를 살피며 고민하고 있다. 이 회사에 입사할 때만 해도 내가 얼마나 버틸 수 있을지 자신이 없었는데 어쩌면 이곳을 무대로 극을 오래오래 이어갈지도 모르겠다는 생각이 들었다.

지난 주말, 장미의 납골당에 다녀왔다. 안치단 겉면 유리와 테두리에 손톱만 한 크기의 야광별스티커가 여러개 붙어 있는 것을 보고, 소연 언니가 다녀갔다는 걸 알았다. 장미는 야광별이 밝을 때 불빛을 한껏 머금어놓은 힘으로 어둠 속에서 빛을 발한다는 게 애틋하게 느껴진다고 자주 말했다. 무대에 놓인 소품 하나하나, 그리고 그 소품이 제자리를 찾을 수 있도록 붙여놓은 야광 스티커에까지 애정을 쏟는 장미에게 나는 사소한 것에 너무 집착하지 말라며, 그럴 시간에 연기 연습에 더 신경 쓰라고 말했다. 장미의 생각은 달랐다. 소리를 지우고 발 빠르게 움직여야 하는 암전의 순간도 극의 일부라며, 어둠의 시간을 잘 보내기 위해서는 되도록 예쁘고 앙증맞은 스티커를 무대 곳곳에 심어놓아야 한다는 것이다. 장미와는 달리 어쩌면 나는 연극 무대 자체보다는 박수받는 순간의 희열만을 좋아했는지도 모르겠다. 공연이 만족스럽게 끝나고 환한 조명 아래에서 땀인지 눈물인지 모를 액체가 범벅이 된 채 번들거리던 얼굴로 객석을 향해 손을 흔들 때면 더 바랄 것도 부러울 것도 없었다. 장미와 나란히 서서 함께 붙든 손을 높이 치켜들면서 관객들을 향해 웃던 순간은 아마 인생에서 가장 그리운 순간으로 남게 될 것 같다.

장미의 안치단 겉면에 붙은 야광별스티커를 여러번 쓰다듬었다. 소연 언니가 여전히 미우면서도, 장미를 그리워하는 언니의 마음을 고스란히 느낄 수 있었다. 언니에게 연락해볼까 고민하며 핸드폰을 만지작거리다가 끝내 통화 버튼을 누르지는 못했다. 아직은 언니를 좋은 마음으로 대할 자신이 없었다. 다시 언니를 만날 수는 있겠지만, 우리 둘의 관계가 예전 같지는 않을 것이다. 이미 이십대의 한 막이 끝나버렸다는 생각이 들었다. 그 시절을 함께했던, 한때 내게 가장 중요했던 사람들을 잃어버렸다는 사실이 한없이 착잡하게 다가왔다.

아무것도 되돌릴 수 없다는 것, 그 순간이 지나가면 기억 속에만 남겨둬야 한다는 것, 연극과 인생은 닮은 구석이 아주 많다. 나를 매료시켰던 연극의 속성이 실제 삶의 무대에서는 잔인한 가르침으로 돌아와 짓눌렀다. 연극을 하지 않았다면, 이 모든 일을 겪지 않아도 됐을까. 한때의 배우 지망생이라는 알량한 자의식이 없었다면 회사생활을 견디기 좀더 쉬웠을까. 하지만 아무리 생각해도 연극에 매달렸던 청춘의 시기를 지워버린 나의 모습은 상상이 가지 않았다. '꿈을 이루지 못한 나'보다 '꿈꾸던 시간조차 지워버린 나'가 더 싫었다.

나는 요즘 새로 옮긴 팀에서 아직 국내에 알려지지 않은 프랑스 극작가의 희곡집 출간을 준비 중이다. 예전에 희곡을 읽을 때면 어떤 연기와 연출이 어울릴지를 머릿속에서 그려봤다면, 이제는 하나의 문학작품으로서, 한권의 책으로서 희곡의 가치에 대해 많이 생각하게 된다. 실제로 무대에서 실연(實演)되지 못하는 희곡이 세상에는 더 많다는 냉혹한 현실을 떠올리면서. 팀을 옮긴 후에도 야근의 늪에서는 헤어나지 못했다. 외국문학 편집은 처음이라 새롭게 배워야 하는 일도 많았다. 앞으로 내 인생에서 박수와 환호를 받기보다는 깜깜하고 막막한 시간을 더 자주 만나게 될 것이다. 그 너저분한 시간 속에서 한때 내가 무대에서 반짝거렸던 사람이었다는 사실이 아주 조금은 내게 힘을 줄 수 있으리라는 생각이 든다.

어쩌다보니 오늘도 내가 사무실에서 가장 늦게까지 남아 있는 사람이 되고 말았다. 가방을 챙겨 나오면서 사무실 전체 소등 버튼을 눌렀다. 사방이 어두워졌다. 암전, 그리고 내일 날이 밝으면 다시 천장에 불이 켜지면서 각자의 자리가 채워지고 새로운 일과가 시작될 것이다. 어제와 별다르지 않은 똑같은 일상이.

● 참고도서

안톤 파블로비치 체호프 『갈매기/세 자매/바냐 아저씨/벚꽃 동산』, 동완 옮김, 동서문화사 2012.

장 주네 『하녀들』, 오세곤 옮김, 지민지드리마 2020.

장 폴 사르트르 『말』, 정명환 옮김, 민음사 2008.

사뮈엘 베케트 『고도를 기다리며』, 오증자 옮김, 민음사 2000.

외젠 이오네스크 『대머리 여가수』, 오세곤 옮김, 민음사 2003.

『커튼콜은 사양할게요』에 나오는 회사와 등장인물은 실재하지 않으며 모두 허구이다. 허구에 불과하다. 그럼에도 이 소설에는 한 시절의 내가 담겨 있다. 이십대의 나는 모든 것이 과잉 상태였다. 지나치게 누군가를 좋아했고, 필요 이상으로 누군가를 싫어했다. 주변의 많은 것이 부당하고 불합리하게만 여겨졌던 사회초년생 시절, 내가 가장 미워했던 사람은 바로 나 자신이었다. 그 시절을 조금 더 유연하고 대범하게 보냈더라면 하는 후회가 지금까지도 남아 있다. 그래도 예전보다는 스스로를 탓하고 책망하는 일이 줄었다. 내가 소설을 쓰는 사람이라 가능한 일이었다. 소설을 쓰면서 불행에 발목 잡힌 과거를 조금씩 흘려보낼 수 있었으니까.

혼자 품고 있던 이야기를 '스위치'에 연재할 기회를 얻으면서 세상 밖으로 꺼낼 수 있었다. 연재를 함께 따라 읽으며 격려해주신 독자분들 덕분에 여기까지 왔다. 장편 연재를 제안해주신 창비 편집부, 연재 당시부터 출간까지 세심하게 원고를 살펴주신 이해인 편집자께도 감사의 마음을 전한다. 마음을 휘젓는 추천사를 보내주신 권여선 선생님과 다정한 격려를 보내주신 윤덕원 선생님께도 큰 힘을 얻었다.

『탬버린』과 『이완의 자세』에 이어 마지막으로 『커튼콜은 사양할게요』를 청춘 삼부작이라 이름 붙여, 세상에 떠나보낸다. 많은 분들의 도움이 있었다. 좋아하는 일을 하면서 굶지 않고, 작품활동을 계속해나갈 수 있다는 것이 때로는 과분한 행운처럼 느껴지기도 한다. 하지만 그것이 나만의 행운에 그치지 않기를 바란다. 깜깜하고 막막한 시간을 지나고 있을 이 시대의 '연희'와 '장미'에게 이 소설을 바친다. 그들이 꿈을 잃지 않기를, 그리고 자기 자신을 포기하지 않기를 바라는 마음을 담아 이 소설을 썼다. 커튼콜은 사양할게요. 대신 연희와 장미를 오래 기억해주세요.

2022년 가을
김유담

커튼콜은 사양할게요

초판 1쇄 발행 • 2022년 11월 11일

지은이 / 김유담
펴낸이 / 강일우
책임편집 / 이해인
조판 / 박아경
펴낸곳 / (주)창비
등록 / 1986년 8월 5일 제85호
주소 / 10881 경기도 파주시 회동길 184
전화 / 031-955-3333
팩시밀리 / 영업 031-955-3399 · 편집 031-955-3400
홈페이지 / www.changbi.com
전자우편 / lit@changbi.com

ⓒ 김유담 2022
ISBN 978-89-364-3888-3 03810